我心婉约

李赞歌 著

哈尔滨出版社
HARBIN PUBLISHING HOUSE

图书在版编目（CIP）数据

我心婉约 / 李赞歌著. -- 哈尔滨：哈尔滨出版社，
2023.10
ISBN 978-7-5484-7225-4

Ⅰ.①我… Ⅱ.①李… Ⅲ.①随笔—作品集—中国—当代 Ⅳ.①I267.1

中国国家版本馆CIP数据核字(2023)第084897号

书　　名：我心婉约
WO XIN WANYUE

作　　者：李赞歌　著
责任编辑：韩金华
封面设计：树上微出版

出版发行：哈尔滨出版社（Harbin Publishing House）
社　　址：哈尔滨市香坊区泰山路82-9号　　邮编：150090
经　　销：全国新华书店
印　　刷：武汉市籍缘印刷厂
网　　址：www.hrbcbs.com
E－mail： hrbcbs@yeah.net
编辑版权热线：（0451）87900271　87900272
销售热线：（0451）87900202　87900203

开　　本：880mm×1230mm　　1/32　　印张：12　　字数：249千字
版　　次：2023年10月第1版
印　　次：2024年1月第2次印刷
书　　号：ISBN 978-7-5484-7225-4
定　　价：68.00元

凡购本社图书发现印装错误，请与本社印制部联系调换。
服务热线：（0451）87900279

目录

001 /（一）烟火红尘

　　002 / 冷暖交锋

　　004 / 端午节小记

　　007 / 安静的傍晚

　　010 / 溜车

　　014 / 心平能过海

　　020 / 我的霓裳消费简史

　　025 / 我的舌尖饕餮之旅

　　029 / 我的乐淘生活

　　033 / 乐观的医生

　　035 / 草根滋味

　　039 / 让清洁成为一种信仰

　　043 / 且问白露为何物？

　　045 / 至上主义

　　047 / 晚安

　　049 / 宝宝便秘

我心婉约

052 / 女儿请父亲讲拜师学艺史

058 / 偶拾零（一）

062 / 怎得软语能生香

065 / 夜雨小聚，亲情暖暖的

068 / 清凉的树荫

072 / 一个人的元宵节

075 / 我们都上了虚荣的当

078 / 置庐益寿园

090 / 要善待你的身体

092 / 与人为善

094 / 银发浪漫

096 / 夜深人静

098 / 男人的品性

101 / 大黑和小花

105 / 偶拾零（二）

110 / 《卡门序曲》随想

113 /（二）一路风光

114 / 色彩的表情

116 / 雨中童谣

目录

120 / 快乐的小溪

122 / 荒芜，风景

125 / 守候阳光

127 / 沐浴在春风春雨中

129 / 荫荫夏日

131 / 园中牡丹

132 / 初恋

134 / 偶拾零（三）

137 / 最好的季节

141 / 傲霜的月季

143 / 饱满的荒原

145 / 楼顶白杨

147 / 野酸枣

149 / 寒风中的苞芽

150 / 冬日暖阳

151 / 冬青

154 / 去没去过的地方

156 / 在花厂峪的山里

160 / 初登联峰山

163 / 晚晴的海边

165／雨中登角山

168／希望就在山那边

173／（三）沐浴书香

174／《诗经》里的花儿

183／《庄子》寓言中的冷幽默

189／音乐多情勿轻发

194／才有梅花便不同

202／唯有兰花香正好

208／娟娟翠竹倍生姿

219／案头九月菊花肥

226／苏大学士二三事

234／悦读王安石

245／《千家诗》里的春天

255／《千家诗》里的夏天

264／《千家诗》里的秋天

273／《千家诗》里的冬天

278／《千家诗》里话冷暖

283／竹诗风雅：清风在竹林

288／孔子的成长简历

目录

291 / 孔子的四个遗憾

295 / 孟子辟谣

303 / 《大学》是一本什么书

307 / 《中庸》是一本什么书

312 / 《论语》是一本什么书

316 / 《孟子》是一本什么书

324 / 许穆夫人复国记

334 / 桃花夫人

344 / 穆公亡马

346 / 中国最早的集市

348 / "老赖"国君晋惠公

355 / "劳模皇帝"明成祖朱棣

358 / 孔孟根本不"忠君"

361 / "出尔反尔",国君遭百姓报复

363 / 齐宣王"丢脸"记

365 / "浩然之气"助文天祥"以一敌七"

368 / 孟子讲"取友必端"

371 / "心悦诚服"始于孔门

（一）烟火红尘

我心婉约

冷暖交锋

早春时节,暖空气应时而至。盘踞一冬的冷空气不肯轻易相让,于是冷暖空气频繁交锋,激烈争夺"制空权"。此时的天气,晴一天,阴两天,暖一天,再冻三天,反反复复,变化无常。有时候,如果闹起倒春寒,春风入骨,那滋味儿比寒冬腊月还要冷。

可是,渐渐地,河里的冰还是化了,河边的杨柳还是绿了,春的消息还是越来越频繁了。冷空气再强硬,也只能退避三舍,为春天让路。因为季节交替,是大势所趋,不可逆转。

人生的冷暖、命运的起伏是不是也遵循这样的规律呢?

宋代名相吕蒙正在他那篇有名的《寒窑赋》中讲述自己的人生经历:

昔时,余在洛阳,日投僧院,夜宿寒窑。布衣不能遮其体,淡粥不能充其饥。上人憎,下人厌,皆言余之贱也。余曰:非吾贱也,乃时也,运也,命也。

（一）烟火红尘

余及第登科，官至极品，位列三公。有挞百僚之杖，有斩鄙吝之剑；出则壮士执鞭，入则佳人捧秧；思衣则有绫罗锦缎，思食则有山珍海味。上人宠，下人拥，人皆仰慕。皆言余之贵也。余言：非吾贵也，乃时也，运也，命也。

盖人生在世，富贵不可捧，贫贱不可欺，此乃天地循环，终而复始者也。

人生旅程类似天地循环，难免要经历炎凉变迁。如果能做到处逆境不自卑自贱，处顺境常戒骄戒躁，于胸怀是通达大度，于境界，则接近于道法自然、天人合一了。

我心婉约

端午节小记

　　头天晚上刚下过一场大雨,乡间的土路变成了一片片水洼和黄泥。汽车碾过一路泥泞,终于停在了家门口,母亲春风满面地迎了出来,初夏的温风里弥漫着粽叶的绿和香。

　　她的身体比以前好多了,可脸色依然苍黄,头发也更加灰白。父亲去地里薅草了,听母亲说,今年的除草剂买上当了,一片玉米地,父亲就薅出满满三马车杂草。

　　咳!这还仅仅是一片地,家里有整整七大块地!

　　我心里惦记着下地的父亲,却在家里像个贵宾似的被母亲招待着。镜框里有许多父亲的照片,年轻的、年老的、瘦削的、肥胖的,岁月像位毫不客气的雕刻师,在他身上、脸上刻下流年的深痕。唯一不变的是每张照片上,父亲的脸上都挂着笑,发自肺腑的笑。

　　他向来乐观。年轻时是个乐观的小伙子,如今是个乐观的老头子。他成功感染了我,照片上的笑容很快转移到了我的脸上。

　　我像只快乐的小鸟,喊喊喳喳,和母亲说着城里的事情,

（一）烟火红尘

她听得津津有味，幸福的红晕驱散了脸上病态的苍黄。一大锅粽子"咕噜噜"地冒着白色水蒸气，粽子的香味儿诱得人口水直流。

太阳渐渐热了上来，地面上水汽蒸发，空气中混合着乡间特有的粗粝清新。可是，我知道，只有从城里来的人，才有心情欣赏这种青山绿水的惬意。那些在田野里劳作的农民，此时最大的感受是日晒之苦和暑气的闷热。那种感觉我亲身经历过，被太阳晒得皮肤生疼，在地里蹲久了，站起身时眼前发黑、头部发晕，浑身的汗黏糊糊的。离家久了，劳作之苦化作一粒咖啡，如今只剩下似苦还甜、似甜还苦的回忆味道了。

"这个傻老头儿，在地里干活还不知道回来了，家里来客了，你倒是干一会儿就回来呀……"

母亲兴高采烈地和我说话，同时一直在念叨下地的父亲。他们俩年轻时都气盛，吵吵闹闹了大半辈子，等脾气磨没了，人也老了，如今只剩下相互牵挂。

直到晌午时分，被太阳晒得黑红的父亲才扛着锄头、抹着汗珠回家。

"今年这草才叫多！"父亲一边扭过头笑着看我们，一边把锄头挂在偏房的房檐下。

我关切地问他累不累，父亲非常释然地说："累？这点活儿累不到哪儿去！就是天气一天比一天热啦！"

他老人家一如既往地乐观，从来不愿让儿女们为他操心。

看着他一脸轻松的笑模样，我本来也想笑，可心中偏涌上一阵酸酸的冲动。在遥远的儿时，在不远的从前，还有近在眼前的现在，我无时不在梦想着让父母不再种地，脱离繁重的农活，可是，这个愿望看似简单，实现起来要难得多。就业、成家、还房贷、养孩子，没一样来得轻松，真不敢随便在生活面前许愿、夸口。

粽子还像往年一样香糯，剥好的咸鸡蛋流出的金色油脂分外诱人，母亲不停地往我们碗里夹菜。她的唠叨忽然多得惊人，两位老人生活在一个大院子里难免寂寞，她大概想把攒了多少天的话一下子全向我说完。开朗的父亲笑容可掬地和女婿聊天，童心未泯地逗着外孙女。中餐和晚餐都是最丰盛的美食。

白天很快逝去，夜晚来临。天空超常地高和蓝，许多不知名的小飞虫，像凭空坠落的星星，已经开始在灯影下飘忽着捣乱了。窗外一排高大的白杨树，擎着浓密如盖的树冠，在夜风中"哗啦啦"地响一阵，"哗啦啦"地再响一阵，像小河流水，像母亲说不完的唠叨，像父亲永远爽朗乐观的笑。

（一）烟火红尘

安静的傍晚

　　下了一天的雨，天空终于在傍晚时分拨云见日——灰色的云层退向天边，阳光好像一把把灿烂的金子，把整个大地照得晶亮。云层不断消退，天空渐渐变成了一望无际的翠蓝，没过多久又开始蒙上了日落时分的昏暗。

　　晚饭过后，我静静地伫立在窗前，欣赏着被雨水冲洗得一片葱绿的花园。高大的鹅掌枫好像在雨中加速了生长，每张宽阔的叶片看上去都比雨前大了一圈。正在盛开的月季可有点儿惨，本来肥厚硕大的花朵，经雨水一浇，花瓣边缘便卷曲起来，好像女人烫过的刘海。它们离凋谢也不远了。

　　夜幕像灰纱般层层坠落，幽蓝的天空高远起来，几粒星星像几粒露珠，水灵灵地一闪一闪。我的眼睛适应着渐沉的昏暗，心里思念着出差的爱人。明天就是他的归期，或者上午，至多晚上，他就可以到家了。离他回家的日子越近，我的心情就越急切、越不安，好像要在异地启程的是我，而不是他。

　　"辛苦了，老婆和宝宝。"

这是他发给我的短信——短信里的语气很让我和孩子诧异,因为平常在家相伴的日子里,他是从来不会说这些甜言蜜语的。我和女儿对着这句突如其来的温情,嘻嘻哈哈地奚落了一通。爱人还在短信中说,这次旅程顺便去了腾冲。我知道那是云南边境的城市,很有名,是国内最大的翡翠批发集散地。

然而,女儿以满不在乎的口吻说:"妈,我敢保证,老爸给你买手镯的可能性是百分之零点零零零零……一;不买的可能性是百分之九十九点九九九九九……"

拥有一只翡翠手镯,已是我很久的一个愿望。他这次能给我带回惊喜吗?要是在两年以前,说不定我会为此事牵肠挂肚。可是,现在,我却很坦然地一笑置之。翡翠是很多女人的美梦,如果这次我的梦想有幸变成现实,自然是惊喜,是幸福,不过,如果让它继续留在梦里,就不会有现实中的瑕疵,也同样是件美好的事。只要他平安到家就好,那才是真正温暖生命的幸福。

暗红的黄昏正渐渐被夜色取代,天空变成了一汪深蓝的潭水,水滴似的星星,越来越繁密地闪现在天幕中。大厅里,孩子已经在温习功课了。她正在换牙,有两颗松动的牙齿一碰就痛,害得她总是吃不好小饼、蛋糕之类需要咀嚼的东西。每一顿饭对她都是一番考验。不过,现在她已经闯过今天这一关了,她认真地朗诵着课文《威尼斯的小艇》——

商人夹了大包的货物,匆匆地走下小艇,沿河做生意;青年妇女在小艇里高声谈笑;许多孩子由保姆伴着,坐着小

（一）烟火红尘

艇到郊外去呼吸新鲜的空气；庄严的老人带了全家……

听那响亮的读书声，我便知道她已经全然忘记了刚才令其紧皱眉头、眼含泪水的牙痛。

淡红的天光朦胧微弱，收缩得很快，晚风像一大群看不见的蝴蝶，一拨儿又一拨儿地掠过草坪、花朵和树梢。几只狗在花园的小径上追逐嬉闹，它们的主人晚饭过后出门遛弯儿来了。

天空下燃起城市的万家灯火。

我静静地倚在窗前，悠然地品味着这个安静而祥和的傍晚。

我心婉约

溜车

"行李箱没关",汽车的显示屏上红红的字幕闯入眼帘,我心里一激灵:难道我将新买的平底砂锅顺手放里边就离开,连后备厢都忘记关了?唉,现在这记性。

我将挡位归零,开门下车,脚刚着地,身体却被车身带了一个趔趄。"讨厌!"我在心里恼怒地骂了一句,然后定神一看,汽车在慢慢地、慢慢地向后移动——哦!我没拉手刹!汽车正处于一个坡度不算小的半坡上,我居然没拉手刹!

我跨过两步,快速将后备厢关紧,然后试图制止汽车继续向坡下滑,事实却让我倒吸一口冷气——车身有一吨多重,它下滑的速度在无声无息地加快!我抓住车门,想把尚未熄火的车熄火,或者像只灵敏的猴子一样跳进车厢,然后拉住手刹,然后熄火——但这些都只能是想象而已,眼前下滑的汽车根本不是我的力气能制止得了的!

我大脑一片空白,几近窒息。我睁大眼睛,定定地望着汽车以加速度任性下滑,两只脚机械地随着汽车向前移动,

（一）烟火红尘

一小群人在距离汽车车尾只有几十厘米的地方处走过，他们中有位中年男子用奇怪的眼神望望我，但没说话就接着向前走去。

车速越来越快。越来越快。

怎么办？可怎么办？！

无论如何也不能撞到行人，不能撞到停在路边的其他汽车。急中生智，我用力将车尾向路边的土沟推去。既然不能伤害别人，那就赶紧调整路线吧。这次它倒挺乖，按照我设想的路线，向土沟中滑去。两秒钟后，我马上意识到接下来的问题，车会翻进沟里，然后顺势打几个滚，变成面目扭曲的瘪三。

此时马路两旁的人，尤其是对生活有经验的男人都看到了汽车的情况，也都意识到了问题，他们先是疑惑，最后紧张地望着我和汽车。

"咚！"一声闷响，汽车的一只后轮意外陷进土沟边上的一个小土坑里，停了下来。

刚才从车尾路过的三个行人停了下来，回头看。他们是祖父、父亲、孙子三人，其中的中年男子说："怎么了？我一直以为车上有人呢！"

又有几个人聚拢过来，有路过的行人，有对面开着小卡车卖花的花匠。我急成了热锅上的蚂蚁，面对人们的询问，语无伦次。

"如果大家一起推的话，能把车推出去。"

"垫点儿土，能开出去。"

"去附近工地上找把铁锹，然后垫点儿土。"

我心婉约

……

人群渐渐忙碌起来，我依然陷在紧张无措之中，呆若木鸡。

"我去找把铁锹吧！"花匠说道，然后转身走向马路对面的工地。

有人开始弯腰捡起砖头、石块，往车轮前的空隙里垫。祖孙三人一起动手，那个只有四五岁的小娃娃，也急匆匆地捡起一块小砖头，塞了进去。

一位身穿青色西服的戴眼镜男子说："这下应该行了，车应该能开出去了。"

"哪位大哥车技好，请帮我开一下车吧！"我求助。

戴眼镜男子望了我一眼，然后坐到驾驶员的位置，启动了汽车，发动机"嗡嗡嗡"作响，一个加油，汽车便拱出了土坑，重新回到马路上。

人群里发出了一阵叫好似的嘘声，我则长出了一口气。

"今后开车可得多注意，首先想到拉手刹。"他把钥匙交给我时说。

这时花匠已经手拿着铁锹赶到了，看到困境已解，欣慰地笑了起来，用责备的口吻说："就这样的司机！就这样还开车？！"

"是那个坑救了你！"祖孙三人中的中年男子说。

我千恩万谢。助人为乐的一群人，好像都没将此事放在心上，礼貌地谦虚着，便各走各路了。

花匠又回到小卡车旁边卖花，远远地还望着我渐行渐远的汽车，他脸上依然挂着略带不屑的笑容。或许，他嘴里还

（一）烟火红尘

在埋怨："就这样的司机！就这种人还开车？！"

想起刚才我到他的摊前寻问花名时的情景——

"这是杜鹃花吗？"

"是。"

"多少钱一盆？"

"15元。"

"这是香白兰吗？"

"是。"

"多少钱一盆？"

"10元。"

"嗯，今后再说吧。"

我扭头走开。

……

此时我内心充满惭愧。

或许别人没有觉察，但我无法欺骗自己：在内心深处，我对花匠是不够尊重的。一个大男人，卖花为生！这一心态，在之前停车时看祖孙三人的眼神中，一样自命不凡地存在着。

然而转眼之间，我便如此需要花匠和这些路人的帮助。

我心婉约

心平能过海

那是一个霜雪扑面、北风呼啸的年关,距今已近二十年。

腊月二十八的鞭炮在村庄的上空稀稀落落地响起来,街道上飘着炖肉的香味,家家户户都忙得热火朝天,为犒劳一年的辛劳做准备。

相比之下,我家的气氛实在尴尬。父亲与母亲在激烈地争吵,吵得像油炸开了锅。脾气火暴的父亲在屋里团团转,不愿服输的母亲滴答着眼泪争辩。我们姐妹三个开始还站在母亲一边,但在父亲的严厉呵斥下,像受了惊吓的鼹鼠,缩在墙角里连大气都不敢出了。

事情缘起于一笔工程款。

那一年,父亲承揽了一桩石料工程。石料从青龙县董杖子的大山里采集出来,再由父亲组建的拖拉机队运出去。那时市里到处在大兴土木,石料生意特别好。父亲带着那里的村民,从春天大地复苏一直干到冬天冰雪封冻。

但买方不及时付款始终是个让父亲头疼的问题。每要一笔款,都要给那里的承包商送礼。在父亲的不懈努力下,工

(一)烟火红尘

程款像挤牙膏一样断断续续地结回,但最后一笔却迟迟不到账。整个腊月,父亲都在为这笔钱东跑西颠。

那时候交通不发达,从乡村去秦皇岛的汽车少之又少。父亲为了节约路费,经常骑上自行车往返三百多里的路程,有时候还要在车后座上捆上送给包工头的一编织袋苹果。已经记不清那年到底送给包工头几袋苹果了,只依稀记得经常是天不亮就听见父亲和母亲在院子里装苹果的声音,然后母亲去开大门,父亲的自行车脚撑被弹簧有力地弹开,稳稳地落在地上,随着流水一样的车轮声渐渐远去,父亲已经在茫茫夜色中,带着大山里我所不知的诸多村民的希望,踏上讨要工程款的行程了。

虽然迎接父亲的是黎明的曙光,但他能要来最后一笔工程款吗?三番五次,父亲两手空空而归,带回的只是承包商的空头诺言。多少次了,刚刚回到家时,他总是满心欢喜,眼中放射出希望的光芒。可随着付款期限的临近,随着承包商一而再再而三地失信食言,父亲的表情一天比一天严肃。

那年冬天,父亲就是在这样的奔走中度过的,在希望与失望的交错中度过的。

眼看到年底了,父亲一天比一天焦急。用他的话说:"人家都等着这笔钱过年呢!"

我知道父亲所说的"人家",是指大山里那些跟他干了一年的村民。父亲经常向我们描述那里的山路有多难走,那里的生活有多艰辛,那里的人有多实在,那里的民风有多淳朴。而父亲有多体谅他们,对他们有多诚信,我亲眼所见。对于很多承包商靠克扣或拖欠工程款发财,他从未有过艳羡之情,而是每次提及都要激烈抨击。"喝冷酒,花赃钱,早晚是个病""心平能过海"是他的口头禅,也是他的座右铭。

每结回一笔款,父亲都要和母亲按照每个村民的出工情况一笔笔地算清,然后骑上自行车马不停蹄地送过去,分发给大家,一刻也不耽搁。一次也没耽搁过,一次也没有。

这一点,在我十多岁的头脑里,像打上了烙印一样,至今鲜明而深刻。

时间已是腊月二十六,父亲又出发了,不过这次没带送给承包商的苹果。那一天,父亲没有遵照母亲的嘱咐,即使已是深更半夜,也要赶回家。第二天,腊月二十七,在母亲的焦急等待中,深更半夜时分,满面风尘的父亲回到了家,衣袋里装着最后一笔工程款。他和承包商打了起来,最后的结果当然是理亏者认输。

父亲和母亲的争吵在第二天发生。那时离过年只有两天了。父亲坚持把钱送过去,可母亲却极不放心路上的安全。一百多里的路程,还要翻过荒山野岭。年关已近,各地的盗窃案、抢劫案时有发生。一年以前,父亲曾在那里一处叫作狼各庄的地方遭遇抢劫。虽说没被抢去多少钱,案子也破了,但全家人所受的惊吓至今没有完全消除。还有父亲与抢劫的人搏斗时身上留下的伤痕,这一切至今历历在目。

第二天刚吃过早饭,父亲骑上自行车就要出发。此举把母亲吓了一跳。

"过完年再发吧,总少不了他们的钱。再说是承包商给拖了这么长时间,咱们没多大责任。大过年的,万一出点儿事儿怎么办?"母亲试图说服父亲。

（一）烟火红尘

向来依从母亲的父亲这次一反常态，坚决不同意："那么多人都等着这些钱过年呢！过年的肉说不定都没砍呢！眼睛都快盼蓝了！如果不早点儿给人家送去，让我的脸面往哪搁？！今后我怎么跟那里的人见面？你别管了！"

"让人捎个信，让他们过来领钱不也行吗（那时候还没有普及电话）？"母亲不愿轻易放弃。

"那哪行？他们哪里知道谁上了多少工？万一出错了不更啰唆吗？这事儿一直是我一手操办的，哪能把钱往那儿一撂就撒手不管了？因为发错了钱打起来的有的是！"

"那咱们家不过年了？你身上带那么多钱，还得经过狼各庄……不行，我说不让你去你就别去了！"母亲坚持着。

"你别瞎掺和了行不行？总得有点儿人心吧？活都干完多少天了，还没拿到钱，现在好不容易要来了还不及时给人家送过去？！心平能过海，我啥也不怕！"

"我妈不让你去就别去了，拖工程款的又不是我们一家……"我们姐妹看着母亲快要处下风了，赶紧帮她说话。以前父亲和母亲拌嘴，只要我们一参战（当然大多数时候都是站在母亲那一边），父亲总是以笑容结束战争。

可这次父亲的反应却把我们吓坏了。

他以我们从未见过的样子怒视着我们，怒不可遏地训斥道："再这样说我踢你们！敢这样学试试看！还反了你们了哪？！"

"你看孩子都让你影响成啥样了？我走了！"父亲摔门而出，母亲哭起来，我们惊恐地眨巴着眼睛，一句话也说不出来。

我心婉约

一整天，母亲没有笑容。她像许多母亲一样在厨房里忙碌着，可耳朵却总像在倾听着什么。在天快黑的时候，母亲终于忍不住了，打发我和妹妹到村口望一望，看看父亲到底回来了没有。可是，越来越浓的夜色中，哪里有父亲的身影？

晚上十点多钟，家家灯火通明，夜空里的鞭炮声越来越密了，寒冷的北风在窗外呜呜作响。母亲一口饭也吃不下。我们三个都已钻进了被窝。谁也不作声，屋里弥漫着时钟的嗒嗒声。

不知具体什么时间了，终于听到大门外自行车的响声，母亲"腾"地站了起来，走出院子打开大门，只见父亲满头霜雪，满面笑容地站在母亲面前。

不过，这次他的车座后多了个补丁摞补丁的布口袋，那里面装的是村民送给父亲的土特产——栗子。他以炫耀的口吻告诉母亲，我们也在被窝里倾听——他一到，全村都沸腾了，村民们大声喊着："老李给咱们送钱来啦！老李给咱们送钱来啦！"

热情的村民们非要送他礼物，父亲百般推辞，只收下了栗子，送给他的三个宝贝女儿。

平生第一次，收到不相识的人的礼物，是父亲用诚信换来的。

父亲文化程度不高，做起生意来缺乏足够的精明，一直做得很艰辛。他曾经在很多环节被骗过，从买卖双方，到为他管账的人，都骗过他，事情发生时他恨得咬牙切齿，简直肺都要气炸了，可他从来不伤害任何人，而且总会以"心平

(一)烟火红尘

能过海""喝冷酒，花赃钱，早晚是个病"来安慰自己；他也曾赔过，或一个工程干下来几乎不挣钱，但他从未以任何理由克扣过任何一个民工的工程款。他以一个普通的乡下人的身份，以一颗淳朴之心，恪守着千百年的传统美德——诚信与善良。

所以，我经常能在父亲的脸上看到孩子般清澈灿烂的笑容。都已是六十多岁的老头了，笑得还那般纯洁。我知道，那是因为他的心灵没有负担。

经过时间的发酵，父亲的诚信与善良，像一对孪生兄弟，成了他送给我的最重要的人生礼物。

"心平能过海"！父亲这句口头禅，时常在我耳边响起——在我遇到困难的时候，在我遭遇不平的时候，在我受委屈的时候，在面临如上诸多困境自己与自己做斗争的时候，这句话就会在我耳边响起。

"心平能过海"！慢慢地，随着时间的累积，我清晰地意识到——它如今已融入我的血液里。

我心婉约

我的霓裳消费简史

刚参加工作那年,人青涩,衣也青涩。海阳路夜市是我的购物天堂,15元一件的粉色背心加8元一件的仿牛仔短裤,即我夏季行头,而且黑夜洗白天穿,绝无闲置浪费之理。

最难忘的是凉鞋。当时我在夜市地摊上一大堆鞋子里一眼就发现了它:浅咖色豹纹的半坡鞋跟,银灰色人造革编成的细带子,鞋面上镶几点碎钻,简洁又时尚,这一尤物搭我身上的背心短裤,岂不绝配?

最可人的地方是它便宜——老板要价12元,我软磨硬泡9元搞定。

一手交钱一手交货之后,我急不可耐地让脚上的鞋子就地下岗。入伏已经一周,我还坚强地捂着一双包子屉似的深棕色长脸皮鞋,鞋窠儿里潮热难耐不说,我最恨别人老拿眼睛瞅我的脚!如今精致凉鞋脚上穿,我顿觉神采飞扬、自信满满了。

谁知第二天9元凉鞋遇水而化。当时我正手持拖布弓身拖地,忽觉地面沉降身体失衡,低头一瞧,鞋跟儿瘪了。马

（一）烟火红尘

路边上修鞋的师傅掀开鞋底儿一看,"纸做的鞋子"不在江湖,也不只是个传说,它就在眼前。

硬纸板用在鞋上多娇贵呀！用胶水粘,已经浸水的它柔弱无骨；晾干了用鞋钉钉,它立马脆生生地"咔吧"裂开。

师傅和我探讨了半天,最后终于支出一招：像装订书本一样,用订书钉将纸壳打弯儿的地方密密地钉好,再将鞋底儿缝合归位,看上去还是好鞋一双。

师傅收了两元修理费,给我下了三条禁令："脚步千万要轻,千万防水防潮,雨天千万别穿。"

若问我为什么不维权,答案很简单：涉世之初,不知道。

那年夏天,我穿着背心短裤和纸做的鞋子走在大街上,心里时常嘀咕着修鞋师傅叮嘱的三"千万"。不过,我照样觉得自己很时髦,因为订书钉隐藏在鞋跟儿里,没人看得见。

我说这事儿不为别的,只因它和后来的几件小事,在同事以及周围群众中引发了一次大讨论。比如大冬天我把秋天的风衣当御寒的羊绒大衣穿,比如我一条黑裤子百搭春秋冬三季。

善良的人们给了我极高的评价：朴实、节俭、不虚荣,现代难得一见的好女孩儿。

好评如潮实际上让我战战兢兢,可我只能在心里争辩争辩："我哪儿有那么不食人间烟火啊,囊中羞涩而已！"

那时在私企打工,月工资400元还被老板扣留一半,我要是食量大点儿,一日三餐都难以为继,哪还敢讲究"穿"？一个季度能去两趟夜市、早市就不错了。供销大厦和海浪花市场对于我就是高消费,而华联、商城纯属"天上的街市",

遥不可及。

不过，节衣缩食的日子很快结束——我的男友也就是现在的老公出现了。

谈对象他挺舍得下本钱，从吃到穿再到玩，惊喜不断，差不多属于"立体轰炸"。认识不久，他就带我去商城，以前我连正眼往大门里瞧瞧都需要勇气的地方，他居然坚持着在那里给我买下了一件紫澜门大衣——999元！

这件火红的长身羊绒大衣，镶着豪华的蓝狐领，在老家引起了不小的轰动。记得邻居二嫂子围着我"滴溜溜"转了一圈，惊叹道："哎呀呀妹子，你简直买了一群羊！"

之后又有几件价值不菲的霓裳加身，我像有了水晶鞋的灰姑娘，在人群中的形象开始鲜明时尚起来。

请别误会，我基本没有打劫男人钱包的本领，就连那样的念头也基本没有，要怪只能怪他自己，只需我抬手轻轻一指，他就无私奉献主动挨宰，英勇得拦都拦不住。

结婚以后，几次激烈的争夺战打响又结束，最终由我执掌家里的财政大权。每月他乖乖地将工资交到我手里，没过多久，我就发现，我百花怒放的春天来了！比如从我们的荷包里分流那么一点点，添置一两件心仪的服装，对于生活来说似乎无伤大雅。

要知道，消费的"贼胆儿"是练出来的。我很快把早市、夜市变成回忆，欣然走进了金三角、海浪花市场，还有供销大厦。之后是人民里和太阳城步行街。如今华联已入不得法眼，商城、现代和茂业也要挑挑拣拣了。

在贫寒的日子里，能如愿购得一件几十元的衣服，至少

（一）烟火红尘

要亢奋一两个月，那件紫澜门大衣带给我的幸福估计能供我反刍一辈子。可是，如愿以偿来得太容易、太频繁，幸福感就会麻木粗糙，有关幸福的记忆也不再鲜明。

在那些乐享购物的日子里，哪一刻曾是我最幸福的时刻？魅力、风华、韵味、时尚、古典、现代、职业、浪漫、波希米亚……好像一场场变幻的大餐，各种味道我都不曾错过，可是，那个深入骨髓打动人心的时刻到底在哪儿？时空似乎变得苍白了，真的搜索不着。

那天，我收拾衣橱，虽然对自己近年的丰衣足食心知肚明，但衣橱里的盛况还是令我吃了一惊。

仅夏天的裙子就16条！羽绒服5件！不止一件衣服一次未穿，还不包括几乎每年都要馈赠出去的大包小包。

我像个贪心好色的皇帝，纳无数美丽嫔妃，新鲜一时后扔到后宫不闻不问。那些压箱底儿的华服就是可怜的弃妃，我的衣橱就是它们的幽怨后宫。

倪萍在《姥姥语录》里曾自责说："家里的食物太多，扔的比吃的还要多，恐怕来生得去要饭。"

关于穿衣，我和她能相差几何呢？没在生活的给予中学会感恩，倒在不知不觉间暴殄天物。我于羞愧中生出恐惧，更不想因为穿衣而累夫败家。况且，没钱时节俭实属无奈，有钱时节俭才算美德。于是我开始节制自己，回归到节俭的路上，挑一些旧衣服去改裁，重新穿回身上，才渐渐隐去心中的惶恐。

令人欣慰的是，即使穿着旧衣，自信似乎也未减当年。和奢侈浪费相比，到底是俭朴的生活更令人心安。

我心婉约

然而，欲望似乎生来就为挑战理智而存在，追逐流行、标榜个性的爱美情结，常如烈焰般煎灼于心，于是翻箱倒柜检点"家底儿"，至少能在回忆中过把瘾。一次，我翻出一件旗袍，娇嫩的鹅黄底色，衬以灰色印花，其间有大朵大朵穿花蝴蝶，于腰身、胸口和裙摆处盘旋飞舞，领口斜至左腋的盘花结上饰有一排水绿色小粒纽扣，传统又大胆，唯美又洒脱。记得当年我穿在身上，凹凸有致，韵味十足，在大街上飘然而过，回头率超高。

我忽然想重温昔日辉煌，费了好大的劲儿，才将它套上了身，等拉好后背的拉锁，站在镜前一瞧：腹肿腰圆，赫然惊心。

时光如流水般悄然流逝，任凭霓裳也难挽岁月风华。如今，成熟取代了青葱，恬淡平复着欲望，而我，已不再是那个削肩美颈、腰肢纤细的妙龄女郎了。

(一)烟火红尘

我的舌尖饕餮之旅

法国美食家布里亚说:"与发现一颗新星相比,发现一款新菜肴对于人类的幸福更有好处。"

此言甚妙。

周末一家三口下馆子,只点了两道菜,便有意外惊喜。一道石锅双鲜,"嗞啦啦"爆着油沫儿端上来,只消看一眼,味蕾便大受刺激,落筷一尝,咸香适口,齿颊生津。另一道干炸小河鱼也不错,四五寸长小鱼苗,薄裹着一层淡黄干粉,线头儿似的堆叠在雪白的盘子里,香酥脆嫩,别有一番风味。

待吃得尽了几分意兴,才注意到吧台后坐着一位清俊丽人,不大的店面,极少见的简洁清雅,于是不免暗自赞叹:唯有这样的女子当垆,方能打理出这样一间雅店,也才端得出这样一手好菜。

别看如今大小饭店乌泱泱遍布街市,适口又可心的去处,却着实难觅。那类缩在巷子里的大众餐厅,门面不是大红大绿的艳俗扎眼,就是灰头土脸蒙一层沧桑浮尘,窗玻璃和桌椅即使擦了又擦,也疑似腻着一层化不开的油泥。至于菜谱，没格式化也被克隆了，一家家大同小异，不用看就能背上来，鱼香肉丝、地三鲜、醋熘土豆丝、熘三样……好像影院里的循环电影，翻来覆去那几出。菜量经常大得惊人，三五道菜，便实实惠惠地摆满一桌子。来去的食客，脸上大多写满草根印记，一杯一箸，吞咽的都是自家血汗。

我也曾是其中一员，并一度天真地认为鱼香茄条和熘三样便是人间至味。后来出差去了趟南方，尝过南方人熬的米粥，入口即化，沃肺融心般香糯宜人，还有米线、馄饨、小笼包，都是些家常食物，但食材少而精，味道说不出的精妙细致，于是长了见识，知晓了北方人吃得粗粝。再去街上的大众餐厅，但觉满桌粗物，无从下箸。

荀子曰："故不登高山，不知天之高也；不临深溪，不知地之厚也。"一名食客，如果不进大饭店，就不知至味之外有至味。况且，生在全民欢宴的时代，整个社会就像一场活色生香的盛宴，苦乐人生也仿佛通过一场场宴席来构架。有时候，判断一个人活得是否有滋有味，甚至可以将他是否有滋有味地活跃在大小宴席上作为参照之一。

我乘着太平盛世的东风，在觥筹交错之间奔来袭去，成了名副其实的"宴席客"。那些灯红酒绿的去处，任它东西南北古今中外，凡是人间寻得见的美味，一概收揽其中。而鸡鸭鱼肉，到了这种地方皆渺小成俗物，彰显食客品位与身价的，是半米长的龙虾、手掌大的螃蟹，还有海参、燕窝、鱼翅、鲍鱼、鸡冠、鱼的嘴唇、鸭的舌头、蚂蚁、蝗虫、蛇、青蛙……天上飞的、地上跑的、水里游的，只要能被捉来，就能被人类弄到厨房里侍弄成吃食，然后端到桌上。

（一）烟火红尘

到后来，人们不但要吃得尽兴，还要扔得尽兴。一次去承德参观，中晚宴席上，尽显塞外豪情：蒸的、烤的、煮的，全是鲜嫩肥美的大块肉，其间点缀几大盘野菜、时蔬，算是调剂，又一整条大鱼摆在桌中间，压轴的主食，服务员竟端上来倭瓜大的一个馒头。一桌人顿时有些傻眼，这可怎么吃？要不拿刀来切开吧？服务员花儿似的笑了："您这就外行了，需用手撕，才吃得香甜！"

众人大口大块地吃得确实香甜，但常年胡吃海塞，人人肚里油水过剩，最后还是剩了多半桌。酒家深谙其理，一伙人才欠身离座，便有两个打杂的年轻小伙儿，抬着一口小缸似的塑料大桶，颤巍巍地走来，"稀里哗啦"一阵秋风扫落叶，将桌上剩鱼剩肉剩馒头扫入桶中。

我的罪恶感就是在那一刻产生的。我们才填饱肚子几年啊？世界上还有那么多孩子在挨饿！其实，面对肆无忌惮的奢侈浪费，社会上早已骂声四起。人们边吃、边骂、边害怕，怕哪一日老天降罪下来，闹几年饥荒把遍地吃货变成遍地饿殍。

俗话说："天下没有不散的筵席。"政府深入开展"光盘行动"，节俭用餐成为新风尚。回首那些饕餮往事，简直如同大梦一场。可恨的是，酒肉穿肠过，舌头最无情。曾经品尝过那么多山珍海味、佳肴美馔，留下的记忆却没滋没味儿，一片空白。或者也不能全怪舌头，细数那一场场盛宴，不是作为陪客忝居末座，捏着半个肠胃吃的，就是为了达到某种目的，浑身最敏感的神经全部集中于算计逢迎，"未解其中味"也纯属正常。

我心婉约

冷静下来想一想，有关吃的美好，还是有的。

那一年刚参加工作，冬日里要好的几个同事欢聚于一家小酒馆，围着桌子热气腾腾地吃火锅。作为职场新人，我拘谨地坐在桌前，不怎么伸筷子，身旁一位细心同事瞧在眼里，兄长似的鼓励道："别光愣着，夹菜，赶紧夹菜！"那是我记忆中暖暖的一顿饭。

最值得回味的，是孩子小的时候，小区门口有家烧烤店，爱人经常带我去那里吃18元一盘的烤羊排。大多数都在晚上，八九点钟以后，孩子已经沉入梦乡，我俩悄悄溜出门去，混在食客中间，就着两杯扎啤，你一串我一串，享用那有滋有味的羊的嫩排。差不多两盘即可尽兴，然后于夜色中踏着月光，在小区内的花园里遛两圈消消食，再肩并肩漫步回家。那时谈不上富裕，却经常觉得人间幸福莫过于此了。

如今，网上团购又百花盛开，成全了众生的美食之欲。如果心情不错，荷包也在状态，我就怂恿老公在网上拍下麻辣鸭头、豆花鸡或者活鱼锅之类，一家人其乐融融地享受美食。

成由勤俭败由奢，于国、于家，是一个道理。因此，每次团购，菜量大小，银钱几何，我都要认真掂量，以免快活了嘴巴，伤害了美德。

(一)烟火红尘

我的乐淘生活

刚入夏时,一套浅金色纯棉刺绣床品惊艳连连,到家里做客的姐妹们艳羡不已,追问到价格,更引起惊呼一片:"300元?说它500、800元也有人信呀!怎么会这么便宜?"

答案很简单:淘呗。

说到"淘",多数人会条件反射地想到网络。也难怪,如今电商强大得好像八爪鱼,触手无处不在,你想不触网都不行。可是,在经历了酒红变艳红、羊绒变腈纶、水晶球变玻璃球等事故之后,我又从虚拟世界回来了——我的乐淘生活不在线上,而在街上,因为相对于天花乱坠的网络,触手可及的商品更让我心里踏实。

秦皇岛虽说版图不大,但也商场林立、步行街纵横、小店星罗棋布,如果跃到城市上空手搭凉棚俯瞰一下,所见定是大小门店罗列参差,风情各异,如江河与溪流之对仗映衬,乱中有序,藏奇纳宝。所以,对爱逛街的人来说,上街扫小店、转商场,淘些心爱物件打发日子调剂心情,也算一桩乐事。

我心婉约

女人逛街,九成意在服装。和大商场相比,我更喜欢步行街和巷中小店的灵活可爱。大商场里品牌子丑寅卯,正规齐全又高档,可价格也太不亲民了,以秦皇岛的工资水平,如果我每月从那儿拎几件衣服回家,估计得害得老公、孩子跟着我吸风饮露。

相比之下,小店就经济多了。然而它最诱人的地方不在"廉",而在于"杂"。一家家不大的门店居然有兼容并包的气度,方寸空间里总藏着创意或新奇。日本货、韩国货、欧美货、港台货、广东货、外贸原单及其尾货,某些大品牌的下架货,当然还有"大路货",全被包容其内。逛这些小店,像一场惊喜不断的探险,哪怕横陈于角落里的百元上下的甩货服装,遇到惊艳之笔也属常事。

我的衣橱里,百分之八十的服装都在这些小店淘来,穿出来,在人群里的反响还都不错。女人穿衣是门学问,买衣服则是门功夫。一件不起眼的衣服,遭九人淘汰被一人选中,往往就一鸣惊人了。此间考验女人的是审美亦是修养,因为风采个性与服装价格并不顺顺当当地成正比。

在小店淘宝,有一绝招叫"果断",这一点我深有感触。年初在一家品牌折扣店拥挤的衣架上,发现一件碎花纯棉上衣,手感相当柔软舒适,红绿搭配竟绝无俗气,细看,那满天星一样被纤枝缠绕的红色小花朵朵怒放,恰是我最喜欢的玫瑰。一瞧价签,折后价280元,作为一件单薄衬衫,又是在折扣店,这个价位有点儿超出我的预期。小店老板劝导说:"买下吧,日本原单,在商场里售价一千多元。"

这一点我倒相信。一件透亮轻薄的纯棉衬衫,在商场里

(一)烟火红尘

顶着品牌的名义要出二亩地棉花的价格,早就不是新鲜事。我想了想,还是放下了。一周以后,禁不住对它的朝思暮想,再去,已衣去架空。至今忆起它,我还心存遗憾,时常思忖是哪位慧眼识珠,又有此良缘,做了那件衬衫的主人。

除了淘衣,我还淘书、淘首饰、淘生活用品。

我的书架上,人民文学出版社四册本《红楼梦》、上海古籍出版社铸雪斋抄本《聊斋志异》、汝龙译本《复活》、《泰戈尔诗选》《普希金诗选》《拜伦抒情诗选》等三十几本世界名著都是淘来的,印刷和品相相当优质,一共才花不到百元钱。

有一段时间,我迷上了瓷器和玻璃工艺品,亚泰、五兴居饰广场、洋洋花卉二楼、银谷地下商城,还有古玩市场以及大小专卖店,满大街地转,淘来一件又一件大肚小肚的瓷瓶、玻璃瓶。美人形的放在大厅博古架上、牡丹花卉的陈列于书架,就连床头和阳台也摆上了造型各异的瓶子。什么东西一多,审美疲劳就来了,后来有亲友搬家,我索性以瓷瓶相赠,此举大受欢迎,明显比钞票高雅多了。

有一套纯白骨质瓷茶具,我十分喜爱,是一次晚上溜弯儿时在银谷买回的。这套茶具通体雪白,暗纹装饰是一朵朵盛开的写意团花,拿在手里质感十足,摆在桌上气质非凡。当时商家要撤场,六件套的小杯子、小碟子,一口价340元,老板称是正宗韩国货,我明知有诈仍爱不释手,想起以前衬衫的教训,连价都没还一下就掏钱将它收了。如今将这套茶具摆在家里,触目入眼,觉得满室物件它最耐琢磨、有品位。

不知是什么机缘,去年夏天我竟中蛊般迷上了一只蓝宝

我心婉约

石碎钻镶边戒指，原价一万七，折后价九千多元。戴上它，玉指纤纤，灿若娇兰。不知不觉间我的痴劲儿上来了，接二连三去柜台前晃悠，盼着它哪天身价大跌，或老板尽快破产甩货。最后还是售货员的冰霜冷脸惊醒了我：动辄成千上万的东西，哪还是淘宝啊，明明是败家。赶快收手。

乐淘生活，淘出惊喜，乐在发现。一件件被埋没了的宝贝，偏偏被你吹沙见金，淘回家来，然后得以物尽其用；宝贝也从此与你这个伯乐朝夕为伴，耳鬓厮磨相看不厌，无论从哪个角度讲，都是寻常日子里的锦上添花。

有时候，我一边美美地欣赏淘来的宝贝，一边胡思乱想：人和物，也终究要讲究"缘分"二字呀。

（一）烟火红尘

乐观的医生

下班一进家门，我就听到父母在屋里谈话——

"这位医生可真乐观，他自己得过四五次大病，每次都幸运地活了下来，如今也不休息，每天给上百个病人坐诊。他说了，'只要不让我走，我就坚持上班、给人看病；让我走，我就走，反正也没什么可怕的'。"

可能是被这份通达坦然打动了，父母不约而同地发出赞赏的笑声。接下来是父亲的声音："那天他去看他儿子，街上有卖卷饼的，他买了两张，一张自己吃，一张带给儿子，他说他儿子爱吃卷饼。"

"是啊，他心里一直惦记着儿子呢。"母亲说。

"别人问他：'您今年多大岁数了？'他回答说：'我今年93岁，我儿子都70多了。'"

父亲话音未落，母亲紧接着问道："他有周柱亮年龄大吗？"（周柱亮是原解放军第281医院的肾病专家，80多岁了还坚持出门诊，每天就诊人数少则几十，多则上百，十分令人敬佩）

"比周柱亮要大,这位医生都 90 多岁了。"

"这样的人是真正看得开,所以他才说'让我走,我就走,反正也没什么可怕的'。"

……

听至此言,我方理解"让我走"是生命结束、离开人世的意思。

这位老医生是何方人氏?在哪里坐诊?父母如何与他结缘?我不得而知,同时也觉得并不重要。动人之处在于,一位悬壶济世的鲐背老人,热爱生命,拥抱生活,又乐天知命、不贪生、不畏死,多像小时候家里墙壁上贴着的年画里手捧寿桃、憨态可掬的老寿星啊!

他既是老年人的楷模,又让年轻人肃然起敬。

(一)烟火红尘

草根滋味

秦皇岛的气候,需要过了清明,才得春风十里,才得荠麦青青。每当此时,到街头菜摊前转悠的人就多起来:"荠菜有吗?野蒜有吗?蒲公英还有吗?"精明的菜贩子将小半袋沾着泥土、挂着露水的野菜,绿碧莹莹地置于显眼位置,比常见的菜蔬贵多了,还一口价,你敢议价我就敢惜售。

民谚有云:"三月的茵陈,四月的蒿,五月六月当柴烧。"

野菜美味,只可惜草命卑贱,受制于时令,不能像家常菜那样一年四季欣欣向荣,节气一过,就需一年的轮回等待。比如我,喜食荠菜饺子,却未必每年都可得。多因工作忙,没时间去菜市场,等匆匆地去了,野菜又已下市,徒留满腔口水满腹遗憾。

今年幸运,随市文联去花厂峪采风,就餐于当地农家,着实过了把野菜瘾。开眼的是,一行文友面对满桌珍馐,齐刷刷将饕餮之箸伸向野菜蘸酱,搞得酥烂烂的野山鸡光华顿失,白嫩泉水豆腐也短了诱惑。

岂止如此,采野菜、吃野菜,于城里人已成风尚。野菜团子杂粮包、马兰头、枸杞菜、香椿芽、鱼腥草、榆钱饼、槐花汤,除了见宠于寻常巷陌,在大小餐馆多被抬举为特色。即便在高档餐厅,麻辣爽口的凉拌葛根粉,也是一道常见菜,在"金樽对绮筵"的奢华氛围中,其品相、味道、价格均得雅俗共赏之妙。

《诗经·采葛》云:

> 彼采葛兮,一日不见,如三月兮!
> 彼采萧兮,一日不见,如三秋兮!
> ……

其中葛即野葛,萧是一种可食用的白蒿。古人吃野菜吃出一片似水柔情,多浪漫呀。

野菜再可口,也不过是能吃的野草。野草与草民,孪生异相,天涯相惜。千百年来,野草随时履行着为草民果腹充饥的天职。如今黎民百姓能把它吃得花样百出、头头是道,说到底是苍生的福祉。如果把目光投向历史深处,在那些荒灾连年的岁月,野菜的滋味,远非今天这般甘美开胃。

比如"劳豆救苍生",便是一段刻录在时光里的神话。20世纪60年代,劳豆有如通了神性一般垂怜众生,疯长得漫山遍野,今天被撸光叶子,明天又长出油嫩嫩的一层新绿,茎叶做菜,豆荚煮饭,多少人因此逃过饿死的劫难。

每当听老人讲起这段传奇,我总忍不住含泪感慨:人是自然之子,本与草木同根。野菜,就是造物对人类的格外恩赐!否则,那些饥饿的生灵,那些辘辘的饥肠,除了造物母亲,还会有谁有能力去怜惜他们顾及他们?

（一）烟火红尘

> 殷诗肠之转雷，聊御饿而食陈。
> 无刍豢以适口，荷邻蔬之见分。
> 汲幽泉以揉濯，搏露叶与琼根。
> 爨鉶锜以膏油，泫融液而流津。
> ……

一曲《菜羹赋》，让大文豪苏东坡把野菜也吃得如此风雅。闻一闻，天然的，醇美的，甘香的，仿佛已穿透岁月的重幕飘进今天，撩动着今人的味蕾。苏东坡坐在九百年前的光阴里，或许还敞着破旧长衫，鼓腮摇首，一边美美地喝着酥烂的野菜汤，一边消磨绯红的暮霭和灿烂的霞光。

吃野菜的苏东坡并不孤单，像他一样靠野菜泽惠润养的名人雅士，历史名单一大串，比如陆游，比如杜甫。而野菜培育出来的功名富贵，更如映日荷花，别样生辉。

北宋宰相吕蒙正，自幼年起，就拾柴火、挖野菜，和老母艰难度日，婚后成了家，又和夫人拾柴火、挖野菜艰难度日，还动不动到寺院蹭粥吃，贫贱得"上人嫌，下人憎"，大路小径白天黑夜，撞见的除了冷面白眼没别的。不过最终还是世人遭了戏弄，几乎沦落成食草动物的落魄书生，竟然惊天逆转做了当朝宰相。

法国传奇美食家布里亚·萨瓦兰说过："告诉我你吃什么，我就能知道你是什么样的人。"

现代医学结论更加纯粹而直接：食物左右性情。

苏东坡在《菜羹赋》里写道："鄙易牙之效技，超傅说而策勋。"易牙把亲生儿子洗洗煮了，还款款地端给齐桓公一口口地吃掉,如此灭绝人性,岂是善类?后来铁的历史事实证明,正是他勾结内庭作乱,闭塞宫门,把一代霸主齐桓公给活活饿死了。

而野菜是多么质朴无华啊!它吸日月精华,吮大地乳汁,滋天地灵性,性情如大地母亲般廉、俭、善,真是博大宽厚、随性自在、历久弥醇。

以野草为生的艰涩生活,让吕蒙正豁达大度,草菅"人过"。他在《寒窑赋》中亮明了自己的人生观点:"人生在世,富贵不可尽用,贫贱不可自欺,听由天地循环,周而复始焉。"富贵或贫穷,没什么大不了,不过是命运的循环游戏罢了。他三度出任宰相,始终以国事为重,公正无私,穷不落志丧气,富不骄奢淫逸,被史学家称为一代名相。

史上还有朵奇葩名叫张翰,朝居晋代,做官洛阳。某年某月的某一天,他被一阵秋风吹破了乡思:家乡那美味的菰菜啊!塘中那可口的莼菜啊!于是脱了官服、摘了官帽,甩甩袖子、跺跺脚:"人生贵得适意尔,何能羁宦数千里以要名爵?"

——登时辞官还乡。

"久在樊笼里,复得返自然。"张翰真是洒脱极了。

野菜的纯朴本真,正是大地苍生的草根滋味。它有如一块清晰的胎记,永远带着大自然母体的奶香,缭绕在人性的记忆深处。尝一口新鲜的时令野菜,这些天然而本色的野草啊,真是又鲜、又爽、又纯!

(一)烟火红尘

让清洁成为一种信仰

孟子曰:"西子蒙不洁,则人皆掩鼻而过之。虽有恶人,斋戒沐浴,则可以祀上帝。"每当读书至此,我总禁不住想,孟子怎么能拿人家做这样的对比呢——即使是美女西施,如果身上沾染了恶臭污秽的东西,别人也会捂着鼻子从她身旁走过;一个相貌奇丑的人,经过斋戒沐浴,收拾得干净整洁,一样可以祭祀天上的神仙。

圣人此言意在告诫世人:自古清洁无小事,洁与不洁之间,价值可以惊天大逆转。

是不是危言耸听?虽然一时找不到直接的案例,但小说《汤姆叔叔的小屋》里,有位比汤姆还抢镜的邋遢厨娘迪娜,可以拿来作为参考。书中描述她所掌管的厨房,"永远像龙卷风刮过那样乱七八糟"。偶然打开某个抽屉,其中收藏之丰会令人惊讶——锉子、肉豆蔻、赞美诗、肮脏不堪的布手绢、丝线、烟草和烟斗、饼干,还有装着头油的镶金瓷盘、薄底旧鞋……规模堪比小型废品回收站。这个毫无条理、不干不净的厨娘,直接导致生活品质大打折扣,横看竖看,都让人觉得辱没了主人圣·克莱尔的贵族身份。

学者于丹曾说:"哈佛商学院经过研究,发现一个现象:幸福感强的成功人士,往往居家环境十分干净整洁;而不幸的人们,通常生活在凌乱肮脏中。由小家及大家,一个成功的企业,往往窗明几净;反之,一个濒临破产的企业,一定有肮脏的角落。""你所居住的房间正是你自身的折射,你的人生其实就像你的房间。"

果真如此吗?被称作《安娜·卡列尼娜》"真正的主角"的列文,曾邂逅一户富裕的农家,这户家庭的干净整洁令他印象深刻:"新修的宽大院子收拾得干干净净,一个服装整洁的少妇,赤脚穿着套鞋,弯着腰,正在擦新盖的门廊里的地板。""屋子里那么洁净,使列文担心那只一路跑来又在水潭里洗过澡的拉斯卡会把地板弄脏,便强迫它留在门边的角落里。"而这户连名字都没有留下来的干净人家,日子果然过得蒸蒸日上:十年之间,老头从租户变地主,完成了资本的积累,成功跻身于新兴农场主阶层。尽管文中老农一直在向列文诉苦,但明眼人都知道那不过是一种谦虚的客套。《钱氏家训》曰:"欲造优美之家庭,须立良好之规则。内外六间整洁,尊卑次序谨严。"于列文偶遇的这一户农家,正好合适。

外在的洁净,往往寓意着内在的操守和精神风貌。这在古代许多诗歌吟咏中可见一斑。唐太宗李世民《经破薛举战地》曰:"昔年怀壮气,提戈初仗节。心随朗日高,志与秋霜洁。"班婕妤在《怨歌行》中自比:"新裂齐纨素,鲜洁如霜雪。裁为合欢扇,团团似明月。"《红楼梦》中黛玉的《葬

（一）烟火红尘

花吟》向来有名："质本洁来还洁去，强于污淖陷渠沟。"探春于《咏海棠》中曰："玉是精神难比洁，雪为肌骨易销魂。"或者冰霜明月，或者鲜花美玉，诗人无不以物之洁净喻心之高洁。

洁净恬淡的日常生活，历来是中华民族修身齐家的第一要务。《朱子治家格言》曰："器具质而洁，瓦缶胜金玉；饮食约而精，园蔬愈珍馐。"简约恬淡、清洁无尘，自然而然会让人心生崇敬。在大街上林立的小吃店里，简约朴素的兰州牛肉拉面，清淡的一碗面汤，下一缕拉面，加几片牛肉，再点一小撮葱花儿，无需多么特别的味道和品貌，朴朴素素，便横扫大江南北，成为人们熟悉又放心的食物。不为别的，只为清洁是他们生活信仰的一部分。

清洁发展到极端便成了洁癖。在中国历史上，有位著名的画家，就是元明之际的倪瓒，他的洁癖到了天下无双的地步：不仅他碰触的物品要擦洗得一尘不染，就连院子里的梧桐树，他都叫人每天反复擦洗。据说圆明园里有个"碧桐书院"，还是乾隆皇帝照搬了倪瓒的典故命名的。倪瓒的厕所，更是前无古人后无来者，他用香木建了个空中楼阁，下面填土，上面铺满洁白的鹅毛，"凡便下则鹅毛起覆之……不闻有秽气也"。有一次，倪瓒头脑发热留客人宿，因怕其不洁，一夜数起前去视察，终于听到了一声咳嗽，结果他一宿未睡，第二天一大早，家里奴仆便开始了地毯式搜索，可怜的仆人实在找不到痰迹何在，只好指着一片挂着晨露的叶子说是痰迹。倪瓒马上命令剪下那片桐叶，一直扔到十里之外……

倪瓒的洁癖固然到了近乎变态的地步，但与之相应的高洁出尘的品格，却不能不令后人肃然起敬。倪瓒的人品全部寄托在他的画作里，那些超凡的画作给他带来了巨大声望。而他的山水画作"有意无意，若淡若疏"，往往是一袭江水，空无一人。倪瓒固执地认为，人会污染了天地间那个质朴澄明的自然世界。他于《题彦真屋》一诗中写道："只傍清水不染尘。"明代画家文徵明说："倪先生人品高秩，其翰札奕奕有晋宋风气。"明代书法家董其昌说："古淡天真，米痴（即米芾）后一人而已。"作家祝勇评价倪瓒："那是一种彻底的清洁和透明，从身体到精神，都被山风林雨一遍遍吹过洗过，如雪后蜡梅，雨后荷花……他是中国艺术史上的精神贵族。"

(一) 烟火红尘

且问白露为何物？

蒹葭苍苍，白露为霜。所谓伊人，在水一方……蒹葭萋萋，白露未晞。所谓伊人，在水之湄……蒹葭采采，白露未已。所谓伊人，在水之涘……

"妈妈，'白露'到底是什么呀？"

女儿马上初中毕业，读《诗经》竟然不知"白露"为何物，该不该去面壁啊？我一边用力翻炒锅里的香菇油菜，一边没好气地回答道："白露就是露水嘛！"

"露水？露水怎么会是白色的呀？它明明是无色的嘛！"女儿的声音底气十足，毫无愧意，"妈妈，我知道了，白露就是霜吧？对，霜是白色的！"

……哦，我的小心脏啊。

转念一想，到底是我忽略了——像女儿这样的城市小孩，生来便远离大自然，童年又被学业重重包围，在他们的眼中，一朵云彩、一只蝴蝶、一片羽毛、一面粉墙或者花园里的一朵小花以及美女身上的飘飘裙裾，都可以是白色的，而"床前明月光,疑是地上霜"也曾以一种文字渲染的画面告诉她,霜是白色的。唯独那些远离红尘、生长在原野里,在草尖上欲滴欲坠,在阳光下七彩闪烁的莹莹露珠,不可能是白色的,因为化学或者物理老师都告诉她,水是无色无味的透明液体。而其中最重要的原因,是她没见过,没见过那些气温骤降的夜晚过后,朝阳温暖地照在初秋的原野上,一眼望去,黄绿的草尖上沾满了白花花一片露珠的美妙与壮观。

没有亲身体验,怎会知道大自然的瑰丽与壮美,怎会了解祖先语言的微妙与神奇?只有被初秋的露水打湿过鞋袜的人,只有被露水沾湿过衣襟的人,才知道,露水之白,白露之美。

那恰是旷野非凡的魅力。

唉,离自然越远,人类越迷茫。

(一)烟火红尘

至上主义

女儿长大,老妈落伍。

前几天晚饭后,女儿捧着2015年第二期《读者》,哧哧地笑个不停,我奇怪:"你在笑什么?"

"你看看这张图,能想到什么?"女儿举手将《读者》送到我眼前,指着上面的一张图片说道,"你能看懂什么意思吗?"

扉页的右上角,一个漆黑的正方形套在灰白色的方框内,我的大脑里条件反射地反映出早已被时代淘汰了的黑白电视机。

"这不是没打开的电视屏幕吗?"我说。

女儿脸上掠过她这个时代的中学女生特有的得意,继而天马行空地说:"我想到的是'鱼戏莲叶东,鱼戏莲叶西,鱼戏莲叶南,鱼戏莲叶北'。"

"……"我赶紧将目光再次落在画面上,可是除了一块电视黑屏,哪见半点儿鱼戏荷塘的影子?难道她眼中有一片黑色的池塘?自从女儿上了初中,身为老妈的我经常被嘲笑落伍，或在一头雾水之中被无奈地点评说："唉，我真是无话可说了。"对于她此刻忽然而至的引经据典，我一时不解，又失了自信，于是越发不敢妄语。

女儿见状，有些不耐烦地说："哎呀，老妈，我是说，这种画就像那首诗，居然还成了名作，其实二年级小学生都做得出来。"

此话听来不无道理。名诗简洁成白话，名画简化成黑屏，历史的评价有时令大众费解。不过，《江南》作为采莲诗的鼻祖，不但被视为民歌中的天籁，还被视为与劳动相结合的情歌，因为这些简洁的文字背后是有隐喻的：在中国传统文化中，鱼被喻为男性，莲被喻为女性，纯洁且又多子多福。因此"鱼戏莲中"的喻义是良辰美景，行乐得时。这层含义，老师在课堂上也许不会讲。

面对女儿隐而未发的嘲笑，我心中有所不甘——至简者未必来得容易，或者有更深的内涵。于是认真阅读了如下文字，关于一幅俄罗斯名画的注解：

"至上主义：至上主义是现代主义艺术流派之一，是20世纪初俄罗斯抽象绘画的主要流派。当时的评论家这样感叹至上主义创始人马列维奇的作品：'我们失去了所钟爱的一切……在我们面前，除了一个白底上的黑方块以外什么都没有。'"

而这幅画的名称就叫作《白底上的黑色方块》。

(一)烟火红尘

晚安

"晚安,妈妈!"

"晚安,宝宝!"

每天晚上,当时钟"嗒嗒"走到 10 点 30 分或 11 点,便到了一家人的就寝时分。睡前跟妈妈道晚安,是女儿保持多年的习惯,平常又温馨。

记得她刚和我们分床睡时,大概是小学三年级,在感情上对妈妈还存在着十分的眷恋。因此,经常要在我的陪伴下上床睡觉。我有时会帮她脱衣服、盖好被子、掖好被角,再俯身在她嫩滑的小脸蛋上亲上一口,然后轻声说:"Good night!"女儿闪着一双乌黑的大眼睛,从始至终目不转睛地凝视着我,在意识到这一程序已经结束,妈妈马上要离开了,一张小嘴则用英语说道:"Good night!"然后合上眼睛,或者嘴角浮上浅浅的微笑。

"Good night!"这一表达方式一直延续到女儿上初中,那时她已是个日渐独立的花季少女,不用在我的陪伴下上床、入睡了。

已不记得是女儿初中时候的哪个夜晚,时钟又准时地走到了晚上 10 点 30 分,女儿忽然对我说:"晚安,妈妈!"看着我微愕的眼神,她说:"妈妈,从今天起,我每天都要和您说'晚安'。知道为什么吗?"

"为什么?"

"'晚安'的汉语拼音,正好是'我爱你'的声母。"女儿说,"所以,我每天都要跟您说'晚安'!"

(一)烟火红尘

宝宝便秘

家里的冰箱塞满了东西,尤其下边冷冻的部分,好像堵了四大块冰坨,坚实难化。应该清理一下了,我想。

……

"妈妈,我又便秘了。"刚到家,前来开门的宝宝就对我说。她的声音又低又小,我的心如被芒刺。

刚刚开学,时间紧张,她在学校几次如厕都未成功。今天晚上尤为严重,因为憋了一整天,她饭也吃不下,功课也复习不下去。一家人愁眉不展。

晚饭她吃了很少一点儿,因为服了两片复方芦荟胶囊,不到7点钟就去蹲厕所,可是直到快8点还未成功。

母亲坐立不安,父亲坐在客厅的椅子上面色凝重,直喘粗气。他们比我还心疼孩子。母亲悄悄打发父亲去药店买开塞露。

"宝宝,如果实在不行,就起来吧,蹲的时间太长会引起痔疮……"我在卫生间门外这样提醒了她三次,每一次她都是又乖又缓的声音:"知道了……"

我心婉约

父亲下楼买药的脚步声渐渐远去，我和母亲呆坐床头，心乱如麻。

我忽然想找点儿事干，转移或化解一下空气里凝固的气氛。

冰箱里的冷冻抽屉必须清理一下了，我想。

马上动手。

"哐哐当当"一阵忙——黄鱼干储存半年多了，扔；大半只盐焗鸡也不能吃了，扔；一片鱿鱼，扔；几块冻豆腐加几张冻豆皮，扔；半加工的羊杂，扔；半袋冻栗子拿出来吃了吧；红烧小肘拿出来放到冷藏里，适时吃点儿……抽屉从第一层到第三层很快清理出许多东西，垃圾桶很快被装满了，换个大的袋子直接拎出门外……

到了第四层抽屉，也就是最后一层，困难来了。年前别人送了一条硕大的生鱼，被爱人分解后放进去冷冻，整个抽屉被塞得满满的，如今无论如何也拉不出抽屉。我几次三番地用力往外拉，一只手伸进稍稍张开的缝隙里，将里面一些能掏出来的小东西掏出来，可就是拉不开抽屉。它外面挂着一层薄薄的白霜，微微冒着寒气，巨大、坚硬、顽固不化，像是在向我示威。

必须把它拉出来，我咬着牙想。

拉，拉！再拉！反复地拉！最后连上一层抽屉的铁皮隔层都快被拉掉了，还是拉不出来。整个冰箱都被拉得错了位，就是拉不出来。

我已经脸红脖子粗了，心里憋着一股气，一定要把它拉出来！终于，"哐当"一声，第四层抽屉像要被扯破了，几

（一）烟火红尘

乎是跳落在地一样，从冰箱里被整个拽了出来。

这时候，父亲回来了，母亲手拿开塞露，小声地对我说："快去，帮她挤上……"

——我忽然听到厕所里传来平稳舒缓的声音："妈妈，不用了，我拉出来了。"

我"突"地想起曾在《人民文学》上读过的一篇文章——

某年某月某日，某方人家产妇难产，各种办法想尽，孩子就是不出来。急中生智，人们忽然想到一位已歇业多年的神汉，据说治难产有神功。于是急慌慌找到他，神汉当时正在玩牌，见人前来求救，先要了份不菲的酬金，然后不紧不慢地说："你回家把那下水道都通一通，堵塞的地方清理干净了，自然就母子平安了。"

来人将信将疑，情急之下，"宁可信其有，不可信其无"，回家后赶紧组织人群清理下水道以及各种通道，奏起了扫帚拖把交响曲，每个角落不放过，畅通得甚至连老鼠洞都差点儿掏了——忽然，"呱——！"的一声，清脆响亮的婴儿啼哭声划破长空，一颗颗忙乱紧张的心如朵朵尘埃舒然落地——

母子平安！

有句话我自从遇见就一直满腹狐疑："打扫房间，滋生智慧。"

如今，我不敢再随便怀疑了。

我心婉约

女儿请父亲讲拜师学艺史

"姥爷,给我们讲一讲您当年是如何拜师学艺的好吗?"

晚饭过后,一家人依然围桌而坐,女儿脆生生地向父亲提出邀请。

"好啊!"做了一辈子木匠的父亲爽快地答应了。紧接着,老人家"吭、吭、吭"地清了清嗓门,"想当年"式的"英雄求学史"正式开讲:"圆圆,在讲拜师学艺之前,姥爷要先教给你一些道理,也就是做人的道理,而且是大道理,行不行?"

"行啊!"

爷孙俩配合得那叫一个默契。全家人含笑倾听。

"作为一个人啊,首先得有志气!什么是志气?志气也叫志向,人生在天地之间,得有'心',做个有心之人,没有心,能干啥?"父亲的演讲一字一顿,颇具鼓动性,餐厅里变得静悄悄的。

"好比说你姥爷,现在70多岁了,一晃人就老了,可是我还想干点什么,留下点什么,要不何必来人世一回呢?你

（一）烟火红尘

说对不对，啊？"

"嗯！"女儿显然被感染了，她使劲儿地点了点头。

"你姥爷啊，现在70多岁了，都老了，还想干点什么，可是到底能干点什么，才有价值呢？"父亲的语速慢了下来，仿佛陷入了思考状态——他的心里到底埋藏着什么愿望呢？大家心里都各自猜测起来。忽然，父亲眼前一亮，信心十足地说："我想来想去，就是要留下一些有纪念意义的东西——也就是琢磨着制作一套'地八仙'！"

哦，原来是他的老手艺啊！做木工可是他的老本行、拿手戏啊！只听父亲接着说道：

"将来送给你二姨或你老姨，或者别的什么人，到时候别人一问这是谁做的，自然就会有人说是谁做的了——这才叫没白活一回，所以做人得有心……"

父亲斩钉截铁地说：

"这叫什么？这就叫志向！"

"所以呢，做人必须先得有志向，没有志向，就会一事无成……"父亲拉开话匣子，有些收不住了。

"这开场白也太长了吧？大家想听你讲是如何学会木匠手艺的，"母亲在一旁纠正已经明显跑题的父亲，"还是快讲正题吧！"

"嗯？讲正题？学木匠手艺？好，现在就讲木匠手艺……"父亲自我解嘲地笑了起来，他也意识到讲了半天还未入正题，于是又清了清嗓子，接着说，"你姥爷啊，当年也带过一帮人马，到处闯荡耍手艺，那时候人家叫我'掌桌的'。既然是'掌桌的'，在干活儿的时候我就要考一考大家了，每个人的手艺到底怎么样，我得看一看，了解清楚了才行……"

"你又说不对了，园园是要你讲你是跟哪位师傅学的手艺，不是问你带人出门耍手艺。"眼看父亲又跑题了，母亲马上纠正。

"我又跑题了？"父亲说，"嗯，那我接着说——有些人当时在远近几十里的村庄名声还是响当当的，可是真正干上活计了，你才知道这个人到底怎么样，到底有没有真才实学。什么叫外桌？什么叫内桌？有些人干了多少年的木匠活儿，居然不知道。"

"这说明了什么？这说明有些活儿这个人根本就没干过。内桌就是给东家打室内家具，外桌就是盖房子做木架子等外活……"

"唉唉唉，我说你姥爷，你讲话还有个重点没有，讲了半天，愣是讲不到点儿上——孩子请你讲是如何把这些手艺学到手的，"母亲直为父亲着急，"为什么同行都说你是跟'下雨的师傅'学会的，或者干脆说你根本没有师傅？"

"嗯？啊，讲到底是跟谁学的木工手艺，我的师傅到底是谁，对不对？"父亲终于弄清了这次演讲的主题，然后说，"我的师傅嘛，可以说所有人都是我的师傅，也可以说我的师傅就是我自己，所以说，我刚才说一个人得有心，有心了，才能干成事，才不白活一回……"

显然又跑题了。大家不约而同地笑了起来。

父亲显然有些不好意思了，恰好这时母亲又责怪地说："你怎么说来说去，就是不说是怎么学会的木工手艺呢？你是怎

（一）烟火红尘

么学会用方尺的，是怎么学会画图纸的，是怎么落下头痛病根的？就讲你当年是如何白天在生产队干完庄稼活，晚上翻过两道山梁去旁听学艺的事儿！"

"我是怎么学的手艺？"父亲憋得满脸通红，他两手一摊，急促地说："就是别人干木匠活的时候，我就站到一边看，一来二去，就会了嘛！"

"哈哈哈！"满屋子的人全大笑起来。

"就这么简单？"母亲止住笑，她嗔怪地白了父亲一眼，然后很无奈地"越俎代庖"，替父亲做起了解说员：

"当年你姥爷还年轻的时候，非常勤快，可是家里太穷，文化水平又太低，所以想学点手艺特别难。你太姥爷过世早，你太姥姥一个人带着一大群孩子，别说拿钱让你姥爷拜师了，就是吃饭都成问题，所以，你姥爷只能随时随地跟人学。村里本来有木匠师傅，可是人家为了保住饭碗，手艺不外传。另外不交学费，谁会将手艺白教给别人啊？所以，你姥爷只能在别人干活的时候站在一旁看，而且只要有木匠师傅到村子里来耍手艺了，他就站在一边学，然后回家学着画图纸，琢磨其中的道理。燕山沟有个师傅常年带学徒，这个村子和你姥爷家的村子隔着两道山梁，你姥爷白天在生产队干过农活，吃过晚饭后，又翻山到那个师傅那儿去旁听。那时候山上经常有狼、野狗等野兽出没，你姥爷也从不害怕……"

"所以做人得有眼力见儿，年轻人得勤快，要会来事儿，只有这样，人家才会把真本事告诉你……"父亲说。

"你先别说了，听我说完，"母亲说，"因为他没有一个固定的师傅，所以后来同行们都嘲笑他说是跟'下雨的师傅'

学的手艺。可是'功夫不负有心人',你姥爷最后手艺学成了,不但内桌(桌椅板凳和家具)都会做,而且外桌(盖房子、做凉亭、打大门),他也全都会,手艺还比别人强。"

说到这里,母亲脸上泛起了赞赏的光芒,她接着说:"因为你姥爷文化水平太低,小学三年级都没读完,所以学习木匠活时,许多东西全从零开始,有时候整宿整宿地研究一张图纸,结果累着了,落下了头痛病。打那以后很多年,只要稍微用脑过度就头痛,直到40岁以后,改行不干木匠活了,才慢慢地好了。"

女儿听得入了神。平时总爱跟她开玩笑的姥爷,在她眼中的形象一定是高大的。

父亲的这些事,我小时候零星地听说过,有些事也是见证人。我在学校里学过的平面几何和立体几何,有些图他一看就明白,因为做木工活时会经常用到。可是,无论是线条、面积、体积还是长度单位,他表达起来和书本上都完全不同。他有一套自己的专属术语,差不多完全是个人"原创",这也是他自学的一个深刻印迹。

后来父亲手艺已经学成,可以靠手艺谋生时,迈出的第一步也是超常艰难。一个没有师傅、又不怎么善于表达的年轻人,忽然间在人群中说他会木匠手艺,有谁敢相信呢?要知道,在那个物质极度贫乏的年代,哪怕是一两根可以制作桌椅板凳的木头,也是一个家庭不可忽视的财产。没人敢拿自家财物去让一个年轻人试手。

为了取得大家的信任,也为了证明自己的手艺,父亲可谓"营销有方"——只要提供木材,免费制作。也就是至今

（一）烟火红尘

依然具有相当诱惑力的零收费广告。

当第一个吃螃蟹的人拿出自家木料,"冒险"让父亲制作了第一把椅子之后,众人曾经质疑和嘲讽的眼光变成了惊讶。"下雨的师傅"带出来的徒弟,手艺精湛得令众人开了眼界,同行老木匠们对他的不屑变成了赞赏,或者嫉妒。

没有师傅的父亲,后来又当起了师傅,在十里八村广招学徒,带出了一帮自己的徒弟。至今,逢年过节还有徒弟前来看望他。

父亲的学艺史,经常使我联想起沙漠里的胡杨。任何一个生命,落在贫瘠的土地上都是不幸的。因为它一出生便面临着太多的苦难和磨炼,意味着超乎常人的付出和辛劳。但是,只要自强不息,只要心怀追赶光明的志向,终会穿越苦涩的干旱和深沉的黑暗,找到让生命灿烂绽放的汩汩甘泉,就好比沙漠里屹立不倒的胡杨。

偶拾零（一）

丢失的戒指

前几天到一家茶馆品茶，回来后竟发现手上的戒指不见了。那是一枚复古风格的红珊瑚镶银戒指，几年前在某大商场"扫货"时所得，玲珑秀气，一直是我的心爱之物。

戒指对于女人来说有着特殊的含义，丢失了这件宝物，我心内狐疑：是不是暗示着什么呢？

人生好比行船，风和日丽难防狂风暴雨。然而，人们总是在风雨过后才会联想起之前的蛛丝马迹，牵强附会般地往上生搬硬套。在平稳祥和的日子里，有几个人会神经质地想到突发的变故呢？

丢失了一枚戒指，竟引起我如此不安的思绪。对于未知的人生，对于神秘的世界，人类何其脆弱，何其渺小。

（一）烟火红尘

谱曲

早晨，女儿翻看着我的博客，问道："妈妈，你为什么不把博客加上背景音乐呢？"

看了看女儿，我说："哦，宝贝！妈妈的博文本身就是一曲曲音乐呀！你看，那一行行文字不正是一串串音符吗？"

女儿歪头瞅了我一眼，一脸不解："妈妈，你是说你在写歌词吗？"

"不，宝贝！妈妈是在谱写乐曲啊！歌词可以根据曲调随意填写，可乐曲的谱子却是独一无二的呀！"

我走到女儿旁边，轻抚着她柔软的头发，说："你仔细想一想，如果在博客里再加上背景音乐，那读者是倾听下载的音乐呢，还是欣赏妈妈博文里的音符呢？"

"凡是需要用心交流的东西，都不能三心二意。"我捧着女儿的小脸，一本正经地说。

失而复得的戒指

"妈妈！妈妈！我看到你的戒指啦！"女儿站在过道里，指着浴室一角大声喊道。

"真的吗！在哪儿？"我闻声而至。

顺着女儿手指的方向，一个银色的圆环隐蔽在洗衣机下面。没错，它就是那枚丢失的戒指！可能是我洗澡时不小心滑落的。

我心婉约

　　我捡起失而复得的戒指，赞赏地望了一眼女儿，表示对她的奖励。

　　可是，为什么发现它的是女儿，而不是我呢？我曾那么急切地寻找它，翻箱倒柜，各方搜寻，几乎不敢错过任何可能的地方。可是我一无所获。

　　什么蒙蔽了我的眼睛？

　　而女儿，就是那么不经意地把小黑板搬到过道里涂鸦，然后又是那么不经意地弯腰一瞥，竟如此幸运地找对了方向，看对了地方。难道这一眼惊现之缘，也是冥冥前定吗？

　　孩子可真是个精灵的天使——某些情况下，他们能帮助大人发现和找回生活中已经遗失的东西。

宝宝趣事

（一）

　　"妈妈，我的同桌太烦人了。"刚上小学一年级的女儿一出校门就跟我告状。

　　"怎么烦人了？"

　　"他特别馋，老是跟我要东西吃。"

　　"他跟你要什么了？"

　　"要花生米。"女儿仰着一张委屈的小脸，说，"我都已经给他了，他还跟我要。"

　　"你给了他多少？"

　　"一粒。"

(一)烟火红尘

……

(二)

"宝宝!快起床,吃饭了……"

宝宝上小学三年级,早晨7点半到校,总是睡不醒,每天都要千呼万唤才起得来,然后匆匆吃饭,匆匆上学,有如打仗。

今天一连叫了几次,还不见动静。

"宝宝,快点儿啊,再不起来就要迟到了!"

"嗯……知道啦……"女儿模糊稚嫩的声音传出房间。

时间一分一秒地过去了,还是不见动静。我心中的怒火开始往上蹿——

"怎么还不动?你倒是快点儿啊!"

"动呢,已经动啦……"女儿委屈地说。

"动了?动了怎么不见你下床?"

"我正忙着睁眼睛呢!"

……

怎得软语能生香

连续两天,早晨起来心情不爽,即使素日最爱的朝阳桃花水般染红卧室粉墙,也未能冲散萦绕心头的那股烦郁躁气。怏怏地到了单位,打开报纸即看到《浪淘沙》刊登的一首诗——《某一个早晨突然想起了母亲》,人子思亲的泣血柔肠,被渲染成一支乐曲,如歌如诉,渗入心田。

同事们还没来,只身处静室,一颗毛糙心终于波澜不再。眼光落在桌角的富贵竹上时,一句"众生皆我相"忽然从脑海冒出。回头检点,生活中或激烈或繁冗的诸般,那些令人应接不暇的喜怒哀乐、贪嗔痴慢,难道都是不同时空、不同侧面之我?难道情绪的风起云涌,正是生活之镜中真我的反观自照?

平心而论,即使面对再大的风浪,也能做到平静似水,软语生香,一直是我内心向往,而且在真实和虚拟两个世界,都有令我佩服学习的榜样。

《红楼梦》第十九回里,贾宝玉的奶妈李嬷嬷逞强赌气吃了宝玉留给袭人的宫廷美食"糖蒸酥酪",惹得宝玉要发

(一) 烟火红尘

火，袭人见状"忙笑说：'原来是留的这个，多谢费心。前儿我吃的时候好吃，吃了好肚子疼，足得吐了才好。他吃了倒好，搁在这里白糟蹋了。'"轻描淡写几句话，便已春风化雨，将一场宝玉和李嬷嬷之间的主仆风波平息于无形。袭人通情达理、温柔稳重的形象也跃然纸上。

年少时看红楼，曾因袭人的圆滑世故而觉讨厌，在花红柳绿的一大群丫头里，喜欢又怜惜个性鲜明结局悲惨的晴雯。依此类推，于金枝玉叶的金陵十二钗中，那时偏爱黛玉的真性情，轻蔑宝钗的假正统。如今人到中年，经历了世事的磨砺，深知一团和气弥足珍贵，于是在那些和风细雨的女儿身上，我看到的已是一种圆融、隐忍、通达和智慧。

在现实生活中，我曾有一并非耳鬓厮磨的闺蜜，气质沉静幽然。那时我们经常挑家干净的小店落座，轻声细语地交谈，如春风和煦，不知觉间便已内心平和通体舒畅；或者肩并肩地轧马路，也许一言未发，但心头烦恼已如秋风黄叶，随两行远去的足迹丢落身后。只可惜人生聚散无时，前年她忽然离秦赴京，闪得我好一阵子寡欢不适。

上个周末，和两位知己姐妹相聚于一家茶楼，三杯刚沏好的金骏眉端上来，我竟在满室铿锵的热议交流之中，强烈地思念起这位闺蜜来。论常理，身边的两位姐妹，一位是巾帼里的"王熙凤"，胸藏丘壑多金有成，一位是脂粉堆里的"女状元"，满腹经纶、头头是道，而且我们的性格又极其相似，外人看来本应惺惺相惜的朋友聚会，怎就无法填补我心头那缕怅然？

我心婉约

　　稍想，实在无关情深情浅。只是我们三个，竟不约而同地需要增加些女儿特有的沉静与温柔。而我的心灵苦苦追寻的，恰是那种如万物之母般静以息心的慈祥温润之光。

(一)烟火红尘

夜雨小聚,亲情暖暖的

昨天小雨淅淅沥沥,洒满晨昏。下午4点多,接到小妹电话:"大姐,你忙不?我和小董正准备去市里找你呢,还有小刘和老帅,我二姐、二姐夫。"

我抬头看看窗外灰色的天空,在这样一个冰凉的雨天,百里之外的两个妹妹,竟然要一起来看望我。我心里一酸,双眼一下子模糊起来。

"来吧,我现在在外边有点事儿,差不多你们到秦我也到家了。"

我坐在七中初三三班女儿的课桌旁,对着电话平静地回答道。初三毕业班的家长会马上开始,校园广播一本正经地播报,距离中考还有37天。到场的家长表情严肃,如临战场,比真正要参加考试的毕业生还紧张。

家长会在一个小时后结束,雨还在下,时大时小,操场上汪出一片片积水,四散离去的家长一边议论纷纷,一边择路而行。

我匆匆回到家。只有宝宝在家,二妹小妹还未到。天已经快黑了,如果他们还没出发,就别来了。从刘田庄到秦皇岛有一百多里的路,开车也要1个多小时,再说,雨下得虽不大,可路上很是湿滑。于是我拿起电话询问:"你们到哪儿啦?"

"已经到开发区了,正在找饭店。"小妹的声音。之后二妹接过电话,告诉我她们先找好饭店,然后通知我。

我就知道此行是她的主意。我的这次小手术对于她们的影响,比对于我本人来说并不小。而她们并不了解详情,只能猜测。二妹向来善解人意,她一定是猜到我心情不好,然后组织大家来看我。比如,眼前要请我吃饭,就是家人表达安慰的一种常用方式。

我心里暖暖的,这就是血脉亲情啊。

在宏魁家常菜馆,小妹一家四口、二妹夫妻二人,还有我和宝宝,一桌人把雅间坐得满满的。在楼下点了菜,二妹和小董迟迟不上楼,原来二人又在跟服务员说加菜。细致贴心,热情到位,向来是他们的风格。

席间谈话,自然而然地以我为主题。他们认为我受了委屈,讲了很多问候和安慰的话。我尽量把情况向他们说清楚,并表现得很坦然,已经接受了这样的现实。毕竟,现在身体已经痊愈,我如果不能示以平静,他们会更担心。

孩子们吃得不错,乖巧安静。他们的耳朵可不白长,一定听到了大人之间的谈话。回来时宝宝就在车里小声地对我说:"妈妈,我觉得还是当一个小孩子比较好,无忧无虑。"我马上想起外甥那双因羞涩而垂下的双眼中,游移着沉思疑虑的神情,以及外甥女紫瑶可爱的小样子:小嘴巴机械地咀

（一）烟火红尘

嚼着，一双乌黑的大眼睛张着，眼睫毛棵棵直立。他们都在倾听啊。

一顿饭的工夫，转眼即逝。内心感叹时间才是最任性的，你永远无法抓住它。因为天黑路远，天又下着小雨，我看大家都已放下了碗筷，于是看了看手机，已是晚上7点36分，便提议说："时间不早了，你们也赶紧回家吧。不用为我担心，这个结果也算不错的。"

与一群亲人在雨中道别，暗色的天空飘洒着长长的雨线，在霓虹灯下显示出五彩的光芒。小妹一家已钻进车里，小刘将车慢慢启动。直到我带着宝宝先行驱车离去，二妹还站在高大的法国梧桐下面，小董则站在马路旁，以目光与我告别。这两口子，总会让人从心底里涌起一阵感动。我的车子拐过路口，他们便在我的视野之中消失了。

马路上过往的车辆"唰唰"穿行，车灯在夜雨中尤为耀眼。它们兀自赶路，各不相干。在这来来往往的无常红尘中，唯有那团质朴无华的亲情，如手足般不离不弃，温暖着这个初夏的雨夜。

清凉的树荫

"绿树阴浓夏日长,楼台倒影映池塘。水晶帘动微风起,满架蔷薇一院香。"

在我眼里,人民公园每年的初夏都堪称港城最美,公园西侧围栏上的蔷薇重重叠叠开得霸气十足,站在人民路南端路口一眼望去,简直像一拨拨气势汹涌的粉白花浪。五月的阳光晶亮地倾泻泼洒,耀眼而不灼热,整个世界都被晒得暖暖的。公园里散步的人三三两两,与一片片错落有致的树林和草坪相映成趣。

"爸爸,你怎么就不知道关心妈妈?要不就值班加班不在家,回家了也不理妈妈,简直是在和微信过日子。"吃过午饭后,女儿看了一眼低头沉浸在微信之中的爱人,开始为我主持公道,"你看我二姨和我老姨,都专门从卢龙来看望我妈了。"

最近身体不好,心情也跟着抑郁,而他却置若罔闻,仿佛什么也没发生一样。或者想当然地认为我是钢铁侠、觉悟的得道高人……反正我的事似乎与他一毛钱关系也没有。而

（一）烟火红尘

我，却要看破红尘般不动声色地接受生活中的一切，买菜、做饭、接送孩子、洗衣、拖地、擦尘，为五斗米而上班下班，保证生活毫厘不爽地照常运转。

被爱情忽略的女人，内心孤单又无助，其实挺可怜的。尽管我时常劝诫自己要自强要现实，不要对爱情奢求太多，可是，被女儿这个贴心小棉袄一焐，内心深处那份发自天性的脆弱便决堤似的喷涌而出。

我触景生情，开始了抱怨——"你到底把我放在什么位置？我找不到存在感！你一天到晚如此冷漠，让我情何以堪……"

爱人可能真的感到了惭愧，破天荒地陪我去逛街。结婚16年，这真的是屈指可数的几次之一。或者说，是近十年来的唯一。

一路上，他跟我谈了很多男人关心的国家大事：民族兴衰、反腐工作、民生福利，还有他们单位的一些事。在外人看来，我们一定是很和谐的一对——我们两个人肩并肩在大街上走了很长的路：从秦皇东大街到迎宾路，然后经建设大街拐向文化路，穿过茂业百货金都店，来到太阳城，在秦皇岛银行取钱，再到chache和唐狮服装专卖店，我买下一条牛仔七分裤后，又经文化路、人民医院和洋洋花卉，来到了人民公园。

立夏过后，春花已落，公园里绿树成荫。天气晴好，周末游人不少。我一直要他走在前头，这或是受了《易经》的启发。夫妻之间，丈夫应该是主导的、开拓的，自强不息、一马当先是他们的天然属性，也是应尽的责任。而女人，本

我心婉约

就该随顺其后,也才符合"坤厚载物,德合无疆"的自然特征。也许平时在家里我性急的时候多,因此现在这种走法让他有些不适应,没走几步路,又变成了我在前,他在后了。

我的内心忽然升起一片荒凉和不平。

婚后的男人,都像他一样吗?娶了老婆放在家里然后就万事大吉了。而女人,尤其现代社会的大多数女人,在家要生孩子、养孩子、做家务、孝敬老人,在外也要和男人一样,承担一份养家糊口的责任。而这一切,在他们看来都是理所当然、天经地义的吗?其实,再坚强的女人,本质上也似那枝头花朵,可以灿烂地开放,也可能遭遇妒花风雨而不幸凋零。试问哪个女人没有柔弱如水的一面呢?我经常自嘲"外强中干"。我的内心是多么渴望着有个可以依靠的肩膀啊!不过,此时此刻,看到爱人如此刻意地陪我聊天、做出了莫大牺牲一样陪我遛大街,还是有那么一小股暖流从心底悄然升起。稀缺的东西总会让人感到珍贵。

流水一样的寻常日子,让一切平淡到无色无味。"至高至明日月,至亲至疏夫妻"。夫妻,是矛盾的统一体,是世界上最亲密又最疏离的人。亲密到可以心心相印,疏离到面面相对却觉陌生。那是人间最远的距离——我时刻陪伴在你身边,你却习惯性地视我为空气……

——是不是所有中年夫妻,都要经历这种状态呢?这就是所谓的中年危机吗?那种对女人知冷知热、知寒知暖的男人,在现实生活中真的存在吗?他们到底长什么样?

抬眼看看爱人,他似乎对于自己今天的表现很满意,因为那份心满意足,真真切切地写满了他的脸庞。唉!少年夫

(一)烟火红尘

妻老来伴,夫妻二人,就应该互相理解互相适应吧。我这样想着,觉得自己的内心又成熟了一些。

我们在公园里找到了一片清凉的树荫。几株高大的紫槐树下,有新安装好的半圆形实木座椅,我在有荫凉的一侧盘腿而坐,闭目、净心,爱人则在另一侧舒服地伸个懒腰,然后躺下了。躺了一会儿,他开始不耐烦地嚷嚷着要回家。我瞅了他一眼,权当什么也没听见——陪我逛了大半天,此时他已经有权利居功自傲了。

阳光透过树荫照射下来,不远处是一弯曲折的流水,有祖孙两人拿着网抄和玻璃瓶在捉水底的小鱼。爱人妥帖地躺在木椅上,又恢复了平日里的状态,悠闲地开煲电话粥。我的脚踝被木椅硌得生疼,不停地调整着坐姿。树林里静悄悄的,一阵微风吹过,风里夹杂着淡雅的花香,细品还有地上青草的味道。对于爱人我已经听之任之了,之前的那些怨恨,或已化成理解和接受——"一花一世界,一叶一菩提"。夫妻两个人,有时何尝不是不怎么相干的两个世界?只要能够和谐相处,相安无事,就应该是传说中的"上乘婚姻"了吧?

抬头望去,树荫外的天很蓝,几片白云飘飘荡荡。《二十四诗品》中的一句话忽然闯入脑海:"荒荒油云,寥寥长风。"哦,紧接着还有一句:"琴瑟在御,莫不静好。"这句出自《诗经》。

古人的这两句诗,于此情此景,到底相应几分、又相差几分呢?

我心婉约

一个人的元宵节

　　正月十五元宵节，又逢老公值班，女儿清源客住在她二姨家，和表姐新乔玩得乐不思蜀。一个人的节日，注定无花无酒，兴味索然。我头也懒得梳，脸也懒得洗，宅在家里看闲书。
　　"物无非彼，物无非是"。我趿着拖鞋，一边琢磨着庄子的高深妙语，一边给家里的墨兰浇水。兰香扬扬，能说它与窗外聒噪的鞭炮声是一回事吗？又如今宵月圆，我若起舞弄清影，必定对影成三人，斯情斯景，与热热闹闹的欢聚一堂是一回事吗？古人智慧高妙，我却无法理解。
　　早晨老公出门那一刻，我忍不住对他说："要不，晚上我去单位陪你过节？"工作性质的原因，他每六天值一次班，24小时在岗。结婚10多年，他三次赶上大年三十，两次赶在大年初一，正月十五的元宵佳节，仅在家里过了一次。
　　他略想了一下，说："这样不好吧？你还是自己过吧。"
　　我挺失望。不过，他脸上掠过的感动和歉意，在日中时分渐渐鲜明起来。阳光越过房檐直射进窗台，满室明媚。他们食堂今天的伙食一定很不错，一定会有甜甜的汤圆。他也

（一）烟火红尘

寂寞冷清不着，在岗的同事们会热闹地说笑，像亲兄弟一般。这样就好。

鞭炮声密集了又稀疏了，阳光热如探汤又渐渐苍凉。冰箱里塞满了食物，唯独没有应景的汤圆。既然"物无非彼，物无非是"，过不过节有什么区别？我在床上横躺竖卧，连午饭都忽略了，想将眼前的节日蒙混过关。

我不知自己是在看书还是在梦游，一阵清脆的电话铃声将我唤醒，话筒里传来的竟是女儿的声音："妈？妈妈！你一个人在家吗？"

"清源？你怎么知道的？"收获意外温情，我心开始拨云见日。

"嘿嘿，老爸十五值班，我记着呢，给你们打个电话。"

哦，小丫头已经12岁，是开始懂事的少女了。

我对着电话笑了："你现在在哪儿呢？"

"我和二姨、二姨夫、我姐都在姥姥家呢，我们正包汤圆呢！"我隐隐听到那边热闹的说笑声。奇怪，热闹的气氛好像通过电话线传了过来，屋子里不那么冷清无趣了。

"老妈，你一定要吃汤圆，一个人也要吃，一个人也得过节！记住了吗？"女儿素来乖巧温柔，此时的声音好像刚上市的甘蔗，又甜又脆。

真是好孩子。我的眼泪都涌出来了。

"嗯、嗯！妈妈知道了！"我对着话筒向女儿保证。

放下电话，屋子里很快空寂下来，心情也像海水落潮似的开始回落。磨蹭到傍晚，我才沐着夕阳去附近的超市，买回柜台里最后一袋汤圆，应付官差似的煮了六个，直到放得快凉了,才吃。黑芝麻馅挺香挺甜,如果没有女儿的叮嘱,还真错过了。此时电视机里的《焦点访谈》正在直播全国各地的元宵节花灯展,五光十色好不热闹。

"俗话说:十五的月亮十六圆,今年呀,十五的月亮十七圆……"女主持人白衣黑裙,素净得像轮明月。

我嘴里含着汤圆,跑到阳台一望,勉勉强强多半个扁圆的月亮,偏在东边的天空。天幕上礼花灿烂,此起彼伏,人间喜气洋洋。难道普天之下,都对着这轮扁月亮欢度佳节?真滑稽。

我的手机"嘀嘀嘀"响个不停,问候成摞,祝福成串。

"但愿人长久,千里共婵娟"。

是情感让人孤单,而不是距离。何必满腹怨尤地自我幽闭呢?每天都是独一无二的。每个节日都是不可复制的。我不该忽略它,我应善待它。我也该送出自己的心声和祝福了。我开始给公婆、父母、亲朋,一个接一个地打电话,用声音和他们团聚,他们的欣喜就是我的幸福。

巡回祝福刚刚结束,老公的电话就打了进来:"怎么老是占线?"他问我是否去看人民广场的灯展,这个时段最热闹。觉出我在这头儿的犹豫,他赶紧说:"明天,明天晚上去吧,一块儿去。"

"今年的月亮十七才圆呢,来得及!"我对着电话说。

"物无非彼,物无非是",哪天看灯展、看不看灯展又有什么关系呢?只要心在一起,就是团圆美满。望着天空的扁月亮,我和眼前这个冷清的元宵节,一笑泯恩仇。

(一)烟火红尘

我们都上了虚荣的当

正值家里装修需要大笔金钱的时刻,MM不幸看上了商场里的一款高档大衣,意大利品牌,折后价2700元——小小白领一个月的薪水!

她老公正为装修做预算,哪个地方该节约,哪个地方咬着牙也得投入,哪个地方是想省也省不下的,如此等等。可爱的MM自从与心仪的大衣谋面,马上意识到它的生不逢时。干吗这时候出现呢?该如何跟"葛朗台老公"启齿呢?

MM平时襟怀坦荡却鼠目寸光,不知未雨绸缪积攒私房钱,如今"钱到用时方恨少",她手头银两实在有限,又耐不住对美服的朝思暮想,真是辗转反侧,煎熬备至。

百思不得其解,MM把议题拿到办公室,掷与姐妹们群策群力。俗话说得好:三个臭皮匠,顶个诸葛亮。更何况一屋子"白骨精"。集体智慧的结晶是:女人能有几度春?霓裳千万别错过。开动脑筋找能人帮忙,再打个折上折。回家后对他说500元买下,不就得了?至于老公嘛,办公室里八姐妹,八姐妹全似"苦菜花",谁也没三生有幸嫁一个"大方哥"。

没过几天，MM跟老公"虚报物价"，喜滋滋地将大衣拎回家。对于姐妹们的好主意，对于MM的做法，我只觉憨态可掬，像个调皮的小孩子。因为，这样的小把戏，我也跟老公耍过。

静下心来想一想，心中的感觉就有些不一样了：生逢盛世，海晏河清，哪个女人的衣柜不是满当当赤橙黄绿，锦灿灿绸缎绫罗，千姿百态地装点着春夏秋冬？可是，为什么那么多姐妹依然异口同声，"感觉还是少一件"？

因为感觉少一件，女人们疯狂地追逐着时尚。而时尚，是何等的诡谲善变啊！它光怪陆离似闪电，来得猛去得急，忽闪闪唰啦啦，直搅得女人们年年岁岁人相似，岁岁年年衣不同。

"鹪鹩巢于深林，不过一枝；偃鼠饮河，不过满腹"。衣服再多，也只能穿一套。然而追逐时尚，后果很严重：囊中银子流失如流水，只见新衣花枝俏，不见旧衣束高阁——不可避免的浪费。盲目追逐时尚的女人们，多数都上了虚荣的当。

女人买衣服如此，买珠宝首饰如此，人们买大房子如此，买家庭轿车也如此。人世间举目皆是处心积虑地追名逐利，恐怕也大多难脱此道。人人都觉得自己的生活少了那么一件华丽的外衣。

可是，生活必须要有件漂亮的外衣吗？现代人奋力打拼，有几分是为了生命的本真，又有几分是为了安抚虚荣？聪明的人，小心翼翼地爱护着面子，眼睛瞪成探照灯，锱铢

(一) 烟火红尘

必较地暗中较着劲儿,把生活搞得很复杂、很沉重,其实,很多时候都上了虚荣的当,被攀比的心态牵着鼻子走,重了外在,失了内心。

不信,仔细想想,你就信了。

再不信,寻找案例时发现反例寥寥,你就不得不信了。

我心婉约

置庐益寿园

这一天春风如缕,蓝天如玉,三春的阳光格外明亮,整个天地都是清朗通透的。上午十点半,父母被我和爱人接到他们的新居——市里一套两居室的居民楼。新装修的房间尚显零乱,可父亲乐得合不拢嘴,一个劲儿地点头称赞:"嗯,太高级了!太高级了!"母亲则始终有些不敢相信这是真的:这套两居室小楼,从此将成为她和父亲的安居养老之地。她曾经未敢当真的城市梦,在2017年4月29日这一天,变成了现实。

房子坐落于益寿园南侧,开窗可见园中小池。正值春末夏初,池边垂柳依依,凉亭东侧的几株碧桃开得灼红一片,不时有小鸟于花枝间穿飞鸣叫。它们在我眼中,都因为母亲的到来,有了异常生动的颜色。

我终于可以收住时常涌上心头的愧疚,终于可以收住时常涌上眼帘的热泪了。而这些难以操控的情感,在购置新居之前,在回农村老家面对母亲苍黄的脸色之时,在瞥见母亲越来越迟缓的脚步的刹那,该有多少次,如奔腾的岩浆般灼

(一)烟火红尘

痛我的内心、灼痛我的双眼,让我在风中、在雨中、在室内、在街头、在白天、在黑夜,在随时可能之时、在随时可能之地,热泪长流啊。

这一年母亲73岁,罹患慢性肾炎已经整整7年。是上天给予了我智慧和力量,终于将步入风烛残年、身患病痛的她,接到了身边。

这里就医方便,环境幽雅,利于养病。住宅楼出门就是老年人休闲散步的益寿园,可以锻炼身体、排遣寂寞。益寿园,希望它能给母亲带来好运和吉祥,就像它的名字一样。

我喜欢这个名字。母亲住到这里也心满意足。

我的心终于安稳了。

疾病

母亲生来喜欢鲜花。听姥姥说,母亲小的时候,把院子里菜畦之外的所有地方,都种上了花,连土墙上都会种上。我小的时候,家里的窗台上常年盛开着粉红的绣球、紫色的倒挂金钟、奶白的龙吐珠、叶片肥厚的对对红;院子里更是争奇斗艳,太阳花、凤仙花、地雷花、月季花、步步高、长寿菊,从春天一直开到秋天。母亲会唱很多歌,包括评剧《花为媒》里张五可的"报花名"。从很小的时候我就知道,"牡丹本是花中王""牡丹虽美花不香"。

但是,生活在农村的母亲没有看过真实的牡丹花、玉兰花、郁金香、樱花。它们在每个春天,都会热闹隆重地盛开在市里的环岛公园、秦皇植物园和人民公园，我要带母亲去看这些名贵的花。

我真的带过母亲去看花吗？如果去过，母亲一定"啧啧"赞叹过，一定和那些鲜花合过影。可是，一个又一个春天过去了，"看花"这件事为什么在我的光阴相册和大脑皮层里，竟是如此朦胧和无法确定呢？而我的记忆中，深刻而鲜明的，是那个灰色的冰冷的春天，那个没有鲜花的春天。那个春天，我们真的没有去看花。

我们去了医院。

那年春节刚过，母亲就"感冒"了，症状是浑身乏力，干不动活计。村里的两位赤脚医生几年前相继去世，就医成了这里一千多口人的一大难题，哪怕一盒感冒胶囊，也要到几里地以外的邻村购买。因此，村民们偶尔身体不适，第一选择不是去看医生，而是根据常识和习惯，自己给自己当医生。母亲的病就是这么被耽误的。一个月过去了，两个月过去了，感冒药吃了一箩筐，邻村的乡村医生也几次骑着摩托车，应邀来给母亲打针、输液，但她的病情反而一天比一天严重。

母亲和父亲，会永远在电话里告诉我他们"一切都好"。然而，在我终于抽出时间回趟老家时，看到欢喜兴奋的母亲，脸色竟是那样苍黄，嘴唇竟是那样灰白，连做顿饭都仿佛在"咝咝"地消耗着她体内的每一分力气。而我的母亲，曾经是多么健康、利落、能干啊！

我把母亲带到市里就医。市第一医院的确诊结果为慢性肾炎，潜血三个加号、蛋白三个加号，肌酐接近 $500\,\mu mol/L$，

(一)烟火红尘

必须马上住院。记得我当时埋怨了父亲,怨他为什么不及时带母亲看病,为什么不在电话里说实话。可是,难道我就没有责任吗?我为什么不能经常回家呢?我为什么轻信他们电话里的"谎言",没有想到情况可能很严重呢?他们在一天天地老去,而我,毕竟是家里的长女啊。

那一年我也在病中,但我心中更多的,是对母亲的深深愧疚。我每天上午 10 点前准时输完液,然后打车赶到人民医院住院部,去陪母亲。因为体力不支,我经常要分母亲一半的病床,躺在她的身边。母亲总是撵我回家,但只有在她身边陪伴,才能让我安心。

市第一医院的诊断是无误的,治疗却不得法。住院一周后,母亲的症状明显加重。怎么办?在经过一番"上天入地求之遍"式的咨询、查找之后,也不记得从哪里获得的信息了,我们以尽可能快的速度,转到原解放军第 281 医院,那里有位老专家名叫周柱亮,是全国知名的治疗肾病的权威。他给出的方案是中西医结合治疗,以中草药为主。

母亲每月抓的草药,总是能装满一大蛇皮袋子。家里的厨房从此每天飘着中草药的味道。除了苦涩的中药汤,母亲每天还要吃一大把黑白黄绿的中成药。还有一大堆不能吃的:所有豆类不能吃,所有海鲜不能吃,所有菌类不能吃,蔬菜中的油菜、菠菜不能吃……而这些,都是平时母亲喜欢吃的,或者喜欢吃却舍不得吃的。

经过整整两年持之以恒的服药和忌口,母亲的病情终于有了好转。

2012 年 5 月 25 日,上午 10 点,原解放军第 281 医院,

我心婉约

在诊室里，已经78岁高龄的周柱亮大夫看了母亲的两张化验单后，说："你的情况不错，你的情况真的很不错！"

上个月的25日，和这一天一样，两次化验的结果，都是蛋白加号为0，肌酐为0，血糖也基本正常。这些数据表明母亲的肾功能正常了。

母亲笑了，两年以来她第一次笑得那么轻松，那么纯粹。

与慢性肾炎斗争了两年多，从这一天开始，苦涩的中药汤终于可以不喝了。

母亲布满皱纹的脸上，阳光灿烂地笑着，露出了一口漂亮洁白的牙齿。我在她甜甜的笑容里又看到了她年轻时的影子。是病痛的折磨，让她本来光洁的面容，增添了许多皱纹，让她清亮的眼神变得有些昏暗。可是，母亲年轻时曾经是多么漂亮迷人啊！如果当年没有老人的陈旧观念阻拦，母亲的人生应该是另外一番模样——她可是当年全公社的女民兵里，被县里剧团一眼就选中的歌唱演员啊。

看着母亲的化验结果，父亲也高兴极了。他说："今后啊，可要给你妈买衣服，买好衣服！"是啊，母亲一直是他心中最美的女人，是他一辈子在哥们儿弟兄中间的骄傲，如今不用再为治病而节衣缩食了，所以——要给老伴儿买漂亮衣服穿！即使老了，母亲依然是他心中的最美，是那个最应该穿漂亮衣服的女人。

母亲幸福欣慰地笑着，父亲兴奋得脸都红了。老两口儿你一言我一语地赞叹着周柱亮医生的高超医术，赞叹着原解放军第281医院为老百姓造福，赞叹着这个老百姓能有机会救命的好时代，像两个忘年的老小孩儿。我看得眼睛都水淋

（一）烟火红尘

淋地湿起来了。

如果天空没有风云，如果人生没有莫测，如果世事没有无常……其实，只要人们知道珍惜拥有、爱惜身体，只要母亲不那么要强，她的身体应该从此彻底好起来，那该死的病痛将彻底被消灭。

只是，生活没有如果。

母亲太要强了。或者说，是农家的生活习惯使然：院子每天清晨都要打扫，厨房每顿饭后都要清扫，冬衣棉被每个夏天都要拆洗，每年的腊月二十三要扫房子、擦玻璃，街坊邻居新婚嫁娶，她要帮忙去做喜被，她的那些姐妹姑嫂侄儿媳妇外甥媳妇，大事小情总喜欢去和母亲念叨商量……

几年以后，母亲的病情又反复了。

那一年的春天，秦皇植物园新培育的牡丹开得万紫千红，我是多么想让爱花的母亲去一饱眼福啊！我多么想用事实告诉她，牡丹也是有香味的，而且那种清香也是超凡脱俗的！

我固执地把父亲母亲从老家接到市里，带到秦皇植物园，把车停在离植物园入口最近的车位。园中游人来来往往，热闹得像个集市。我拿出手机做好拍照的准备，要为母亲和满园盛开的牡丹合个影。

可是，虚弱的母亲勉强走进植物园的大门，走出不到30米，就再也走不动了。她在园中离她最近的长条椅上坐下来，浮肿的脸上带着微笑，一个劲儿地让我和父亲去看花，说她在那里等我们。而那满园盛开的牡丹，离她只有不到20米！

父亲皱着眉头，一步两回头地朝看花人群走去，而我，在母亲的催促下，也只好转过身去——我茫然地抬起双眼，不远处一大架紫藤花开得气象万千，那里一样游人如织，有年轻的妈妈带着孩子，有中年夫妻悠闲漫步，有老人在花藤下的光影里含饴弄孙……而我的母亲，在这个充满了欢声笑语、到处鲜花盛开的公园里，哪怕再走一步路，竟也是那么困难！

来往的行人或许都在奇怪地看我，因为我背对着母亲的脸，已经满是泪水。我就那样暴露般地僵滞在植物园的阳光里，在人流中无声地淌着眼泪，好长时间，才在母亲的呼唤、催促声中，朝近在咫尺的牡丹园走去。

购房

以前我和很多人一样，单纯地认为孝敬老人，就是给他们足够多的钱，给他们买好吃的、好穿的，或者带他们去旅游，见识外面的多彩世界。如今，我不再这样认为了。至少对于母亲，仅这些已远远不够了。母亲现在最需要的是健康，是能够帮她恢复健康的生活环境，是儿女对她生命的有效挽留。

母亲年轻时出类拔萃，但命运让她的人生在农村度过，其实，她的心中，始终有一个"城里人"的梦。这是她节衣缩食也要供孩子们上学的原因，也是我能考上大学、过上今天这样的生活的原因。

母亲和所有天下父母一样，深爱着她的孩子，希望每天

(一)烟火红尘

看到她的孩子,希望经常和孩子在一起。她嘴上不说,是因为她体谅子女,不愿意增加子女的负担。

时间是个奇妙的圆,现在她和父亲老了,轮到子女体谅他们、守护他们了。

自从那天离开植物园,送父母回到农村老家,我就下定决心,把父母接到城里、接到身边,为母亲创造一个清静的、适合养病养老的安居环境。

以前母亲曾说过,她和父亲不愿意早早地就和子女住在一起,除非将来只剩一个人了。也就是说,我要在市里为父母单独购买一套适宜老年人居住的住宅,才真合她的心意,才真能让母亲在城里安家。

我和爱人都是工薪阶层,都是城市第一代,囊中羞涩是过日子的常态。但是,凡是能用钱解决的问题,都不是问题。虽然我手里没有那么多现金,但是,我尚有两套房子。

卖掉现在的6楼住宅,为父母购置一套低楼层适合养老的房子,这是我给自己郑重设定的一个不可更改的目标。因为这是我此生作为女儿必须完成的使命。否则,我将无法向我的心交代。

我拿出家中长女的姿态,把两个妹妹召集过来,正式地和她们商量或者说通报一下此事。毕竟,母亲生了三个女儿,她们也需要给出意见。向来有决断的二妹,非常赞同我的想法:"大姐,买房钱不够的话,我们每人借你10万!"她已经替三妹做主了。她和三妹之间,经常如此。

有句话说:你若真心想做一件事,每个人都会来帮助你。通过卖房买房这件事,我对这句话有了切身的感受。

由于房源紧缺,担心房价上涨,我的想法是买卖同时进行。真的操作起来才发现,卖房子,起步很容易,到网站上和大街小巷的房屋中介,把房子挂上去就行了。说到买,我可能需要提前筹集几十万元的房款,我有这个能力吗?

"车到山前必有路"成了我此时心中的信念,先干起来再说。我坚持下班后大街小巷地找中介,晚上一有时间就上网浏览。符合条件的房子很快就出现了,是益寿园旁的一套双室朝阳的两居室,平地起的3楼,不高也不低。从看房到讲价,整个过程十分顺利。可是我那套6楼住宅还没有售出,这套房的房款必须在交付定金后的半个月内真金白银地先行支付。怎么办?

正能量的感召力经常是令人意外的。亲友们的慷慨支持,让我很惊喜。

两个妹妹一接到我要订房的电话,很快就把20万元转了过来。

楼房总价不低,两个妹妹的及时相助加上我自己的积蓄,还是有部分不足。当我把事情委婉地跟富有的二舅说出来时,善良的二妗子二话没说,就将余款足额补齐,连张借条都没让我打。

益寿园的3楼住宅,就这么顺利地入手了!

我想,我应该感谢上苍。挂到网站上以及中介的6楼,不到两个月,便以超预期的价格售出。我及时还清了借款,没有在亲友们面前尴尬。

我和爱人变得格外忙碌。要让父母住得尽量舒适些。我们早起晚归,加班加点儿地收拾房子。故主的装修全部拆除,

(一)烟火红尘

老式的入室门换成了全新的防盗门,从地板到家具,从硬装到软饰,整个房子里里外外,全部焕然一新。

我终于可以把母亲接到身边,和我一起过城市生活了。

迁居

美好的愿望与美好的现实之间距离有多远?大概就在惊喜和震惊之间吧。当初我把为他们买套楼房的愿望告诉母亲时,她瞬间表现得很惊喜。可是,母亲把此事当真了吗?我想没有。因为我和她商量迁居的日期时,她显然有些震惊。

"到了'五一',牡丹花就开了,那时候搬来,正好看花。"我一边在新房子里收拾窗台和地面,一边在手机里和母亲说。这时,窗外益寿园的小小牡丹园,碧绿的花丛中正热热闹闹长满了花骨朵。

电话那边的母亲明显有些意外,有些不知所措。直至"五一"节前一天,我和爱人一人开着一辆车,大清早就去老家接他们时,做事向来赶早不赶晚的母亲,居然还没有做好搬家的准备。

除了将窗台上的几盆鲜花送给了隔壁的二妈,家里的餐具、相框、瓷瓶、挂钟等很多东西都保持着原状,连炕上的铺盖都只是临时卷起来,放在了屋子中间,许多衣服也都留在衣柜里,没有带走。他们这是要随时准备回来吗?

邻居们都出来送行,他们帮忙往车里搬东西,还送来小米、大葱、鸡蛋、花生、红豆、绿豆等土特产,一定要让父母带上。乡亲们送别的眼神里注满了歆羡。父亲和母亲笑着同大家道别。他们是满足的，是幸福的，也是自豪的。毕竟，村里出了那么多大学生，在城里为父母置办一套住房，然后把他们接过去生活的，直到他们离开村庄那一天，依然屈指可数。

我也知道，他们心中对故乡故土的依恋与不舍。父亲舍不得那些朝夕相处的老少爷们儿，母亲依恋她的姑嫂姐妹，小山村里有他们一辈子的苦乐年华。

第二天，也就是5月1日，二妹和妹夫来新居看望父母。谈话间二妹说，有位顾客到三妹的店里购物，看到三妹在门口一边修车一边哭呢。那人奇怪地问她怎么了，三妹说："我妈让我姐接走了，我回去看我妈的次数要减少了。"

我的心中升起了几分歉意。我没想到自己竟无意间伤到了妹妹。毕竟，有妈才有家啊。

二妹给母亲留下些钱，说："到了秦皇岛，有事就要多麻烦我大姐了，如果需要买什么，这些钱就添补一些吧。"

三妹给新居配备了电视、冰箱和空调等全套家电。

她们都关心着父母，她们都是孝顺父母的好孩子。

城里安逸清静的生活，让母亲的气色好了起来，她的身体在一天天地康复。渐渐地，母亲能到花园里散几圈步了，能和父亲到市场去买菜了。一年以后，她开始和公园里的老人们一起晨练。两年以后，我居然实现了带着父亲母亲坐高铁去看北京天安门的愿望。

母亲有时会在亲友中狠狠地夸我："我能活到现在，是因为养了一个好闺女！"

（一）烟火红尘

  其实，只有我自己知道，是母亲成全了我。
  因为无论是谁，只有对生命的别离产生了真正的恐惧，才会拼命和时间赛跑，才会拼尽全力去实现心中的愿望。

我心婉约

要善待你的身体

周一上午，天气晴好，我步行去港城大街派出所，为迁居到市里的父母办理居住证。回来路过廉政街，一个骑三轮车的小伙儿，正一边奋力蹬车，一边匆忙地啃着一只烤鸡架，他近乎饕餮的吃相，提醒我已是午饭时分。

"饥者易为食，渴者易为饮"。5元一只的鸡架，就可以成为一顿美餐，我也有过类似经历。我那时刚参加工作，收入微薄且极不稳定，相当一段时间不得不与墨子同道。以"吃"为例：早晨清淡豆浆，中午清水面条，晚上清心辟谷，每天伙食费上限设定为8元。不到半年，我便纤腰一把弱柳扶风，荣膺"排骨美人"的桂冠。记得一次一单广告业务提成140元，劳务费一到手，我便找了家小餐馆开荤。一盘8元的木须肉，吃得风卷残云，那种感觉堪比当年朱元璋皇帝的"珍珠翡翠白玉汤"。由于长期营养不良，为健康埋下了不少隐患。等人到中年身体开始"复仇"，才后悔当年对自己太苛刻。

眼前的小伙儿，身板单薄，白衬衫已经洗得削透，草根

（一）烟火红尘

身份一目了然。那辆装满了杂货的平板三轮车，也许是他谋生致富的重要工具。而5元一只的鸡架，对于以10元钱一份的盒饭为午餐标配的劳动群体来说，已算对自己足够大方了。在辛苦奔波之际，不忘给身体一个小小的犒劳，我要为小伙儿点个赞。因为身体不是永动机，也需要加油、充电。只有身体健康，才能可持续发展。懂得这一道理的人，往往乐观、通达、有远见。然而，又有多少人，仅因经济拮据，便于无意识间虐待了自己的身体？曾有一位乡邻，在市里做建筑工人，节俭成性，尽管工地食堂价格亲民，也从不舍得买热菜，常年以馒头、咸菜充饥。工地上劳动强度大，他三年得了两次胃穿孔。《孝经》中说："毁不灭性，此圣人之教也。"不仅精神上不可因过度悲痛而失去本性，物质上也不可过于俭省而伤害身体。对嘴巴过于吝啬，其实质是在挥霍健康、透支生命。

微信朋友圈，有则"心灵鸡汤"一度霸屏——在事业、财富、名利、地位、人脉、学识等诸多为世人所追逐的事物面前，唯有健康是统率全局的"1"，而其他，都是锦上添花的"0"。倘若失去了最前面的那个"1"，后面的"0"再多、再大、再辉煌，也失去了存在的意义。

如此形象生动地劝诫世人看淡名利，爱惜身体，一定是用脑用心了，发明这段话的人实在是功德无量。

我心婉约

与人为善

你要不与人争,就得与世无求,同时还要维持实力准备战斗。你要和别人和平共处,就得先和他们周旋,还得准备随时吃亏。

杨绛的这段语录,读后颇多共鸣。生活中不如意事十之八九,其中不乏人为的挫折与烦恼,正如这段话前面的那几句:

在这个物欲横流的人世间,人生一世实在是够苦的。你存心做一个与世无争的老实人吧,人家就利用你欺侮你。你稍有才德品貌,人家就嫉妒你排挤你。你大度退让,人家就侵犯你损害你。

可是,我想了又想,还是信念坚定地选择与人为善。因为,通过反复阅读,我于字缝里品出,这正是先生说这段话的初衷,以及深意。

苏东坡曾精彩地自我点评:"上可以陪玉皇大帝,下可

(一)烟火红尘

以陪皁田院乞儿。""吾眼前见天下无一个不好人。"

呜呼!他一生中的大部分时间,不是被贬就是奔波在被贬的路上,还"天下无一个不好人",苏大学士真是无量好胸怀!佛说一切众生相皆是我相,以善良通达之心观照天下,那些天性纯净无尘者眼中的芸芸众生,大抵都是如此吧。那境界,一定深埋着一个至善至美的目标。

于是乎,与人为善之仁厚宅心,越发不可动摇。

我心婉约

银发浪漫

如今，无论哪里的风景，都不再独属腿脚灵活的年轻人了——日已正午，我们满身大汗地爬到联峰山顶时，竟在山顶的亭子里发现一位白发苍苍的老太太，坐在回廊上休息。她头戴时髦的窄边纯棉遮阳帽，身穿火红色毛衣外套，拄着一根油亮的香樟木杖，亭外一棵高大的橡树满树金黄，正好衬在她的身后，煞是好看。

"那里不行，我说不行的，那里的阳光太强，照出来逆光，人是黑的……"老太太一边坐着一边唠叨，语气轻弱，还带着点儿耄耋老人特有的颤音。

她在跟谁说话呢？

我奇怪地向四周张望。果然，在老太太正对面的斜坡上，一位同样满头银发的老头儿站在合抱粗的古松旁，举着照相机，将镜头调来调去，寻找着最美的风景作为背景。

我和爱人相视一笑——他俩的年龄加起来恐怕已经超过150岁了吧？还有这份闲情逸致，还有这份登山的体力，真是难得的幸福！

（一）烟火红尘

我们自顾自地在山顶的林间玩耍，高大的橡树、森然的油松、裸露的巨石，仿佛都在昭示着这里的古老、沧桑和神秘。

一回身，那两位老人又闯进我的眼帘——

老太太已在一块巨石旁斜倚着身子站定，老头儿则在两步开外，忙着选择合适的角度架起相机支架，然后他腿脚利索地回到老太太身旁，用胳膊在老伴儿肩头轻轻一搂，动作流畅又自然。镜头定格的一刹那，阳光如有知般倾泻而下，两位老人仿佛沐浴着吉祥的佛光，将夕阳般的美丽宣泄得无比灿烂。

我被感动到无言。

没想到，下山之后，又在山脚下碰到另一对银发老人。老头儿的装束很是专业——摄影马甲、长焦镜头，在他不远处的一棵火红的小枫树旁，一位身材肥胖的老太太身穿墨绿色长款风衣，嘴里一边嘟囔着，一边动作笨拙地按照老头儿的指示调整着姿势。

"哎，我说，我就是不愿意让你老是摆弄我，随便拍几张就得了，你非得摆弄我……"

老头儿却像没听见一样，以老年人特有的耐心调动着方位和镜头。可那充满激情的摄影动作，又仿佛年轻的小伙子面对初恋情人。

秋风吹过，山中红叶摇动，有如一束束燃烧的火把。山上山下游客众多，数他俩最灿烂。

我心婉约

夜深人静

窗外悄无声息，路灯安静的光芒涂浓了夜的色彩。

月亮躲起来了，星星都快睡了。

夜深人静。

孩子睡了，爱人睡了，我却辗转难眠。

望着他们朦胧的、香甜的、睡着的脸庞，我深感知足，深感幸福。

然而刹那间，我的心境竟变得朦胧起来。我思绪飞扬，却不知所想。很想写点儿什么，又不知所云。

静静地走到窗前，那是哪家的窗户还透出灯光？在这夜深人静的时刻，有谁和我一样，在虚无的状态中难以入眠？

也许只有那柔柔的晚风，也许只有那轻轻摇动的树木的枝杈。要不然它们在这夜深人静的时刻，为什么还不肯停一停，安安静静地入睡？

白天的一切似乎已消失得很远。那些都是发生在很遥远很遥远的时候的事了。不必去思，不必去想，更不必为它们所累。

（一）烟火红尘

可是，我为什么偏偏难以入眠？

是因为那些白日的喧嚣浮躁吗？是因为外界强加给你的压力和烦恼吗？好像并不是。在这夜深人静的时刻，你已经远离了那些纠缠与劳累嘛。看看身旁的孩子，看看熟睡的爱人，看看你温馨幸福的小家，至亲至爱的人围绕在你的身边，你应该是幸福的了。

只是思维不肯停顿。翻飞的思绪中并没沾染半点儿白天的俗务杂尘。

它活跃着，想要和灵魂对话，想通过思考把静夜中的我带到另一个更高的境界。人的思想在没有一丝外界干扰的时候容易变得理智而且深刻。那种感觉是一种绝无的飘然，在这安静的月夜下它是多么自由安详。

也许只有心安静下来，人才能真正地超脱。

不经意间，心竟在隐隐作痛。

我知道它为何作怪。

请尽享这夜深人静的时刻，不要再让思绪回到忧伤好吗？

就让一切都在这静谧的夜晚安静下来吧！将伤害像垃圾一样处理掉，将友爱像珍宝一样收藏。

哪怕只是一个关注的眼神，一个会心的微笑。

请收住你畅游的脚步，停下你淋漓的舞蹈，用心体味这人生停顿的片刻吧！将每一滴灵感、每一个顿悟都记录下来，像是收集思想长河里的一粒粒宝石。

夜深人静。夜色来袭。

我，并我的思绪，一同融入这浓浓的夜色中。像天上的星星，安静地眨着眼睛，闪烁着灵魂的光芒。

男人的品性

两性世界，男人和女人一样，林林总总，千姿百态。

别看他们服装大多雷同，发型也基本相似，那腹中、脑中所包装的内容，那来自内心深处的气质，却迥然各异，大相径庭。

一个女人一本书，一个男人就是一个世界。

或豪俊有为，或安贫乐道，或精明世故，或乖戾吝啬，走进一个男人，就走进了一个世界。

访遍地球，百分之九十的地方由男人主导。他们在自己的地盘上缔造出千姿百态的生活，同时塑造了百态千姿的女人。所以，男人的影响要远大于女人。从家庭中走出来的女人，幸福如花也好，哀怨凄楚也好，平静如水也好，争强好胜也好，大都是家里那个男人的写照。不信，回首她们还是女孩时的情形，大多与做了女人以后很是不同。

很多女人总是错误地将眼光放到男人的能力与未来上，是否能飞黄腾达？是否会事业有成？其实，真正的幸福并非来源于此。女人婚后绵长的生活是否踏实舒心，还是由身

（一）烟火红尘

边那位男人的品性决定的。打个不恰当的比方，人和商品有相似之处，不同阶段有不同的包装。女人需要有怎样雪亮的慧眼和睿智的头脑，才能做到去伪存真？时间能还事物以本质，是包装终会褪色，永远不变的可能只有与生俱来的品性。

所以，男人的品性，对于一个女人的生活有着不可估量的作用。

曾经流行过一个有趣的选择题：唐僧、孙悟空、猪八戒、沙和尚，选哪一个做丈夫会更幸福？

对于答案的争论甚是激烈——

唐僧人中才俊，事业有成，只是桃花大旺，总惹得群英乱飞；孙悟空英雄豪杰，匡正除恶，却不解风情，不懂浪漫；猪八戒倒是儿女情长，有时简直就是个花心大萝卜，但除了这点毛病，大多数时候倒也善恶分明，知荣知辱，而且有错就改，算位好汉；沙和尚此时竟多获美言——忠厚老实、脚踏实地、无私无欲、任劳任怨……具备做丈夫的种种美德，只可惜业绩平平。

仔细想想，四个和尚四种类型，已将天下大部分男人囊括其中了。

我因此生出了更多的想法。身为男人，无论是上面的哪一类，都很难得，都值得珍惜。因为他们已贵为人种，归于人类，与妖与兽是有本质区别的。比如波月洞洞主黄袍怪也曾化为丰硕美男，引诱来百花羞公主；某国王爱妃被掳至山中，妖魔经常化为人形威逼利诱。面对它们的居心叵测，美人们如身在噩梦，苦不堪言，本来娇艳的女人花被摧残得近乎凋零。男人与男人最本质的不同，应在于此；女人所要睁

我心婉约

大眼睛区别的，正应是这一点。

谁的老婆温惠贤良，谁的老婆美貌风情，谁的老婆精明强悍……生活中，男人总习惯将女人分类品评，并于潜意识中拿来与家中的那位比较，由此产生种种感慨和遗憾。实际上他们最应该审视的是自己。

你具有怎样的心性？你营造着一个怎样的世界？你以怎样的面目出现？男人有了这种自知之明，就像有了可以对照的镜子。他们真应该随时自省，随时修正自我，或许从此以后，家里的那位就是那温良的、美貌的、风情的、聪慧的……其中的一位了。

（一）烟火红尘

大黑和小花

　　这个故事是舅妈讲给我的，故事的主角是舅妈家养的两只狗。

　　当时舅妈带着十分怜悯、十分遗憾、十分惋惜的口气告诉我：小花死了，是被大黑一口咬死的。

　　小花是只体态娇小、血统高贵、讨人喜欢的京巴犬。大黑是只高大威猛、看家护院、出身卑微的"串儿"狼狗。

　　也许是继承了"京巴门第"的高贵基因，小花的"社交手腕"相当高超。

　　主人在家时，它不停地摇着卷曲的尾巴，在主人脚底下转来转去，不时还撒娇似的，一口咬住主人裤脚，或用头抵住主人小腿蹭来蹭去；主人要出门了，它"颠颠儿"地跑在主人前面，提前到达大门口，脸上写满恋恋不舍的悲伤，临别时再"汪汪"叫上两声，殷勤地为主人送行；主人回家的脚步还在五十米开外，小花就凭着超人的听觉和嗅觉，早早儿地蹲坐在大门口，摇着尾巴等上了；刚看到主人的身影，它就会灵敏地轻扑过去，又亲、又叫、又蹭。

101

仅仅这些还不足以让小花荣获专宠。小花脸上的表情之丰富，绝不亚于会讨巧的小孩儿。每当主人扔给它好吃的，它的黑眼睛里就会放射出兴高采烈的光芒；如果不幸被训，则马上神色黯淡，一副垂头丧气的样子。

舅舅住在一个工厂大院里，晚饭过后常去与门卫下棋。小花像个勤恳的小侍卫，一路小跑着提前来到门卫小屋，窜上炕，伸直腿脚平躺在土炕一侧，看上去像是在舒舒服服地睡大觉——它才不是睡觉呢！它是给主人"占位置"来了！这个时候，任谁叫它、拨弄它，它都是一动不动，一副睡相沉酣的样子。可是，只要舅舅一进门，"睡着"的小花就会瞬间苏醒，"嗖——"地蹦下炕，把位置让给主人。等主人已坐定，它又蹿上来，在主人身边找个角落，蜷起身子，安静地看人下棋。令人称奇的是，每当舅舅困了，刚打个呵欠或者伸个懒腰想要回家，小花立马能提前预知，那种人犬之间的心灵感应准得让人不敢相信。

舅舅和舅妈爱小花如至宝。

大黑就不一样了。它的脸上没有那么多表情，除了忠心耿耿地看家护院，它不大会和主人交流。由于身材高大、模样威猛，看家又太过尽责，动不动就狂吠着扑向来客，主人用铁链把它拴了起来，它连行动的自由都没有了。

但有时大黑也想和主人亲近一番，或者跟主人讨个好，无奈的是主人不喜欢它。

说来也怪，别看小花个子小，可它偏偏以欺负大黑为乐。每当主人在大黑身旁路过，大黑仅仅亲热地向主人叫上两声，跟在主人脚后跟儿的小花就会像离弦的箭一样冲过去，

(一) 烟火红尘

对大黑又撕又咬。本来身强力壮、大小花几倍的大黑，面对小花的进攻，竟然每次都是又躲又闪，痛苦地吱吱直叫，有时身上的毛都被一块一块地咬落了，也不敢"还之以牙"。主人要是给大黑扔个肉骨头，让小花看见了，肯定又是一番撕咬，然后肉骨头也会被抢走——尽管小花并不缺肉骨头吃。

大黑让小花给欺负住了，它在小花的压制下生活。大黑脸上总是挂着凄容，很悲观、很郁闷的样子——真的，现在回忆起来，有小花的日子里，大黑脸上那些失落、自卑、企盼的表情，连我也印象深刻，一清二楚。

那天舅妈家来了客人，两只狗一大一小，自然还是一番"汪汪汪"狂吠。

舅舅和舅妈习惯性地呵斥大黑，又踢上一脚；然后一边用脚挡住正闯向客人的小花，一边亲昵地说："别叫了，是咱们家的客人，你没看出来吗？"又转头对客人解释："没事儿没事儿，不用怕，它不咬人！这个小东西，最通人性了！"

他们可能没注意到大黑脸上的表情。

午饭时分，小花还和从前一样，在厨房与主人"共进午餐"，只不过狗盆放在厨房的一个角落；而大黑，无论春夏秋冬、刮风下雨，都在外面的狗棚吃。那天舅妈又炖了骨头，她把啃剩的肉骨头，一半分给小花，一半扔给了门外的大黑。

这下小花可不干了！它冲出厨房，直奔大黑的狗窝，对埋头啃肉骨头的大黑又撕又咬。

不一会儿，只听院子里"嗷——"的一声怪叫，一小段气管子漏了气的声音，随后就平静下来。正陪客人吃饭的舅

103

我心婉约

舅、舅妈跑出屋一看,小花双目紧闭,脖子含在大黑嘴里,漂亮的小花脑袋无力地耷拉着,鲜血淋淋,已经断了气。

大黑呢,昂着头,直挺挺站得威武庄严,一副大义凛然、咬死了小花任凭处置的模样。

尽管舅舅和舅妈惋惜又痛心,但他们除了叹息和呵斥大黑一番之外,也别无奈何。

两年过去了,舅妈和舅舅还会时常想起小花。

"小花就是太过分了!它对大黑太猖狂了!"每次提起小花,舅妈说得最多的是这句话。

(一) 烟火红尘

偶拾零（二）

陌生的老同学

同学聚会，几十年未见的老同学们围桌而坐，定眼相互瞧瞧，人的变化可真大！

这种变化不是岁月的沧桑蒙在了脸上，不是体态发福臃肿了身材，不是相貌变化辨不出了青春，而是那令人感觉如此陌生的神态和气质。

矜持、深沉、淡然、热情、豪爽、世故、谦恭……这些迥然不同但显而易见的表情印记，镌刻在不同人的脸上，成为一个人区别于另外一个人的鲜明代号。

初会续旧，同学们暗自怀揣内心的诧异，互相通报着经历和现状——

不一样啊，每个人都不一样！虽然大家师出同门，但我们已纷纷走入各行各业。分别多年的同学们，各有各的生活，各有各的境遇。

听着，讲着，我忽然领悟到，正是每个人背后各不相同的境遇和生活,在本来熟悉的人群中散发着令人倍感陌生的气息。

米肠汤饭

米肠汤饭,米肠汤饭。

这家朴素小店的名字吸睛指数不容小觑。小店坐落在社区住宅楼的楼下,距离西侧马路有一射之地。每当我从马路旁走过,总禁不住将目光越过小店前面搭起的绿格子布艺遮阳棚,朝店里张望。

那里的厨娘是否穿着鲜艳的朝鲜族长裙?她们的发髻是否用一根绘有花纹的筷子油亮地挽在脑后?她们恬静的脸上,妆容是否永远那般精致?那里的餐厅是否回荡着柔美婉转的朝鲜族乐曲?米肠汤饭,米肠汤饭,那糯香的米肠、浓浓的韩式饭汤,必定是朝鲜族人的家常味道,充满了异样的民族风情,令人产生诸多遐想。

米肠汤饭,有时间一定要去尝尝。

有一天,我又一次从小店门口路过,习惯性地朝小店望去——只见一名胖胖的女店员,油光的圆脸蛋上表情茫然,一身黑乎乎的套装毫无特色,一双胖脚将黑色旅游鞋撑得爆满,双手倒提着一把灰不溜秋的拖布,看样子是准备擦遮阳棚下镶了瓷砖的地面。

哦,米肠汤饭!

我想我永远不会去这家小店尝鲜了,因为我对它的向往已消失殆尽。

(一) 烟火红尘

读书为明理，不为谋生

《大家都降薪了，你还读书吗？》在微信圈刷屏，其将经济不景气导致的收入下降归咎于读书，实在是其谬甚矣。

一大早，打开微信就看到南怀瑾老先生的文章《读书是为明理，而非谋生》，有种释放的快感，立马点赞加转发。

人类读书接受教化，旨在进德修业。为谋生而学，只配做一机械"学徒"，冰冷的机器人亦可行之。《论语·学而》篇曰："君子不器。"意思是说君子不能像只有某种特定用途的器物一样死板僵化。

著名科学家爱因斯坦说："专家只是训练有素的狗。"旨意皆与南老异曲同工。

《论语》中亦言："君子谋道不谋食。"《大学》云："有德此有人，有人此有土，有土此有财，有财此有用。""德者本也，财者末也。"《钱氏家训》告诫后人："蓄道德则福报厚。""子孙虽愚，诗书须读。"

一日放懒，十指生疏

记得很小的时候，小学三四年级吧，每当寒暑假，学校都会发一本大大的假期作业，叫《暑假生活》和《寒假生活》，因为贪玩，我每年都做不完。但是，印在页眉、页角的格言、谚语和插画我特别喜欢，不少内容都要反复揣摩、阅读。有一句话因为朗朗上口，通俗易懂，我至今印象深刻，每每忆起,总能成为鞭策我前行的动力。记得它就印在页眉的位置,和其他页眉相比,并不特别显眼。当时印刷技术不敢恭维,细细的破折号至今还以形象思维的模式留存在我的大脑皮层里——

"一日读书一日功,一日不读十日空——"

破折号后的内容是什么?我却完全不记得了。上网搜来,有写佚名的,有注民间名言的,但那种感觉到底隔了岁月的尘雾,再无法觅得年深日久的珍贵记忆和小小少年被知识的阳光浇灌的稚嫩。

如今,现实工作繁忙,断断续续保持了多年的写作习惯,不经意间就被搁置了太久。待稍稍有了闲暇,惶惶然重拾旧梦,但觉键盘生冷,脑筋枯涩,于是又想起了童年的格言,慨叹辗转,竟在腹中化为令人无奈的几个字——"一日放懒,十指生疏"。

青玉米,卖得坦然,吃得欣然?

《礼记·王制篇》曰:"五谷不时,果实未熟,不粥于市。"祖先对于食物的敬畏,上升到国家礼法的高度,这是警戒规范,也是人类的自尊自重。

《朱子家训》也告诫子孙:"一粥一饭,当思来处不易;半丝半缕,恒念物力维艰。"食物是上天赐予的保命珍品,谁也没有权利暴殄天物。

因为,人类的生存法则体现在粮食问题上,特别简单粗

（一）烟火红尘

暴：三天没饭吃，人就会倒下；如果饿上七天，就会死人。

如今，市场上售卖青玉米的举目皆是。夏末初秋的黄昏，小巷路口、社区门前，到处可见一堆堆的青玉米摆在地上出售。卖者手里"呲啦呲啦"地剥着半熟玉米的青皮，满脸欣然坦然，买者回家或煮或烧，吃得津津有味。可能青玉米的生意太好，赚钱挺快，后来又有人装了满满一三马车青玉米，在人流来往频繁处，占据有利位置，一卖就两三个月，直到玉米成熟了，老了，嫩嫩的口感不再了，方才收兵。

如果让这些青玉米彻底成熟，国家的粮仓里该增加多少存粮？

袁隆平成功培育出适应恶劣环境的海水稻，培育出亩产超一吨的杂交水稻，可是，老先生在接受采访时，依然在谆谆叮嘱天下人："虽然如今国人都能吃饱饭，但是也不要浪费粮食，实际上还有很多国家的人饿着肚子，我们不能忘记过去。"

在丰衣足食的今天，有多少人将袁老的话当成耳旁风？又有多少人对节约粮食麻木不仁、毫无感知？

我心婉约

《卡门序曲》随想

清风明月和美玉金钗,哪个更醉人心?当年爱人神秘地奉上《卡门序曲》,我却眉头一皱:"这么轻佻的音乐,快关掉……"

那时的我,张着泉水般清澈无瑕的双眼,只爱山花溪流的纯洁烂漫和青松明月的高古挺拔,一如甜美的《蝴蝶泉边》,或者《阿哥阿妹情意长》,清水般缠绵不绝、纤尘不染,占据了我几乎全部的青春情怀。而对于藤萝一样繁复迷离的世界,不懂,也不爱。没错,你不懂它,爱从何来?

岁月的河流奔腾着向前不息,忽然有一天,我竟痴迷地陷入《卡门序曲》中不可自拔:那份哪怕饰以渠边蒲柳也无法掩盖的生命的高贵,那份如鼓动天外的风雷般被强力抑制的激情,那份玩世不恭的不屑、挑战与坚韧,以及那最浓的黑暗和最深的妖冶,一朵一朵,绽放出不可思议的火花……它的旋律激荡着、回环着、跳动着,唤我再次忆起那些烈马奔腾般激情飞扬的日子,那些涓涓细流般绵长醇厚的日子,那些茂如百草般柔韧如钢的日子,那些让心田的水面荡漾起

（一）烟火红尘

殷红朝晖的日子……于是，它化作一双神奇的柔荑，轻轻拂去我尘世的疲累，然后，治愈了我的偏头痛，以及半数以上的偏执病。

我诧异地回过头去，发现身后逶迤绵延的足迹，已经记录了四十年的风雨人生。而它们构成的画面，多像曾经令我望而却步的繁复藤萝，盘根错节，袅袅低垂。我最不喜欢的样子，竟是我最丰实不虚的岁月。

人生，垒于岁月；岁月，承载经历。正是经历，让我懂得。而这个世界正在向我次第开放的，又何止一首音乐。

(二)一路风光

我心婉约

色彩的表情

春光越来越明媚，室内的陈设与布置散发出异样的气息。那些在不久前的寒冬，曾让家里充满温暖、远离冰冷的织品和饰物，此时竟显得累赘与沉重了。

毛茸茸的红心抱枕令人心生燥热，绒麻质地的沙发套粗糙黯淡，每当阳光铺洒在房间，床单上印染的大红团花既夸张又俗气，厚重的窗帘更是毫无生气，就像远离战场却依然浑身铠甲的将军，变得不合时宜。

季节的脚步从冬迈到春，装点房间的色彩竟从热情洋溢转为烦躁不安了。看来，家居装饰也和其他事物一样，只有在适宜的温度和环境下才能发挥最大的价值，环境一变，马上时过境迁。

于是我开始整理家居，迎接扑面而来的春天。或者说，整理一段心情，迎接一个全新的开始。

那么，给春日家居确定一个什么主色调呢？

当然，无论选择哪种颜色作为房间里的"君主"，都需要不同的配色像众星捧月一样来烘托它、反衬它、突出它。

（二）一路风光

假使整座房子淹没在大片大片的单色之中，缺少了点缀与变化，那该是多么单调乏味和恐怖！

色彩搭配是一门学问。不过，我相信，每一抹色彩都有一个能使之灿烂生辉的背景，就像每个人都有一个适合他的人生坐标一样。

在不断的对比和试验中，我吃惊地发现，权威沉稳的深蓝与清新豁达的绿好比一对仇敌，一不小心就会变得格格不入；在不同的背景下，火热的红时而热情奔放，时而浅薄庸俗；黑色有时庄严肃穆，神秘得像位远古的贵妇，有时压抑恐怖，让人联想起死亡和毁灭；博大明净的天蓝竟有轻佻的一面；美丽高雅的紫色也有昏暗无光的时候；亮丽的黄有时会被白和黑吞没；在绿色的背景下，如果面积比例适当，单调凄凉的灰色竟出乎意料地知性凝重……

缤纷的色彩，像光影交错的舞台上善于表演的演员，在不同的搭配中变换着不同的表情。然而，一个很清晰的事实是，就某个单一的色彩来讲，并无美丑之别，只是在不同的背景下才会有不同的表现。应该说，真正奇妙的是背景，是它们制造了千差万别。

这与生活中人类表情的变化何其相似！不同的际遇，不同的环境，或者在不同的人群之间，往往会让一个人看起来截然不同。实际上，作为个体的人，生于天地之间，本没有高低贵贱之分，是周围的"配色"改变或左右着他——环境和背景的力量如此强大，是如此不容忽视。

我心婉约

雨中童谣

大雨哗哗下,北京来电话,叫我去当兵,我还没长大!

孩子们光脚站在窗台上,双手扒着窗棂,透过屋檐上倾泻如注的水帘,望着窗外雨雾茫茫的天空,快乐地大喊着童谣。

云彩往东,下雨一场空!云彩往南,下雨湿房檐!云彩往西,下雨没房坯!云彩往北,下雨发大水!

我也一样光着小脚丫,穿着色彩鲜艳的塑料凉鞋,和一群小伙伴挤在屋檐下、堆在门洞里、倚在门框上,扯开喉咙冲着雨中大喊。

只是,这已是多年以前的事了。那时的雨,远比现在来得要勤快、要豪爽、要猛烈。每当街上的大黄狗伸长了鲜红的舌头没精打采地卧在树荫下直喘粗气,每当知了躲在繁茂的树枝间拼命鸣叫,每当天空低沉沉地压下一团团乌云,闷如蒸笼的大地必然会迎来一场荡尽尘埃的大雨。

（二）一路风光

伴着空中"轰隆隆"的雷声和刺目的闪电，地上的人便蚂蚁般忙碌起来。人们进进出出地收起农具、苫起干柴、圈起牛羊，大娘、媳妇们还要奔到村外野地里，"咕咕咕"地叫回出来觅食的鸡鸭。

孩子们嘴里唱着童谣，在院子里窜来窜去，那样子和大人一样忙碌。

豆大的雨点"噼里啪啦"地落下来，孩子们一边奔向屋里躲雨，一边兴高采烈地喊道：

下雨嘞！备缸嘞！王八兔子跳窗嘞！

一眨眼的工夫，又头顶着塑料布，趁大人没注意，跑到院子里淋起雨来。

大雨瞬间便以铺天盖地之势，"哗哗哗"地下起来，天地间顷刻便雨雾茫茫。在骄阳下打蔫的黄瓜秧、豆角秧、丝瓜秧，贪婪地吮吸着天降的甘霖，转眼间便又打起精神，绿油油的，满院满墙，青翠欲滴。

大雨滋润着大地、禾苗，大雨为丰收注满了希望。大雨真的让河里发起了大水。大水挟带着土黄色的泥沙，令人眼晕地漾过河床，"轰轰轰"地在桥面上湍流而过，河边的白杨护堤林大半截都淹没在水里，从前高不可攀的树冠如今一个挨一个地在水面上挣扎着摇曳。

发大水是件令人兴奋的大事，发大水是难得一见的奇观。雨停了，水不会马上退去。人们穿着凉鞋、水靴，挽起裤腿，踩着湿漉漉的沙土路，三三两两地来到河边，或者远远地站着看水，兴致勃勃地议论着，或者拿着长柄网抄，带着脸盆水桶，在河边抄鱼。到了傍晚，村子里便会飘起煎鱼的香味。

发水的河边，是孩子们的禁地。不过，他们有自己的乐园。

孩子们拿着小空瓶，到湿软的地里捉蚯蚓，到水洼里踩水，到菜园里掸露珠。雨后的天空中到处都是飞来飞去的蜻蜓，孩子们举着用蜘蛛网做的粘网捉蜻蜓，清脆欢快的童谣又唱起来——

蚂螂蚂螂过河，东边打鼓西边敲锣！

在那个并不算遥远的年代，夏季的连雨天经常发生，接连几天的大雨会引大水进村。记得那年夏天，大雨一下就是七八天。住在地势低平的村西头的十多户村民，晚上睡着睡着，一个个都被冰凉的感觉惊醒了——天哪！大水悄悄地进了屋，已经没过炕沿儿，弄湿了被褥！人们拉起电灯，抱起孩子，捎上几件怕水的家什物件，爬上屋顶避水。

这样的大水，在几十年前时有发生。说来也怪，淹到村庄里的大水却从未伤过人，往往在第二天清晨退去。

被大水淹平了的村外庄稼地，一片片玉米、高粱全部东倒西歪。大水退后，人们顾不上泥泞地滑，家家户户的男女老少都要到地里扶直被水冲歪了的庄稼。在地里忙碌的人们说笑着，谈着大雨，谈着大水，仿佛这些给他们带来的只是快乐，而不是麻烦。

几十年过去了，旱多于涝，夏季的大雨越来越金贵，村边的小河已经多年没发过水了。原先水草丰美的碧蓝色小

（二）一路风光

河，现在只剩干枯的河床和一汪汪碧绿的水藻过剩的浅水潭。每当夏季来临，上了年纪的人们坐在大树下、小桥旁，津津有味地谈论着当年的雨，当年的水，当年的河，仿佛那是一个遥远的传说。

云彩往东，下雨一场空！云彩往南，下雨湿房檐！云彩往西，下雨没房坯！云彩往北，下雨发大水！

大雨哗哗下，北京来电话，叫我去当兵，我还没长大！

蚂螂蚂螂过河，东边打鼓西边敲锣！

儿时的童谣穿过岁月的迷雾，又在夏天的雨中响起。

怀念儿时的童谣。怀念儿时的大雨。怀念儿时的大水。

我心婉约

快乐的小溪

"泠泠……泠泠……"

一条清澈的小溪沿着坚硬的街区潺潺而流。啊！它多像个单纯调皮的孩童！

瞧，它蹦蹦跳跳，拐过街角，穿过马路，沿着没有河床的河床，流入城市的地下水道。

它来自深邃的地下暗河，是摩天大楼挖地基的排水机偶然把它带到了地面。它阳光下的生命仅有两百多米，可是，这小小身影是多么轻盈快乐！

"泠泠……泠泠……"

浅浅的小溪如此清凉诱人！它通体透明，在阳光下闪闪发光，引来了天空闲逛的喜鹊、引来了滑翔的白鸽、引来了觅食的麻雀。一只又一只小鸟驻足在仅有两三分米宽的小溪旁，小脑袋一低一抬地畅饮着来自地下的甘泉。

哦，这瘦瘦的小溪，深藏着森林的记忆，饱含着大地的乳汁，一往情深与那些遥远的江河湖海别无二致。

"泠泠……泠泠……"

（二）一路风光

小溪的童谣唱得多响亮！它引来了一群顽皮的孩童。他们争先恐后，一会儿用白胖的小手抚摸清澈冰凉的溪水，一会儿又把一双双小脚试探着伸进这城市里新奇罕见的乐园。

亲近流水，亲近自然，是孩子的纯真，也是人类的天性！

"泠泠……泠泠……"

活泼的小溪又引来了一位白发老翁。他拿着香皂和毛巾——这是来干什么呀？只见老翁眯缝着眼睛，大把大把地捧起溪水洗起脸来。啊，他顿时神清气爽，连老花的眼睛都亮起来了！

带着神秘而沉醉的表情，老翁在溪水中洗起了毛巾——与流水嬉闹，用流水洗刷生活的污垢，这可都是儿时留下的美梦。眼前的涓涓细流，带他回到了河水汤汤的童年。再掬一把清凉的溪水，呵，可真像是故梦重游！

"泠泠……泠泠……"

小溪沿着用细瘦的身躯冲刷出来的仅仅尺余宽的河道，随形就势，昼夜不停地向前奔流，未思水草，不盼鱼虾，快乐而随意。

"泠泠……泠泠……"

这条快乐的小溪，只在地上生活了一个多月。从始至终，它一尘不染，一路唱着欢快的歌谣，演绎着生命的全部价值，像一位从神秘的自然翩然降落的天使。

我心婉约

荒芜，风景

　　我离开浓妆艳抹的城市，来到城外一片开放的海滩公园。

　　高高的山形巨石擎起俏立的飞檐小亭，依偎着烟波浩渺的大海，矗立得风姿绰约。正是它把公园切割成了两个世界，一侧是游人如织的繁华，另一侧是人迹罕至的荒芜。

　　繁华之处大多太过喧闹，而宁静的天地往往隐藏着自然灵性。

　　带着两袖清风，我漫步在西侧荒芜的小园中。园中鲜花盛开，一片粉紫的秋菊，一片金黄的太阳花，让这座闲园有了壮锦般的绚丽和诗意。辛勤的蜜蜂在花丛中嗡嗡鸣唱，美丽的蝴蝶飘来飘去，成群的麻雀在林间草地上啄食着早熟的草籽。

　　没人的地方是放任天性的乐园。品味着清幽宁静，心灵似乎已与自然相通。

　　抬眼北望，越过一片开阔的湿地，气场强大的城市就在海的另一端，那是人类利用智巧伪造的幻象。成千上万的人

(二)一路风光

在那里如蚁攒聚，远离自然和天道，追名逐利。

小园深处，一片片毛毛草枯黄干燥；一株手腕粗的小白杨挺立在小径中央，金黄的叶片闪闪发亮；淡蓝的野菊花素净灿烂；一张张蛛网粘着可怜的小飞虫，斜挂在树缝间，是炫耀更是陷阱，在秋风中轻晃着守候新的猎物。

这里的生命繁荣昌盛！这里的景象有趣极了！

鸳鸯湖上风雨剥蚀的木桥以及桥头的茅草亭加重了小园的荒凉。清清的湖水在桥下荡漾，小巧玲珑的鸳鸯湖隔着一道长长的堤坝，与无边无际的海水形成错落的呼应。

站在东西向一字伸展的堤坝上，巨石的那一端，人流穿梭如浪，他们去攀登巨石，去瞻仰伟人的足迹，这实际上是座名满天下的公园：北戴河鸽子窝公园。开国领袖毛泽东当年曾驻足于此，写下了著名的《浪淘沙·北戴河》，大大地增添了这片天地的光彩荣耀和历史厚度。

巨大的岩石把公园一分为二，构成了一幅动静相映、对比鲜明的天然图画：伟人的凝聚力和沙软潮平的大海引游客东去，于是，西边的园子就荒芜了。在比荒芜的小园更加荒芜的堤坝外，全国三分之二的鸟类在这片开阔的湿地上繁衍生息，作为世界著名的四大观鸟湿地之一，"万鸟临海"是这里特有的盛况。

荒芜润养了这里的生命，荒芜成就了它的闻名遐迩。

回眸凝望，园中空无一人，园外湿地亦空无一人。园里园外本来就是一体，人造的栅栏无法隔断大自然的浑然天成。眼前这个安静而荒芜的天地，酷似一位沉默的思想者，

我心婉约

胸怀花草树木、胸怀昆虫鸟兽、胸怀沙石流水,胸怀万物生灵的繁衍轮回,安然、恬然、泰然。

在人满为患的世界里,荒芜是一道气质另类的美景。

(二)一路风光

守候阳光

今年的"春脖子"可真长,长得快赶上鸭脖子了。

阳光的脚步总是怯生生的,来得那样舒缓而脆弱,而且特别容易被冷风吹走。

眼看着繁花尽散,树木葱茏,可姑娘们还不敢尽情地将花花绿绿的裙子穿在身上,不敢尽情地露出雪白的肌肤和玲珑的脚踝,不能淋漓尽致地展示曼妙的身材。天空的乌云总是伴着冰凉的风儿不时来袭,冻得人一身鸡皮疙瘩。

唉,要是阳光再强烈些有多好!

是什么时候,温暖的阳光竟也学会了惜售,变得越来越金贵了?

若在往年,春天的阳光早像个多情的爱人,软软地将大地拥在怀里了。到海边的沙滩上来个阳光浴,去风和日丽的田野里春游,在洒满阳光的院子里散步⋯⋯

那时候,阳光算什么呀!唾手可得,无处不在,再平常不过了。平常得即使它在每一个清晨,早早地向人们投来笑脸,都没有谁会在意它的价值。

我心婉约

　　可是今年，只剩下大部分时间里我们对它的百倍思念和万般渴望了。

　　天空时常风云变幻，大地被阴云笼罩在阴冷之中，太阳的温情被恼人的东南西北风搅得凌乱不堪。

　　啊！在没有阳光的冷春，我们是多么思念它的温暖和柔情啊！多么希望被它温暖的大手抚摸，投入它温情的怀抱啊！

　　如今，只有耐心地守候。守候那曾经被忽略的阳光。

　　每一个亮晶晶的早晨都让人激动。乌云遮蔽的天空透出的每一线天光都令人兴奋。因为那是阳光的使者，是温暖和复苏的希望。

　　守候着。企盼着。

　　思想如飞云般横渡无边——

　　生活中最平常的，往往是最不可或缺的。

（二）一路风光

沐浴在春风春雨中

春雨多情，春雨娇嫩，春雨活泼，春雨轻盈。它丝丝缕缕，洋洋洒洒，飘落在焦渴的早春的天空。

天空灰蒙蒙的，空气湿漉漉的。冬日嚣张的尘土还在挣扎，搅起阵阵呛人的气味。它们也许不知道，它们已经遇到了克星。清凉的细雨，正是春天的信使，它将把所有的乌烟瘴气洗刷殆尽，天地将从此焕然一新。

你看，你看，春雨中的绿柳白杨。

雨丝尽情地飘洒着，飘洒着。油嫩的绿芽仿佛转眼就变得鲜润明亮起来，僵硬一冬的枝条，在春风中轻柔地跳起舞来了。迎春花盛开一片金黄，还有粉杏、白梨、争春的红桃。这是它们的黄金季节。

尽管春风还是那般冰冷，尽管春雨总是那般稀有，生命的春季已悄然而倔强地来临，谁也阻挡不住它的脚步。

可是，你知道吗？你知道吗？在刚刚过去的冬天，它们是怎样的坚忍？寒冷、干旱、孤独，还有暴戾的北风无休止地纠缠与折磨。就像是人生之路走到了低谷，放眼四顾已被窘境包围。繁茂的绿叶被纷纷吹落,鲜活的皮肤变得僵冷而灰暗。那是它们的抗议还是折服?它们坚忍着,坚忍着,顽强的根在大地母亲的深之又深处,吸吮着水分和营养,供养着它们的芽,生长着它们的苞,那是它们的希望。就像久困之人的顿悟:穷厄才惜温饱之福,卑微才识众生百态。于是不再叹息,放下抱怨,痛苦和煎熬竟也随之悄悄远遁。细心体味人生的磨砺,忍耐着,努力着,成长着,等待着,这正是未来的希望。

你听,你听,扑面而来的是山之风,海之韵。

微风吹拂着,吹拂着,一切的一切,都活力倍增。春风播撒着绿色的种子。山,淡淡的,青青的,敞开怀抱,接纳着回归的候鸟,哺育着苏醒的生命;水,润润的,盈盈的,在春风中有节奏地跳跃着,在阳光下亮晶晶的,像无数芭比娃娃眨着眼睛。

你还能忆起冬日里、狂风中,山之冷峻、水之冰寒吗?都过去了,都过去了。它们欣然地,迎来了温暖的春天。

沐浴在春风春雨中,复苏着,孕育着,焕发着,生长着,这是生命的又一次轮回。

(二)一路风光

荫荫夏日

槐花已然开尽,落英满地,还有余香。

阳光洒落于日渐浓密的林间,青绿的豆荚,一串串,挨挨挤挤,孕育着多少生命的种子?

浮游的香气,散落的思想,漫无目的地闲聊。

天空偶然飘过的几朵白云,不知来处,不问归期,只有淡淡的、懒懒的情怀,萦绕其中,无法梳理思绪。

清浅的池塘,蓓蕾初吐,细柳轻摇,沐浴着夏日的阳光,渐渐地,绿已成荫。

生命绽放得如此淋漓潇洒,希望和梦想是那样令人心潮激荡。感动和感悟像一双雨后的露珠,晶莹地在阳光下熠熠闪光。姑娘红润的脸庞,黑珍珠一样的眼睛,充满了憧憬和向往——

啊,那多年以前的模样,那些烫人心房的往事,晓雾一样湿润清凉,薄烟一样氤氲缭绕,又回到眼前,又宛若梦乡。

你孜孜追逐的,是真正的灵魂渴求吗?

我心婉约

你如今拥有的,是曾经的殷切梦想吗?
雾一样模糊的人流,烟一样消逝的过往。
荫荫夏日,蔷薇又开了,满树,满墙。

（二）一路风光

园中牡丹

一堆翠绿，于天际曳落几抹彩霞，转眼便已舞得满园光彩陆离。

阅不尽，赏不完，看不透的，人间仙境，满眼风情。

何来几点黄蜂？嘤嘤嗡嗡聒噪着什么？

哦，原来那是些喃喃细语，说不完、听不厌的绵绵情话。

以一汪蓝天为幕，以一团暖阳为镜，小园在春和景明之中，已被你的红点燃，被你的粉融化，被你的黄迷惑，被你的绛陶醉，被你的白过滤而澄清，最终被你的紫和蓝升华。

每一朵都是一篇壮丽的乐章，丰美而盛大。气象万千，姿态万千。

百花为之含羞，清风明月因之失色。

当花期已过，难以复制的容颜飘然而逝。唯有蝶儿还在翩翩寻找，追忆着曾经的繁盛与风华。

伴着未尽的春风，朵朵花瓣静静垂落。关于你的故事，已被传颂成人间神话。

看天边飞扬的绚烂红霞，那也许正是你回归的丽影。

我心婉约

初恋

　　五月的黄昏，空气里到处是淡淡的香、淡淡的甜。如果留心，甚至能闻到那最普通的叶子的馨香。

　　一切都在旺盛地生长，一切都充满了青春的活力。

　　像孩子们清脆的欢笑，像那些富有朝气的年轻的脸——你和我的身上，是不是散发着浓烈的青春的味道呢？

　　我想你是闻到了。那扑闪的眼神和低垂的双眸，向你倾诉了我心中的秘密。

　　啊！五月的黄昏，甜美得令人沉醉！

　　花儿左一片右一片地开放，忽儿桃花红了，忽儿李花淡了，忽儿蔷薇和玫瑰已热闹满园。有如我们的谈话，东一句，西一句，不着边际，没有章法，不合逻辑，却都是含着笑的，都那么津津有味，而且能热烈地进行下去。真是奇怪！

　　连落日都染上了季节的色彩，变得更加殷红。灿烂的晚霞被太阳的余晖镀上了一层金，天空的脸被烧得红扑扑的。快看，你我都变成小金人儿了！

　　池中的金鱼成群结队，浮出水面，像五彩的丝带在水中

（二）一路风光

漂荡。这些水中的精灵，已然被宠坏了，一到黄昏便准时向游人们讨食吃。可爱的小家伙们！我多想把它们捧在手心里，就像小心翼翼地捧着你的心。可是它们总是躲躲闪闪，总是那么难以令人捕捉！

受惊的鱼儿会倏然钻进水中，连影子都找不到。你的心千万别藏起来，那一片空白的沉默，仿佛空气已经凝固，我会窘得发抖，连本来长在自己身上的两只手都不知放到哪里才好了。

半个暗红的夕阳嵌在白天与夜晚之间，美得像幅油画。光线还明，街灯便接过了接力棒，一点一点亮起来，不多时便已满城流光溢彩。

你的眼睛怎么总是那么明亮？亮得超过每一盏街灯，令人不敢直视。

晚风吹来，树木的叶子沙沙作响，那声音静悄悄的。它们有什么可羞答答的？难道也和此时的我们一样，笑时只露八颗牙，吃饭时不能发出咀嚼声？

花儿在风中轻轻跳跃，它们舞姿的一招一式都很标准吗？回味着，检点着，或许有疏忽遗漏。夜幕已经降临，只能等明天了。

等到明天，在太阳的盛情浇灌下，也许会迎来最为灿烂的绽放。

我心婉约

偶拾零（三）

公园里的蛙鸣声

傍晚时分，我路过市内最大的森林公园，只见一群阿姨在姹紫嫣红的花坛前跳舞，几对新人在树影前拍照，孩子们在林中小路上嬉闹。一位老大爷，手擎长笛，坐在树荫下的长凳上，咿咿呀呀地练曲，池塘的小亭旁一群人在给金鱼喂食，还有人在弯弯曲曲的小径上散步。

人们可真是热爱自然！他们走出家门，投入公园的怀抱，尽享着花草的芳香和树木的葱茏，怡然自得，幸福平和。

秋天的夕阳在树梢上闪闪发亮，几声蛙鸣不时从池塘里传来，为公园染上了一层浓重的田园色彩——这里简直就是不染尘埃的世外桃源！

可是，当我抬头环顾——

一栋栋高层建筑，像表情僵硬的卫兵，壁垒森严地环聚在森林公园的四周，层层叠叠，一直延续到望不见头的天边。

呵，在大自然面前，人类多像个可笑的顽童！瞧，他们

(二)一路风光

竟在亲手制造的樊笼里努力寻找绿色,回归自然。

燕塞湖的蝴蝶

燕塞湖景区的蝴蝶真多!

常见的红蝶、黄蝶、白蝶成群结队,密林中、草丛里时常出没着影子一样的大黑蝶,幽灵般的绿蝶总是躲在阳光的背面,枯叶一样憔悴不堪的小夜蝶则翕着翅膀浮在阴影里的草叶上,成双成对的凤蝶更是四处飞来飞去,从容不迫,霸气十足。

于是,我记住了那里的蝴蝶,也记住了燕塞湖。每当我想到燕塞湖,总会先想起千姿百态的蝴蝶。

就像我所崇拜的某些作家的著述,或者常去拜访的朋友的网页,因为那里有令我着迷的别致独特的蝴蝶。

雾蒙蒙的窗玻璃

大清早刚睁开眼,便发现淡红的朝阳照射得朦朦胧胧,这样模糊的清晨有如幻影。定睛一瞧,才发现窗玻璃上蒙了一层湿湿的雾气。天凉了,室内室外温差加大,窗子上开始凝结水汽了。

雾气朦胧了窗外,楼房、树木抽象成一团团影像,停驻在令人捉摸不透的世界里,像耐人寻味的水墨画,像阿凡达的神仙境地。

我心婉约

　　人类可真是的，这么容易被眼睛欺骗：本来对窗外的一切了如指掌，此时被雾蒙蒙的窗玻璃一隔，熟悉的事物便马上平添了神秘色彩。

　　我们的一生中，有多少事、有多少情，实际上只不过隔了这么一层雾蒙蒙的窗玻璃呢？

　　让阳光挥洒得更透彻、更热烈些吧！待雾气消尽，一切还原了本来面目，你会发现，没遮掩的世界山是山、水是水，简单明了。

(二)一路风光

最好的季节

最好的季节

一连多日,蓝天一碧万里,遍地黄叶红枫,娇艳悦目赛过繁花似锦。

现在可真是一年中最好的季节——

像春天般风和日暖,又拥有着秋天的殷实收获。

有幸美丽与收获同享,我想,那些靓丽幸福的少妇或年轻有为的绅士,对生命的感觉大概也是如此吧!

亮晶晶的早晨

秋天的朝阳可真透亮!千条万缕,光彩动人,那一道道彩色的光线,好像嫩红的葡萄酒,从东方的蓝天倾洒而下,洒到耸立的楼房墙壁上,洒到浓密的杨树梢头,洒到宽阔的马路上,洒到路边的花坛里,洒到千家万户的玻璃窗上,洒到城市的各个角落。

我心婉约

小鸟啁啾而鸣,一个亮晶晶的城市早晨在徐徐开启。

我的全新的一天,也正在这个亮晶晶的早晨徐徐开启——千万条思绪映射进我的心房、我的脑海、我的思维的深处,恰如那千万缕灿烂的阳光。

我要尽我所能抓住它们、表达它们,就像绿叶努力吸收阳光,然后为天地释放氧气。

秋风吹落叶

秋风吹过,摇落一地凄凉黄叶。

落叶后的树枝光秃秃的,很孤单的样子。

光秃秃的树枝真的很孤单吗?细看,脱落叶子的地方又有新的苞芽在鼓胀,像是经历了爱情的母性新怀了身孕。

或者,那地上的黄叶,本不是秋风吹落的——难道春天没有风?夏天没有风?是树枝另育新爱,黄老的叶子断绝了浓情蜜意的养分,所以才弱不禁风,飘离枝头。

清朝词人纳兰性德曾写《木兰花》:

人生若只如初见,何事秋风悲画扇?
等闲变却故人心,却道故人心易变!

这是一首多么哀怨的爱情凋零诗啊!普天之下,古往今来,男女之间遗憾的分离,多像那秋天的枝与叶——

没有深深相爱,何来紧紧相依?

（二）一路风光

秋冻

温暖了多日的如春秋日，于今晨迎来了飒爽的西北风。扑面而来的空气凉如井水，把人从头到脚淋了个透——脸颊、额头、脖颈、眼角、眉梢、双手，还有单薄衣衫里的身体，都尝足了凉意，连双眸都被冰出泪珠子来了。

中国有个简单古老的养生之法"春捂秋冻"。秋深了，冬还未至，于这个转折的季节，在冰凉清冽的空气里，要舍得冻一冻自己，身体才会更健康。

那么人生的空气呢？

我回过头，重看那些曾经失业的无助、曾经失恋的痛苦、曾经失意的彷徨，正是那一次又一次遭遇了寒流的日子，让我的内心如菊花般坚毅芬芳，让我的生命如层层花瓣般丰富美丽。

秋雨

清早没有迎来以往的朝阳。天空阴沉沉的，一贯开朗的秋天，却在今晨装满了心事。人也随着天气变得懒懒的，连四肢都略感僵直。呵，季节要更换，树木新增了年轮，载风载雨的人生也一样，难逃新旧的更替与轮回。

晌午时分下起了秋雨，萧萧瑟瑟朦胧了整个天地，倾泻着满腔愁绪。看那晶莹的雨滴，与缠绵的春雨、豪爽的夏雨别无二致，怎就凭空多出一种令人心寒的肃杀气质？

落叶稀疏的树木在秋雨中低垂，一片又一片落叶浸透了雨水，沉重地落在地面上。许多曾经欢欣鼓舞的生命，都被卷入轮回的湍流，将从此远去，明年再续了。

四季之秋多像一位冷美人！在欢庆收获之时，凉意乍起，让人陡然生出几分对自然的敬畏。

百草之王

一片又一片的野菊花，盛开在秋天的原野。淡白、粉红、幽蓝、浅紫、金黄，一团团由无数小花缀成的花冠，挺立在翠绿的枝干上，在秋风中、在行将枯黄的野草的簇拥下，摇摇曳曳，灿烂生辉。

它们在衰草连天的深秋，滋润着白霜清露脱颖而出。它们是原野的主人，它们是百草之王。

然而，在温润的六月，牡丹必须具备战胜群芳的娇颜，才能登上百花之王的宝座。

这让我想起了历史上那些有名的君主，虽然他们的功绩各不相同，有的还相去甚远，却因为有缘具备了特定的条件而名垂千古。

不同的背景，造就了不同的辉煌。

唉！细细想来，世间之事，哪一件不是如此呢？

(二)一路风光

傲霜的月季

　　严霜凋落百花,却没奈何秋菊。所以,文人雅士舞文弄墨,颂其凌寒的风骨。其实,秋菊能傲霜,有一半是因为生来如此:好比生于寒门的娃,从小在风霜交替的环境中成长,适应了,并不觉得怎么苦。可是,如果让那些生在温柔富贵之乡的孩子,忽然间适应贫寒的生活,那苦的滋味才叫刻骨铭心。

　　自从西北风南下,我就注意观察园中的花花草草。牵牛花、地雷花、马兰花、凤仙花、步步高,从春到夏在小园里一直开得旺盛的鲜花,一个接一个"可怜摇落西风里",相继凋谢了,唯有月季,顶着日渐凌厉的北风,打苞、绽蕾、怒放。

　　等过了霜降,园中其他的花儿已经全部作古,踪迹全无,月季又做出了惊人之举:在冷风中凝结而成的蓓蕾,绽放得比温暖的季节更加浓墨重彩——杏红月季抹上淡红的彩霞,平添几分娇艳;深红月季丰满盈润,像位穿上了御寒锦袍的贵妇,傲然不可亵渎;大红月季像团火焰,花瓣裹着花蕊一

我心婉约

层层地绽放，香气袭人。此情此景，真应了杨万里的那首诗：

> 别有香超桃李外，更与梅斗雪霜中。
> 折来喜作新年看，忘却今晨是季冬。

望着寒风中朵朵盛开的月季，我不禁心生感慨：风霜确实能使很多生命凋谢，却也能为顽强的生命增色。

天气一天冷似一天，夜晚的霜冻越来越厉害。花园里的月季像位更事的成熟少妇，依然在顽强地打苞、绽蕾、怒放。只是，它们的脸上都带着风霜的痕迹，有的花朵只开一天便被无情的冷风吹落，有的花朵最外一层的花瓣早早地被冻得干枯了，萎黄着紧包在还没有绽开的花瓣外面，很容易让人想起冬天被冻伤了的孩子的小脸。

气温还在下降，月季还在次第开放。它在与寒风抗衡，它在与节气战斗！

经历过温暖的春、火热的夏、凉爽的初秋，有如经历过一切人生的好时节，月季在寒冬来临之际，显示出了它不为人知的一面——

只要本性顽强，即使从小生长在温柔乡里，也无法埋没流淌在血液里的真实品格。

(二)一路风光

饱满的荒原

我徜徉在阳光下的荒野。衰草连天,大地一片枯黄。干黄的植物叶子在秋风中瑟瑟,徒增一派凄凉。幸而天高地阔,可以恣意放飞视野和心胸,才不至于满腔颓丧。

草丛在脚下沙沙作响,飞起阵阵灰尘,飞落一路碎屑和草籽。我低首,怜惜地望着干柴似的毛毛草,枯瘦的天星星快被风吹成木乃伊了,萎黄着脸的青蒿在秋日的暖阳里散发着浓郁的香气。此时的菜田绿意最盛,白菜绿油油的,一片又一片,残留在收割后的大地上,萝卜长势正旺,有的甚至在地面上挺起了半个滚圆的粉肚皮。

看着看着,第一眼的荒凉悄然退去,一个饱满丰实的荒原渐渐袒露出来——呵!大自然可真会伪装!它枯黄的外衣下,到处都是饱满的果实和希望的种子!

不信你瞧,每株枯草上都长着一串串成熟的种子,满身是刺的蓖麻果即使黄黑了硬壳还在努力生长,等待着明年生根发芽;蒲公英顶着一头雪白的降落伞,寻觅着最佳的风向;玉米长熟了,秸秆退位了;黑黑的薯秧地里,埋着成堆成片的甘甜红薯；大葱干了葱叶，成了葱头，那里面有更加丰富的养料。

看似荒凉的原野其实热闹极了！

植物们多像一群顽强无私的母亲，在生命行将结束的季节，纷纷捧出了穷其一生孕育的果实。

(二) 一路风光

楼顶白杨

城市的天空下，一株小白杨赫然生长在一栋六层楼的楼顶。

它随风摇曳，俯瞰着林荫道旁的树木，甚至俯瞰着脚下的整个城市，它可比它们高多了！

整个春夏，小白杨和地上的同类一样，沐浴着阳光雨露，将枝干奋力伸向天空，成长是一件刻不容缓并幸福快乐的事。

温暖滋润的夏季转眼过去了，地上的树木都长粗了一圈，长高了一截，可是，楼顶的小白杨还是那般赢弱，两指粗的树干上长满了胡子一样的枝杈，尽管它总是沐浴第一缕朝阳，畅饮第一滴甘露。

秋季来临，雨水越来越少，天气越来越干燥，小白杨很快喝光了楼顶最后一滴积水，然后像生病了一样，早早地枯黄、落光了满头叶片，就连枝干都干瘪下去了，细瘦的身躯光秃秃地僵立在楼顶，宛如一把枯柴。

这株不幸的侏儒般的小白杨，只好等待着明年春天的到来。

我心婉约

可是，即使明年春天来了，后年春天来了，它又能长高几尺呢？在它还是一粒种子的时候，它的选择就注定了今后的命运——

离开了肥沃的土壤，离开了大地母亲的怀抱，即使起点再高，也无法成长为参天大树。

(二) 一路风光

野酸枣

青青的酸枣树,山洼里一丛丛,山坡上一簇簇,在故乡的南山上生长得郁郁葱葱。繁育得如此旺盛,是因为它浑身带刺,牛羊不食,还是天生没用,无人问津?反正,它年年春华秋实,年年寂寞虚度。在没人理睬的日子里,它成长了自己,壮大了家族,漫山遍野,到处都是。

突然有一年,野酸枣身价倍增。

原来,长不成参天大树的野酸枣,当饲料扎嘴、当柴火扎手的野酸枣,竟是一味名贵中药材。它那肉薄核大酸倒牙的小果子里,果仁炒熟了有安神之异效,加之现代人绝顶聪明,将那些薄薄的果肉收集起来,加工成酸甜爽口的饮料,又生出几倍的利润。

于是,漫山遍野都是采酸枣的人。

也许酸枣天生命贱,无人爱惜,也许确实因为它浑身利刺,采摘困难,人们懒得像摘苹果、摘桃子那样一颗颗地去摘,而是拿把镰刀,看准果实丰盛的几棵,"唰唰唰"齐根割断,毫不吝惜,如同割草。然后手持木棍,"啪啪啪"地敲打倒地的酸枣树，等果子落得差不多了，便将折枝断树用镰刀一钩，扔到附近的山洼里、田埂上，任其风吹雨打，任其干作枯柴，任其化作尘泥。

多少棵果实累累、欣欣向荣的酸枣树就这样半路夭折了！酸枣树啊酸枣树，真是贱可安身、贵则害命啊！

那一年，野酸枣给山里人带来了一笔不小的意外之财，几乎家家有份。

第二年，野酸枣的价格被抬得更高。可是，山上除了一茬茬利刃般的断根，再也觅不到满枝硕果的酸枣树了。

人们心生悔意。如果没将酸枣树齐根割断，如果直接用木棍敲打那些还不到一人高的树冠，如果拿出些耐心用手采摘酸枣⋯⋯

最主要的是，如果那时大家都不存在强盗般的争抢心理，而是各尽所能、知足常乐，摘多少是多少，那漫山遍野生长了多年的酸枣树就不会毁于一旦。

收获寥寥的秋天很快过去，春风再度吹绿了原野。一株株油嫩的小酸枣树如一个个鲜活可爱的婴孩，在山洼里、在山坡上的薄土中钻出来，它们迎着阳光，吸着雨露，奇迹般旺盛地生长着。

只是不知道，等长大以后，等到开花结果，迎接它们的将是怎样的命运呢？

（二）一路风光

寒风中的苞芽

初冬的晴空下，一粒粒鼓胀的苞芽，披着毛茸茸的银色外衣，布满了落光了叶子的树木枝头，像一个个襁褓中的小娃娃。白杨、垂柳、玉兰……许多树木莫不如此——它们春天蓬勃的生命经过了整整一冬的孕育。

人类的娃娃都是在温室中慢慢长大，而这些树木的娃娃，一经降生就要接受冰雪风霜的历练。难道在腊月苦寒的风雪中，这些稚嫩的小生命，不会感冒吗？不会冻僵吗？是大地母亲的怀抱温暖了它们，还是对春日暖阳的炽烈期盼，鼓舞它们战胜了严寒呢？

我心婉约

冬日暖阳

昨天冬至，气温反倒比前几日要高。今天又是蓝天清朗，万里无云，让人想到不久前大获好评的"APEC蓝"。最令人心情舒畅的，是阳光特别好，暖洋洋地洒落得到处都是，窗玻璃反射出晶亮的光，连历来强劲的北风都和顺了许多，冷丝丝吹到脸上，好似顽皮的孩童在故意使个小坏。

在这样一个充满阳光的日子里，我整个人也变得舒展旺盛起来。再看阳台上的桂花，一路怒放着走过了八月、九月、十月、十一月，到了隆冬季节，居然还在吐蕊开放。此时它们的香味释放得幽然又热烈，是不是因为那满窗的阳光而误认为季节又轮回到了故乡一般的八月？

我捧着长卷沐浴在满室阳光里，仿佛置身于岁月的长河，又像陷入缥缈的虚无。在寒冷的冬季，阳光是暖心的天使，阳光是生活的主题，走过一年四季，阳光本来就是万物的主宰。

而在人生之路上，当遭遇红尘的岁寒，谁又是我的冬日暖阳呢？哦，正是那些善良的人，是无私又炽热的爱，温暖了我那颗曾经心灰意冷的心。

(二)一路风光

冬青

冬季的避暑山庄古木高森，颇为清静。徜徉在庄园里，我忽然被不远处的一株大榆树吸引，枝条繁密的偌大树冠上，一团又一团松松散散的圆形鸟窝布满了树干、枝条，居然还是绿色的。

"喂，你们快看，看那棵树上有那么多绿色的鸟窝！"我惊叫道，"树枝会不会被压断？那些栖息在同一棵树上的鸟儿不会为了争夺地盘打架吗？"

"哦，那不是鸟窝，那是一种寄生植物，当地人叫它们冬青。"导游笑着解释道，"这种植物在承德等北方地区很常见，有的寄生在榆树上，有的寄生在杨树、柳树、桑树和白桦树上，天生耐寒，在秋天时开黄色小花，冬天结白色或红色的果实，还可以入药呢！"

几乎接纳一切植物的大地母亲竟然不是它的立身之所？它竟在别的树木的枝干上生根、发芽、结果？真新鲜。我围着那株寒风中满头青葱的大榆树"咔咔咔"拍了好多照片。

回到宾馆，我打开电脑上网搜索，很快查到了有关寄生

我心婉约

冬青的资料：寄生冬青又叫槲寄生，英文名：Mistletoe，别名：北寄生、冬青、桑寄生、柳寄生、黄寄生、冻青、寄生子。它的果实是黏液性浆果，鸟儿在啄食时，有些果实黏附于鸟喙上。当鸟儿在树上栖息时，用喙擦蹭树干，使种子留在树丫上；鸟儿食后，没有消化的冬青种子，也会随粪便留在树丫上。此物可谓顺其自然而生，"趋炎附势"而长。

冬青能补肝肾强筋骨，除风湿通经络，益血安胎通乳。功能主治清热解毒，活血通脉。用于冠状动脉硬化性心脏病、急性心肌梗死、血栓闭塞性脉管炎；外用治烧、烫伤；鲜寄生冬青水煎洗，可以治疗冻疮……

冬青竟有这么多用途！据说，英国有句家喻户晓的话："没有槲寄生就没有幸福。"常青的槲寄生代表着希望和丰饶，在历史上曾经被视为"万灵药"。非洲的一些部落会在打仗前佩戴槲寄生以避免受伤，奥地利人将槲寄生放在门槛上以防止做噩梦，瑞典人用槲寄生枝作为寻找黄金矿脉的探测棒，在奥地利和意大利相邻的边境地区，一直流传着槲寄生能使人隐形的说法。

区区一丛寄生植物，如果没有高大粗壮的榆树、柳树、杨树、白桦树或者桑树的树干作为沃土，可能连生存都难以为继，更别说发挥悬壶济世、祈祥纳福之妙用了。正因为它"顺其自然而生，趋炎附势而长"，巧妙地借用高大乔木的枝和干，结出属于自己的果实，才最终实现了自我价值，连"寄生"一词的贬义色彩也明显被改写了。我对它的敬佩之意油然而生。

这使我想起了荀子的话："假舆马者，非利足也，而致

（二）一路风光

千里；假舟楫者，非能水也，而绝江河。君子生非异也，善假于物也。"

寄生冬青算不算"善假于物"呢？如果算，它堪称植物中的"君子"。冬青的聪明和变通，实在值得我们人类借鉴、学习。

我心婉约

去没去过的地方

白色的游船像只轻盈的大天鹅,翻着层层浪花,映着秀丽的湖光山色恣意行驶在开阔如镜的水面上。

一群没能上船的人顶着初秋骄阳,排成密不透风的长队,眼巴巴地看着"白天鹅"在水中游弋,迫切地等待它停泊靠岸,以便也乘船到水中一游。

"在船里,周围是湖水山林,在岸上,周围也是湖水山林,即使上了船也只能待在座位或甲板上,又不是在水中游泳,一样的风景,干吗非得挤来挤去乘船?"望着一长队劲头十足的人,我疑惑不解。

"因为能去没去过的地方。"老公平静地回答。

"去没去过的地方。"

哦,也对,风景总是在别处。如果是在熟悉的地方,人们就不会如此争先恐后了。可是,人们为什么那么想去没去过的地方呢?没去过的地方到底有什么呢?

一会儿,我也上了船。

伫立在甲板上,湖水就在脚下,船尾翻卷的浪花掀起阵

（二）一路风光

阵水雾扑面而来，像一位不容分说的主人，奉上一份令人无法拒绝的清凉美餐。游船依山而行，那些在岸上已经欣赏过的高山密林，此时一下子就凸出在鼻尖旁、压在额头上，放大到瞳仁里。它们像一位位摩天巨人，向人逼近又朝后退去，有些地方连山上的一草一木、草木脚下的沙砾细石都看得一清二楚。湖水与山脚相接的地方，或粗粝或细腻的岩石，沉默地轻吻着一波波湖边细浪。

这是在岸上看不到的风景。同船游客和我一样，人人睁大了眼睛欣赏着湖光山色，如同一群饥饿的人忽然面对一桌美食，唯恐错失良机，不肯漏掉任何细节。

细想，这样的湖水浪波、这样的沙石草木、这样的山水相接，真的是特别新奇的风景吗？平心而论，大多数人，在别处，早已领略过类似的景致，只不过今天又在这里换个地方、换个角度观赏而已。

等到停船靠岸，不止一人扫兴地叹息："唉！早知道这样就不花钱上船了！也就那么回事！"刚才的观景兴致居然比潮水消退得还快。

那么，到底是什么，吸引着人们非要去没有去过的地方呢？天下又有多少事，到最后"也就是那么回事"？我心中疑惑，抬眼望去——

岸上依然排着长队，人们的脸上写满了渴望，正准备去"没有去过的地方"。哦！那个"没去过的地方"，似乎凝聚着一股无法抗拒的力量，那里隐藏着人类猎奇未知的本能欲望。

我心婉约

在花厂峪的山里

（一）溪水

  我们一行人排成十几米长的长蛇阵，一步一个脚印地行走在花厂峪湿滑的山腰梯田小路上。路边的毛毛草很茂盛，野酸枣树到处都是，枝头挂满了半红半绿的果实。茂密的次生林在梯田的尽头一片葱茏地耸立着，有如一片诱人的希望。

  小路在山腰上顺势蜿蜒，谷底的溪水一路与我们相伴而行。它简直是位聪明又圆滑的行者，时而不动声色地漫过幽静的深潭，时而哗哗地泛着白色浪花，跳过大而光洁的鹅卵石，时而淅淅沥沥地轻唱着滑落一地流沙，在复杂多变的道路上游刃有余，一路前行。

  难道这就是哲人老子所说的"上善若水"？如果人类能学来流水的本领，将免去多少人生的磕磕绊绊？遗憾的是，哪里是坦途，哪里是险滩，哪里可能波澜乍起？上天似乎有些偏心——它并没有赋予人精准识别人生路况的本领。

(二)一路风光

(二)爱心

因为路陡坡滑,大家都在认真走路,没有人说话。但是,每逢需要跨过一道深沟,或者越过陡斜的高坎,你扶我一下,我拉你一把,心照不宣的无声关爱让仅有七八个人的队伍变得坚强有力,素不相识的"驴友"间弥漫着亲密的友谊。

是的,面对毫无瓜葛的陌生人,人们也许不会吝惜自己的爱心。但是,在熟悉的群体中间却不容易得到这种无条件的爱。除非——

你们之间不存在任何竞争,你没有引起对方的嫉妒,而且二者缺一不可。

(三)绿叶

终于来到向往的林中。

眼前遮天裹地的绿叶啊!深深浅浅,形状各异,千姿百态,异香袭人,简直令人眼花缭乱!哦,如果说鲜花是美丽的精灵,那么绿叶便是温柔的天使,可净化天地,可安抚人心。

常年生活在职场里的一颗疲惫敏感心,在抬头仰望层层梯田之际变得豁然开朗。一下子掉进绿叶的海洋,漫游在浑然天成的天然氧吧,清凉、爽心、畅快、轻松、宁静、快乐、幸福、希望……一切形容人类美好情怀的词语,在刹那间以淹没一切的气势从头到脚涤荡过来。身体的疲惫、精神的负

157

担，全都被淘洗一空，只剩下一个清清爽爽的无尘之我。

精灵一样的绿叶，似乎化成一个记忆的美丽烙印，让人从此无法忘记和忽略。说不定哪个疲惫而孤独的日子，我又会一头扎进浓郁的密林，去找绿叶疗伤。

（四）蚂蚁

我们选择了一片干净的松树林停下来休息。坐在高高的油松脚下，阵阵松香袭来，沁人肺腑。

两只蚂蚁围绕着一粒面包渣打转，眼前的食物对它们来说是喜从天降。定睛一瞧，两只蚂蚁一只大而油黑，一只小而泛红，显然不是一家子。

天上掉的馅饼到底归谁？两只蚂蚁只相互对视了那么一两秒，小红蚁便知趣地走开了，一步一顿，实在恋恋不舍。

令它意想不到的是，一粒更大的面包渣自它头顶降落——那只怜悯弱者的手，想帮帮这个可怜的小东西。

小红蚁晃动着触须，将小脚搭到面包渣上，像是有点儿不明白、像是有点儿不相信，它被突然降临的好运弄糊涂了——

放弃了刚才的一块小面包，却在别处不期而遇一块大面包。

饶有兴致地看着小蚂蚁片刻间的遭遇，我心为之所动，不禁仰望晴空。只见林木幽然参天，缕缕阳光透视着急遽翻腾轻扬而上的细小飞尘。看似空空的空中，实在是空而不空，

(二) 一路风光

静而未静。

在博大的自然怀抱里，到处都能撞见造物主仁慈而睿智的启示，有如一头撞进了那只怜悯弱者的温情大手里。

我心婉约

初登联峰山

新年第一天，惠日和风，天地澄明，早就想要登临的联峰山近在眼前。漫山遍野翁翁郁郁的青松，冲淡了季节的印痕，仿佛此次登临，不是在寒冷的隆冬，而是在明媚的春或干爽的秋。

早晨的空气清透冰凉。联峰山沐浴着冬日暖阳，在一碧万里的晴空下，自然的美感粗犷豪放。

我们顺着行人稀少的林间小路，蜿蜒上行。或陡峭或平缓的山坡，衰草茂密，落叶枯黄。间或人工装饰的雕像、为游人设置的长条木椅，还有小路不远处平展光滑的水泥台阶，都让人意识到这是一处被人工修缮过的风景。

行走山中，这里树种丰富。由于季节的缘故，高大的刺槐、娇俏的看桃、苍劲的杜梨，还有许多不知名的树木夹杂在松林之中，落光了叶子，在远处望去并不显眼。季节在山里变换着不同的主角，只有熬过寒冬，它们才能迎来生命的灿烂。

山势不算太陡，到了半山腰，方觉身体发热，大腿微酸。

（二）一路风光

迎着柔和的山风，朝山下望去，啊，视野已是一派居高临下！市区红一片蓝一片的楼房尽在眼底，大海在不远处冲击着白色浪花。择一片开阔地忘形地朝山下大喊，仿佛已经富拥整座大山。然而抬头一瞧，山顶隐约在层叠交错的树尖之上，脚下的路还远着呢。

于是继续向上攀爬。山势渐高，先前未觉吃力的山路，此时已备感曲折陡峭了。左一块右一块巨石横卧林中，或周身布满灰色苔藓，或一干二净现出本色，在松枝掩映之间，像一位位饱经风霜又个性迥异的老人，安详地注视着来往过客。

山风很小，却硬而有力。两腮被吹得发热，欲裂般胀痛。眼睛被山风冰出泪来，掸落，双眸倍觉清亮。双腿酸得有些僵滞，扶着树皮干裂的松枝喘口气，靠在岩石上稍作休息。一股亦淡亦浓的枯叶味道，夹杂着缕缕松香飘过——刚才只顾走路，竟忽略了这里是个偌大的天然氧吧。于是用力呼吸，品咂着冬林的味道，就像小苗奋力吸吮自然的营养。

山间小路细如羊肠，黄土路面常有顽皮的石子，让人必须时刻小心。由于脚力的原因，我们改走水泥台阶。登上宽敞的台阶，才发现其间意趣大不相同——小径崎岖，淹没于自然的原创，一段枯枝、几块衰草、满地落叶，无时不在向人昭示着生命的轮回变幻；而一级又一级表面平整、角度相同的台阶，爬起来是机械的重复运动，不仅肌肉迅速疲劳，而且生出许多爬楼梯的僵硬枯燥。

不知不觉已临近山顶。一小段平路像大山忽然伸出的手掌，开阔平坦，多块乱石纵卧其间。山路南侧，一块两人高的岩石，斧劈刀削，岩面凌厉，微斜矗立，巨人一样面向西南遥望着澎湃的大海。岩石的阴面，大红油彩书写的"望海石"三个大字遒劲有力。这里是游人们留念的好地方。

登临山顶，碧空万里，阳光明媚。向南是一望无际的大海，海上轮船起航，群鸥乱飞；向东向北是楼房林立的繁华市区。迎着和煦的微风，极目眺望，在那四面八方，在那更远的远方，自然美景一览无余——

广袤无垠的大地何其辽阔，起伏跌宕的山川何其壮丽！

（二）一路风光

晚晴的海边

烟雨苍茫的一天一夜，造就了一个精致的晚晴海边！

夕阳灿烂，镏金一样铺满细腻的沙滩，海浪翻卷着白沫，层层叠叠扑上岸来。"哗——哗——哗——"大海的呼吸声沉着有力，节奏从容。

休渔中的渔船，披上似有若无的霞衣，光秃秃的桅杆笔直竖立，在浅海处一字排开，像一群顽童，伴随海浪上下飘荡跳跃。

我带着静默的心情，来看这金色的沙滩，看白色的海浪，看久违的渔船。咸湿的海风竟是如此清爽宜人。它无处不在，沐浴万物，轻松涤荡着生活的烦恼沉闷，让一切重新恢复生机和活力。哦，那是自然的伟力，是万物的营养，是天地输送到人间的精气！

一道绚烂的彩虹，弧度优美地横跨在城市东部的低空，为雨后平添了几多精彩。

游人稀稀落落，沿着海边漫步，很快变成一个个移动的小黑点儿。极目远眺，平整的海滩像空旷的带状平原，顺着海岸线蜿蜒而去。岸边茂密的苇草和葱茏的树木,雨后更加苍翠动人,于水天相接处,海滩、夕阳、飞翔的海鸟,融入一片迷蒙的雾气之中。

那片未曾触摸的迷蒙之处,是否隐藏着未见的奇观呢?

只要走近大海,就无法忽视头顶的天空。因为大海总是和天空形影相照,相依为伴。

晚晴的天空清澈透明,一朵又一朵高低不同的白云,过滤着人的视线。它们有的厚厚堆积在天边,映着金色霞光,静止不动,神秘如蓬莱仙山;有的一缕缕,一片片,又薄又轻,匆忙飘行,最后融化在蓝天的无尽幽远之中。

霞光越来越红,天空的云变换着形状和色彩,在大海的头顶恣意挥洒,美妙绝伦。

几行浅脚印,在清细如溪的海浪余波里,印在沙滩上,弯弯曲曲。那是痴恋大海的游人,在这个清朗的傍晚,留下的最为舒缓的音符。

(二)一路风光

雨中登角山

两次登角山,前后相隔整五年。也许是冥冥中的安排,两次,天似乎都有雨;两次,我的身边都没有他。我形单影只地在那蜿蜒如虫的山路上踽踽独行,吃力地向上攀爬、攀爬、攀爬!

雨点打湿了脚下的青砖。哦,那湿了的青砖,饱含的是孟姜女寻夫的热泪吗?那是个可怜的为情所困的女子。天下又该有多少为情所困的女子呢?

雨,兀自地下着,时而蒙蒙,时而淅沥,时而滂沱。雨水打湿了小草,雨水打湿了树木,雨水湿透了整座山林。被雨水打湿了的,还有我。在这淋漓的雨天,在这陌生的荒野,没有人为我撑起能遮风挡雨的伞。然而,比这一切的一切还要湿的,却是我那颗寻寻觅觅的心。

山势越来越高。居高临下,山谷中白雾霭霭,忽而淡如轻烟,随风飘逝,云里雾里,如影如幻;忽而又似雄波涌动,翻滚如浪,深不可测,令人有些头晕,刹那间产生如临深渊的幻觉。于是干脆不去看它,还是看看这湿润润的泥土,看看这湿淋淋的灌木,看看这湿漉漉的山林,看看这湿蒙蒙的大山吧!

整座角山笼罩在迷蒙的雨雾里,更显得浑厚雄壮、苍青碧绿。因为有雨,山雀隐藏到深深的密林中去了。在这样水水的天气里,它们那长着五彩羽毛的翅膀,是不是也被飘落的雨珠儿打湿了呢?别的小动物也都不见了踪迹,大山里静悄悄的,只有簌簌的雨声。

游人很自然地减少了。偶尔碰上几个,也是急匆匆地、一路小跑着到山里的栖贤寺避雨去的。他们脚下的小草经过雨水的冲刷,油嫩水滑,细如丝柳。在仓促之中被撞着了的小树,枝叶上的水珠淋漓而落,恍若哪个痴情的女子飞扬的泪珠儿,晶莹剔透,楚楚可怜。就连那些平日里总是斑斑驳驳的蒙尘苍苔,此时也变成一地墨绿如黛,那令人心动的幽暗的颜色啊——它到底为谁暗含忧伤呢?

栖贤寺悬于角山西山坡的半山腰上,平时香烟缭绕、庄严肃穆。此时早已挤满了避雨的游人,和被大雨截在这里的香客。硕大的香炉里的香炷已经被雨浇灭了,但青色的香烟仍缭绕不绝。也许因为身处寺院,即使不是前来许愿的人,表情也显得虔诚而庄重。

这些都是在普通的日子里看不到的风景。行色匆匆的路人,只是一心躲雨,枉然错失了这样绝佳的景致。

在人生的旅途中,我们一路走来,有时也会遇到湿湿的雨天。可是生命的时钟不会因此而停顿。就像在人生的路口迷失了方向的游子,是绝不该沉溺于失意之中的。我们必须冒雨前行,哪怕是在徘徊,是在挣扎,是在迷失了方向之后

（二）一路风光

的苦苦寻觅。只要你善于超脱，善于发现，即使阴暗的雨天，也有它独特的、晴好的阳光下所不能享有的美景。而它，也许能给迷失的灵魂指引方向吧。

——面对这意外的发现，我的心被感动了。我为什么要来登角山呢？我的一颗徘徊的心到底在寻找什么呢？冰凉的雨水涤荡尽了山中的尘埃，它不该是孟姜女哀怨的眼泪。

我心婉约

希望就在山那边

　　一道白色冰河细练般蜿蜒在深深的峡谷。冰河沿着峡谷走势，在拐弯处跨过灰黄的土路，浅水潺潺。冰带断裂出一条长长的口子，雪白的冰层下面，流水一尘不染，像调皮的顽童跳跃着流过路面，时而还有淅淅沥沥的水声，像孩子们清脆的欢笑。

　　谷底是一片开阔的沃土，被冰河一分为二。开垦过的土地被分割成一块块农田，季节还早，大地虽已软绵绵地开始苏醒，但谷底的果树还没有发芽迹象，一株株裸露着绛红的枝条，像在春风中恣意舒展的筋骨。枯黄的衰草随处可见，在野地里、田埂旁、山坡山脊上，瑟瑟缩缩地与最后的北风战斗着。

　　我们已经翻越了三座山梁，虽然海拔都不过500米，但是起起伏伏之间，考验着每个人的脚力与耐力，多数人早已两腿酸胀，行动迟缓。平时不曾坚持锻炼，忽然连爬几座山，无异于暴饮暴食，没几人能受得了。

　　"歇一会儿吧！"

（二）一路风光

有人以疲惫、哀求、怨艾的语调提出申请，在第一座山的半山腰、第二座山的山顶、第三座山的羊肠小道上，这样的请求不时从某个人的嘴里传出来。

我们扶着亭亭的松树，站在齐膝高的灌木丛里，倚着巨大的岩石，调整气息，恢复着体力和信心，准备继续征服在脚下延伸的山路。也正是此时，莽莽苍苍的大山才像一幅巨画舒展进眼帘。俗话说，看山不走路，走路不看山。在埋头爬山的时候，人人双眼紧盯路面，以免被滑动的石子、灌木的断根或突出地面的石块绊倒。那时的风景在身外也在眼外，只能感知而不能目视。

早春的大山松林黛绿，衰草枯黄，间或几棵高大的橡树夹杂其间，满树未落的枯叶大如金片，山林的局部生动起来，但整体望去，依然一片灰茫，庄严而肃穆。鸟很少，偶尔一两只白尾巴喜鹊，在林间一闪而过。

一共四座山。现在我们深居谷底，头顶上压着最后一座需要征服的高峰。从山脚望去，巨石峭立，山势惊悚，峰顶陡直地插向蓝天，真是令人望而却步。

大家的畏惧情绪像一重重无形的波浪，传感给"驴头"。他转过黧黑的脸庞，既像若无其事，又似煞有介事地说："快了，快了！只需二十多分钟，咱们就可以翻过山去，到了吃烤全羊的地方啦！"

一路上他这话已经说过三次了。第一次，大家异口同声地惊讶："咦？这么快就要到啦？太好了太好了！"第二次，兴奋的情愫驱赶着周身疲累，大家想："加把劲儿，胜利就在眼前！"当"驴头"第三次这样宣布时，人群开始质疑："到底还有多远啊？唉！也许真的就快到了，希望就在山那边，走吧！"

现在，"驴头"第四次这样宣布，并加了一句："真的到了！咱们已经走了一个半小时了，这次穿越计划就是两个小时完成。"

看来这次真的要到了。

希望是战胜疲劳的良方。大家又提起一口气，顺着被"驴友"们踩出来的羊肠小道，拽着地上的灌木枝、攀着路旁的树干，甚至四脚着地扒着突出的岩石，埋头向上、向前攀爬。汗水在额头、后背、手心汩汩蒸腾，体力已消耗殆尽。人们喘着气，抬起头——山顶还重重地压在头上！不过头顶的一方蓝天有如醒目的路标，在浓密的树缝中鼓励人前行。

终点就在山那边。为了保持体力，很少再有人说话。走在前面的"驴头"或"驴友"会偶尔大呼："为了烤全羊，加油啊！"一声疾呼好似一剂强心针，悬在半山腰的"驴友"们，脚下又倏地被注入了一股子力量。

身后的小路像顺着山势甩下的黄色麻绳，越来越长；宽阔的峡谷在渐渐收缩，谷底的白色冰河成了孩子画板上的一道白色长带。小路上的山石越来越多，越来越大，成片的松林在渐渐从身边退去，只剩下干黄的灌木丛。小路依稀到了尽头。在蓊郁的乱石丛中，我们借着岩石的错落寻找落脚之处，攥紧身边的灌木枝，左拐右拐，终于，攀上一座巨岩，视线豁然开朗——离山顶仅有一步之遥了！

胜利在望，疲劳被胜利的兴奋冲刷殆尽。站在登顶前的

(二)一路风光

最后一块岩石上,已是居高临下。身后山势起伏、森林茂密、大地苍黄。抬头望一眼近在眼前的山顶——

哦,希望就在山那边!

（三）沐浴书香

我心婉约

《诗经》里的花儿

中国人眼中的自然是诗意的自然。

《论语》中孔子曰:"小子何莫学夫《诗》?《诗》,可以兴,可以观,可以群,可以怨。迩之事父,远之事君,多识于鸟兽草木之名。"

一边吟唱着诗歌,一边认识大自然的花草树木、鸟兽虫鱼,是多么浪漫与充满温情!

《诗经》中有多少"鸟兽草木之名"?有心人统计,《诗》三百,有动物100多种,关雎、燕子、老虎、凤凰、鸡、羊、鱼、苍蝇、老鼠、狐狸、鸳鸯、秃鹙、仙鹤、麋、鹿……简直就是个"动物世界";有植物150多种,其中有草本植物、木本植物、挺水植物、纺织纤维植物、瓜菜植物以及无法分类的植物……像个令人眼花缭乱的"植物王国"。

在这个草木交织、鸟兽齐集的诗歌画卷中,有桃花、李花、梨花、棠棣花、红茜花、萱草花、蓼花、木槿花、凌霄花、莲花、荷花、兰花、芍药花……十几种鲜花,争奇斗艳。

其中最喜乐祥和、脍炙人口的,要数桃花——

（三）沐浴书香

> 桃之夭夭，灼灼其华。
> 之子于归，宜其室家。
>
> 桃之夭夭，有蕡其实。
> 之子于归，宜其家室。
>
> 桃之夭夭，其叶蓁蓁。
> 之子于归，宜其家人。

这是《诗经》中的第五首《周南·桃夭》。《毛诗序》评论曰："《桃夭》，后妃之所致也。不妒忌，则男女以正，婚姻以时，国无鳏民也。"后人读《桃夭》，已看不出它与后妃何干。"桃之夭夭，灼灼其华"，桃花盛开了，美丽的新人出嫁了，婚礼喜庆又热闹。"宜其室家""宜其家室""宜其家人"，重要的事情说三遍：新娘子，要牢记，家庭和睦才幸福。"有蕡其实"啊，祝福新人早生贵子；"其叶蓁蓁"啊，祝愿新人多子多福。

同样以鲜花起兴描写婚礼，"唐棣之华"的色调就稍显黯淡了。

> 何彼襛矣？唐棣之华。
> 曷不肃雝？王姬之车。
>
> 何彼襛矣？华如桃李。
> 平王之孙，齐侯之子。
>
> 其钓维何？维丝伊缗。
> 齐侯之子，平王之孙。

我心婉约

　　这首《召南·何彼襛矣》描述的是齐侯的女儿出嫁时，车辆服饰的奢侈华丽。奇怪，诗中竟然出现了不和谐音："曷不肃雝？"怎么气氛欠肃穆？这个齐侯的女儿、周平王的外孙女、尊贵的王姬，关于她到底发生了什么？事隔两千多年，读者无法凭借一首诗歌，考据出当时的真相。程俊英的《诗经译注》评价说："这首诗隐约地讽刺了贵族王姬德色的不相称。"

　　"唐棣之花"，又称"棠棣之花"，《尔雅》中讲，它是蔷薇科落叶乔木"栘"，即"枎栘"，属于"白杨"一类的树木。"棠棣之花"在《论语》中也出现过一次："唐棣之花，偏其反而。岂不尔思？室是远而。子曰：未之思也，夫何远之有？"

　　还有两种花——棣棠之花和常棣之花，与棠棣之花站在一起，好似三胞胎。不过，三胞胎是三种花，朵朵不相同。棣棠是蔷薇科棣棠属植物，枝条终年翠绿，花是黄色的，盛开时金灿灿一片。宋徽宗曾写过《棣棠花诗帖》，其中两句为："却似簌金千万点，乱来碧玉簳头铺。"曾有画家以棣棠入画，被人误认为迎春花。

　　而常棣，即郁李，其花或红或白，两三朵为一缀，开放时一枝长条从上至下全是花，繁密可观，美不胜收。常棣果实为红色，比李子略小，像樱桃。《小雅·常棣》中，以常棣比喻兄弟之情：

　　　　常棣之华，鄂不韡韡。
　　　　凡今之人，莫如兄弟。

　　这首诗中有两个名句流传后世："兄弟阋于墙，外御其

（三）沐浴书香

侮。""妻子好合，如鼓瑟琴。"

歌咏爱情的时候，《诗经》里的花儿最灿烂。比如，《郑风·有女同车》中，男方看中一位姓姜的美少女，不禁直抒胸臆，表达爱慕之情：

> 有女同车，颜如舜华。
> 将翱将翔，佩玉琼琚。
> 彼美孟姜，洵美且都。
>
> 有女同行，颜如舜英。
> 将翱将翔，佩玉将将。
> 彼美孟姜，德音不忘。

诗文中的女孩儿，貌美如花。像朵什么花？好像一朵木槿花。花儿一样的姑娘，佩戴着美玉，举止端庄，高雅大方。所以，人们认为这是一首贵族男女的恋歌。

按照《毛诗序》的思路，差不多《诗经》里每一首诗都有一个故事。这首诗当然也不例外——说的是春秋小霸郑庄公的世子忽和齐王的女儿文姜的爱情故事。令人遗憾的是，二人并没有结为伉俪，历史记载不过是女方的一场单相思而已。因为世子忽虽然为政优柔寡断，在娶妻这件事上却个性鲜明，他认为好男儿当自立，不该依靠势力比自己大的国家，因此三次拒绝齐僖公为女儿文姜的求婚，错失了与大国结盟的机会。郑庄公死后，世子忽的一群弟弟公子突、公子亹、公子仪，都跳出来和他争位，太子忽势单力孤，缺少外援，不但君位被夺，还被逆臣高渠弥要了性命。

我心婉约

如果真是如此，那么诗中那位美丽如花的女子，岂不就是与亲哥哥齐襄公乱伦败德、害死老公鲁桓公的文姜？文姜的相貌美则美矣，可她又怎么配得上诗文末尾那句"德音不忘"呢？

《郑风·出其东门》是一位男子表达对妻子忠贞不贰的爱情：

> 出其闉闍，有女如荼。
> 虽则如荼，匪我思且。
> 缟衣茹藘，聊可与娱。

这里的荼指的是白茅。写男女相恋的《郑风·东门之墠》中出现了红茜花"茹藘"：

> 东门之墠，茹藘在阪。
> 其室则迩，其人甚远。

《郑风·溱洧》中描写的是春游里的爱情，春和景明，热闹非凡：

> 溱与洧，方涣涣兮。
> 士与女，方秉蕳兮。
> 女曰："观乎？"
> 士曰："既且。"
> "且往观乎！"
> 洧之外，洵訏且乐。
> 维士与女，

（三）沐浴书香

> 伊其相谑，赠之以勺药。

在溱河、洧河的河岸旁，一群一群的男女青年前来游春。原来，这天是传统节日"上巳节"。"上巳"是指每年三月上旬的巳日，按当时的习俗，这一天，官民都要在东流水中洗掉宿垢，祓除不祥，名为修禊。年轻的少男少女们，趁此机会约会相聚，倾吐衷肠。"采兰赠芍"这个成语，就这么甜蜜蜜地诞生了。

当然，甜蜜不是爱情唯一的味道。比如，单相思是痛苦的，找不到如意郎君是焦灼的。《郑风·山有扶苏》中的女子，是不是一位烦恼的大龄"剩女"呢？

> 山有扶苏，隰有荷华。
> 不见子都，乃见狂且。
>
> 山有桥松，隰有游龙。
> 不见子充，乃见狡童。

这位找不到意中人的女子，看到山上的大树枝繁叶茂，地上的荷花、游龙（即红蓼）开得正艳，不觉间发起了牢骚。或者，她已有了如意郎，这不过是她对心上人的一顿俏骂？

而《陈风·泽陂》中的咏叹，很明显是位失意人了：

> 彼泽之陂，有蒲与荷。
> 有美一人，伤如之何？
> 寤寐无为，涕泗滂沱。
>
> 彼泽之陂，有蒲与蕳。

我心婉约

> 有美一人，硕大且卷。
> 寤寐无为，中心悁悁。
>
> 彼泽之陂，有蒲菡萏。
> 有美一人，硕大且俨。
> 寤寐无为，辗转伏枕。

到底是谁，为情所困？心仪的美人儿，竟是那样求之不得。这位陷入相思的人，因爱情疼得痛哭了、抑郁了、失眠了，连那塘中的蒲草、荷花、莲蓬，都像暗含忧伤，悄然失色。

花儿是美丽的、芬芳的、热烈的，今人曾说：幸福像花儿一样。可是，两千多年前，老百姓的生活却常常是不幸的。以凌霄花起兴的《小雅·苕之华》讲述的凄惨景象，让今人难以置信：

> 苕之华，芸其黄矣。
> 心之忧矣，维其伤矣！
>
> 苕之华，其叶青青。
> 知我如此，不如无生！
>
> 牂羊坟首，三星在罶。
> 人可以食，鲜可以饱！

《毛诗序》中讲："《苕之华》，大夫闵时也。幽王之时，西戎、东夷入侵中国，师旅并起，因之以饥馑。君子闵周室之将亡，伤己逢之，故作是诗也。"

（三）沐浴书香

诗中所述的是幽王时期的战乱饥荒岁月，发生了人吃人的惨剧。人们在生死线上痛苦挣扎，向着苍天悲叹："还不如别出生！"饥民一个个"牂羊坟首"，饿得瘦骨嶙峋，身瘦头大像只母羊。河里的鱼虾早就被捞光了，空空的鱼篓里闪着星光。人吃人都不是新鲜事了，可即使这样，也难以填饱辘辘饥肠！

美丽的凌霄花枝叶青青，鲜花金黄，此时却不能装点美景，只能反衬人类的悲剧。《诗经》中，有多首反映民生疾苦的诗，以花起兴、状况最为凄惨的，当属这一首。

在《诗经》中，当成片成片的花儿出现的时候，往往是贵族出场的时候。

《小雅·皇皇者华》：

皇皇者华，于彼原隰。

高原上、低地里花儿朵朵，一片烂漫，没有具体的花名，只有成片的花海在眼前蔓延。

《小雅·裳裳者华》：

裳裳者华，其叶湑兮。……裳裳者华，芸其黄矣。……裳裳者华，或黄或白。

花儿鲜明又辉煌，绿绿的叶子郁苍苍；花儿鲜明又辉煌，叶儿密来花儿黄；花儿鲜明又辉煌，又有白来又有黄。这首诗以鲜明辉煌的花儿起兴，有人说是赞美周王的，有人说是讥讽幽王的，真相到底如何？众说纷纭，各执其词，如今已不可详考。

我心婉约

　　阅读《诗经》，遇见万紫千红，花儿朵朵。这些美丽的花儿，每一朵都是自然烂漫的，每一朵都是历经沧桑的，每一朵都饱含着情感，穿越了古今，且永世芬芳！

(三)沐浴书香

《庄子》寓言中的冷幽默

庄子家穷得揭不开锅了，去向朋友监河侯借点儿粮食救急。监河侯满口答应："行啊！我即将收取封邑之地的税金，到时候借你三百金，好吗？"

庄子一听，脸色骤变，说："昨天我来的时候，听到有谁在半路上呼唤我。回头一看，原来是车轮碾过的小坑洼处，有条鲫鱼在挣扎。我问它：'鲫鱼，你叫我干什么？'鲫鱼说：'我是东海水族中的一员，请你用升斗之水救我一命吧。'我对它说：'行啊！我将去南方游说吴王和越王，然后引西江之水来迎接你，好吗？'鲫鱼马上变了脸色，生气地说：'现在我只需升斗之水就能活下来，而你竟这样说话，还不如早点儿到干鱼市场找我好啦！'"

救急如救火，拖延等于见死不救。庄子自比鲫鱼，对"葛朗台"监河侯的极端讽刺，读后令人会心一笑。

庄子思想深邃，语言艺术高超出奇，阅读他的著作，经常会感受到幽默。庄子的幽默大概分为三类：安贫乐道型、讽刺幽默型和道通天地型。

先说安贫乐道型的。

庄子的穷困，只要认识他的人都知道，否则他也不会走上一天的路，去向人乞米。《庄子·山木》中记载，他曾"衣大布而补之，正縻系履而过魏王"。也就是说，庄子用麻绳捆好脚上的破鞋子，补丁摞补丁地去见魏王。

俗话说："富在深山有远亲，贫居闹市无人识。"人一穷，就没人认识了。没人认识，却有人提防。比如庄子的朋友惠子。

《庄子·秋水》中记载，惠子当了梁国的宰相，庄子去看望他。有人对惠子说："庄子来了，想取代你当宰相。"惠子如临大敌，派人在都城之内搜寻庄子，整整搜了三天三夜。

搜了三天三夜，也没搜到。庄子"咣当"一下，自己出现在惠子面前。庄子没说别的，只给老朋友讲了个故事：

南方有鸟，名叫鹓鶵，你知道吗？鹓鶵从南海出发飞到北海，不是梧桐不栖息，不是竹果不进食，不是甘泉不饮用。正在这时，一只猫头鹰得到一只腐烂的死老鼠，鹓鶵刚巧从天空飞过，猫头鹰抬头怒视着鹓鶵，发出一声怒吼："吓！"现在你也想用你的梁国来怒叱我吗？

惠子醉心的功名利禄，在庄子眼里就是只死老鼠。不知庄子对面的惠子，听了这个故事，脸上该是什么表情。

安贫乐道才是庄子的追求。区区一个相位，他不仅不屑于抢，即便有人拱手送到眼前，他也不屑一顾。

还是《秋水》篇中的故事。

庄子在濮水边垂钓，楚王派两位大臣前来致意，说："楚

（三）沐浴书香

王愿将国内政事委托给您，让您受累了。"

庄子手持钓竿，头也不回地说："我听说你们楚国有一个大神龟，已经死了三千年了，楚王把它装在竹箱里，又用丝绸包裹覆盖，珍藏在宗庙里。你们说，这只神龟是宁愿死去留下骸骨以示尊贵呢，还是宁愿拖着尾巴活在泥水里呢？"

两位大臣说："还是在泥水里拖着尾巴活着好。"

庄子说："你们回去吧。我就是要拖着尾巴活在泥水里。"

难道从政当了宰相，庄子就活不成了？当然不是。庄子所珍重的，是自然本性不受戕害，是精神生命不被终结。庄子说："无为名尸，无为谋府；无为事任，无为知主。体尽无穷，而游无朕。"他认为，只有远离名利，体任自然，才是生命的本真和最佳状态。

然而，人类往往是自作多情的，还经常自以为是，结果却事与愿违。《庄子》一书中，至少有三篇寓言，在讽刺人类的某些做法。

其中最滑稽的非《庄子·应帝王》中的"倏忽报德"莫属：

南海的帝王名叫倏，北海的帝王名叫忽，中央的帝王名叫浑沌。倏与忽经常相会于浑沌之地，浑沌总是盛情款待。倏和忽内心感动，私下商议：咱们哥俩儿得报答人家。怎么报答？二人想出个好主意："人人都有眼、耳、口、鼻等七窍，用来视、听、食、息，偏偏这个浑沌没有。我们试着为他凿开七窍。"于是，他们每天凿一窍，凿到第七天，浑沌死了。

浑沌真的死了吗？反正，浑沌是真的没了。因为它有了七窍，就不再是浑沌了。否则，浑沌为什么名叫"浑沌"呢？

最搞笑的是《庄子·至乐》篇中的"鲁王养鸟"。

我心婉约

这个故事讲,有只海鸟落在鲁国的郊外,鲁侯如获至宝,把它运到宗庙,当成祖宗供了起来:吹拉弹唱地演奏《九韶》给它听,殷勤地献上最隆重的祭品给它吃。可这只鸟却被吓坏了,头也晕,目也眩,不敢吃一块肉,不敢饮一杯酒,三天就死掉了。

寓言中庄子借孔子之口,告诫人们要顺自然之性,"以鸟养养鸟",千万不要一厢情愿地"我以为"。否则,不但白忙活,结果还会适得其反。

最令人瞠目结舌的是《庄子·徐无鬼》中的"匠石运斧":

郢地有个奇人,鼻子尖儿上蹭了点儿白灰,像苍蝇翅膀那样大,他让匠石用斧子把鼻子尖儿上的小白点给削掉。匠石还就答应了,只见他"呼呼呼"挥动着大斧子,漫不经心地向鼻子尖儿上的小白点砍去……咦?白灰不见了,鼻子还在!鼻子尖儿也在!

好奇的宋元君知道了这件事,召见匠石,要他现场表演。

匠石说:"我确实这么做过。可是,我的搭档已经死了好久了。"

鼻子尖儿上的小白点,非要人抡着大斧子去砍,用纸擦、用手抹不行吗?注意了,庄子的重点在下面这句话:"自从惠子离开人世,我就没有可以匹敌的对手了!连和我辩论的人都没有了!"

干什么都要有个好搭档,哪怕是个能相匹敌的对手也行。

惠子是战国时期名家的代表人物,与庄子是好友,二人观点不同,见面就争论。惠子死后,庄子陷入了巨大的空虚

（三）沐浴书香

寂寞之中——江湖上有名的独孤求败，就是他这时的感觉吧？

道通天地型的幽默，最耐人寻味。

《庄子·齐物论》中讲到一群猴子，养猴人给它们分榛子，早上分三粒，晚上分四粒，猴子听了非常愤怒。养猴人说，那么好吧，早上分四粒，晚上分三粒。结果群猴大喜。

"齐物论"是庄子的重要哲学思想。庄子认为，世界万物看起来千差万别，归根结底却又是齐一的，即"道通为一"。但是，多数人不懂这个道理，经常"名实未亏而喜怒为用"，什么也没多，什么也没少，喜怒情感却发生了变化，就像一群无知的猴子——身处滚滚红尘中的我们，是不是经常像无知的猴子？

庄子的思想太睿智了，庄子的学说太精深了，庄子的语言太瑰丽了，庄子的追随者越来越多，庄子的学术在天下传播。有个叫东郭子的人，很不服气，他想难为难为庄子。于是，东郭子问庄子："人们所说的'道'，到底在哪里呢？"

庄子回答："大道无所不在。"

东郭子说："必须指出具体存在的地方才行。"

庄子说："在蝼蚁之中。"

东郭子说："怎么处在这样低下卑微的地方？"

庄子说："在稊草里。"

东郭子说："怎么越发低下了呢？"

庄子说："在瓦块砖头中。"

东郭子说："怎么越来越低下呢？"

庄子说："在屎尿里。"

东郭子不敢再吭声了。

这个故事记载在《庄子·知北游》里。《知北游》是外篇的最后一篇，主要内容是讨论"道"，即宇宙的本原和本性；同时也论述了人对于宇宙和外在事物应取的认识与态度。

大道无所不在，哪怕稗草、瓦砾、屎尿，也有"道"在运行。天地之间，"道"只有一个，万物齐一，这就是宇宙的本性。庄子以这些令人目瞪口呆的事物解释"道"的存在，不仅震惊了在场的东郭子，我想，即使一万年以后，一样还会震惊所有人。

(三)沐浴书香

音乐多情勿轻发

自从那天被音乐治愈,我就开始郑重地对待它。

治愈我的音乐,是京剧名段《穆桂英挂帅》。当清丽铿锵的乐声悠扬响起,那个心绪沉重的黄昏就明亮起来——

猛听得、金鼓响画角声震,唤起我破天门壮志凌云。想当年、桃花马上威风凛凛,敌血飞溅石榴裙。有生之日责当尽,寸土怎能够属于他人。番王小丑何足论,我一剑能挡百万的兵……

女旦唱腔圆润甘醇,打破一室沉重,凝滞的空气渐渐流动。流动的空气是清新的,清新的天地敞亮明快。于是,意识流与大气流同频共振,吐故纳新,抑郁消沉的心情倏然明朗。

《礼记·乐记》曰:"乐者,音之所由生也,其本在人心之感于物也。"人心与外物相感,于是产生了音乐。因感而生,心随乐动,所以,色声香味触法,六尘之中,音乐的带入感和影响力极强。诗仙李白曾作诗《春夜洛城闻笛》:

谁家玉笛暗飞声,散入春风满洛城。
此夜曲中闻《折柳》,何人不起故园情!

春风满城的夜晚,笛声隐隐,一曲《折柳》萦绕耳畔,思乡之情油然而生。

又比如白居易的《琵琶行》——

"醉不成欢惨将别,别时茫茫江浸月。忽闻水上琵琶声,主人忘归客不发",人因音乐而留;"转轴拨弦三两声,未成曲调先有情",情因音乐而起;"莫辞更坐弹一曲,为君翻作《琵琶行》",诗为音乐而作;"座中泣下谁最多?江州司马青衫湿",泪随音乐而落。

音乐最能动人情志,让心灵共鸣。音符在抑扬起伏中跳动,人心在喜怒哀乐中变幻,听者或神清气爽,或神魂颠倒。《西游记》里神通广大的孙大圣,竟也被四大天王的琵琶声一时迷了心智,战斗力锐减。

《中庸》曰:"喜怒哀乐之未发,谓之中;发而皆中节,谓之和。中也者,天下之大本也;和也者,天下之达道也。"喜怒哀乐无小事,于国,关乎兴与衰;于家,关乎正与邪;于人,关乎道与非道。能够影响和操纵人的喜怒哀乐,是音乐的长处,也是短处。因此,《史记·乐书》告诫世人:"听者或吉或凶。夫乐不可妄兴也。"

音乐不可随便听,《史记·乐书》记载有正反两例。一个是舜弹五弦之琴,唱《南风》之诗,天下大治;一个是纣喜听北鄙之音,亡国灭身。司马迁点评,《南风》之诗,是生长之音,与天地同意,得万国之欢心,所以天下大治;北

（三）沐浴书香

鄙之音就不同了，北，是"败"的意思，鄙是"狭隘"的意思，北鄙，岂不是"败北"吗？商纣喜好的音乐，与百姓离心，诸侯不服，所以天下人都背叛了他，以致身死国亡。

北鄙之音误国，五百年后，晋国乐官师旷在一次音乐会上，为晋平公、卫灵公解密：此音名为《清商》，是殷末的乐官师延为纣所做的靡靡之音，商纣沉溺其中不可自拔。武王伐纣，师延抱琴东逃，跳濮水自尽。"濮上"之音从此成了靡靡之音的代名词。

秦二世是位"极意声色"的任性君王，丞相李斯劝他读《诗》《书》、听雅乐，他不听。还是赵高会为他开脱，且讲出一套歪理："五帝、三王的音乐各不相同，也不相互沿袭。难道一定是华山的骏马骒耳才能跑得远吗？"这话秦二世听着顺耳：爱音乐，凭什么非爱德音雅乐？他的下场妇孺皆知。

汉高祖刘邦就不同。他回沛县作雄壮的《大风歌》，还让当地的儿童歌唱，事实证明效果极佳，他的丰功伟绩和求贤若渴，两千多年来妇孺皆知。

类似的故事古今中外都有：春秋名相管仲领兵北征山戎，首创军旅歌曲《上山歌》《下山歌》，军士们你唱我和，军队战斗力激增。读过埃德加·斯诺的《西行漫记》，会留下红军是唱着歌打下了江山的鲜明印象。还有《莫斯科保卫者进行曲》《马赛曲》《义勇军进行曲》等鲜明的实例。

子贡曰："见其礼而知其政，闻其乐而知其德。"孔子的品德令诸弟子叹服，而《礼记·乐记》的解释只有一句话："和顺积中而英华外发，唯乐不可以为伪。"什么样的精神产生什么样的音乐，天下万物，只有音乐是绝对表里一致，没办法造假的。

音乐境界极广，内涵极深，讲究极多，真的不能随随便便任意听。太史公把道理剖析得很透："夫上古明王举乐者，非以娱心自乐，快意恣欲，将欲为治也。正教者皆始于音，音正而行正。故音乐者，所以动荡血脉，通流精神而和正心也。"

发明音乐的初衷，压根儿就不是为了娱乐，为的是正身治天下。古人认为，有正派的音乐，才有正派的行为。风清气正的主流教化，要从主流音乐抓起。

问题是，德音雅乐虽然合乎天道宜乎治国，可它确实不那么动听，就像端庄肃穆的木头美人，可爱不起来。所以，听音乐竟也成了件让人纠结的事。贤能如魏文侯，也曾苦恼地问子夏："我戴上礼帽穿上礼服，严肃恭敬地倾听圣贤之乐，总是生怕自己睡了；可是，听起郑卫之音，却精神百倍。这是为什么呢？"

子夏的答案自然又是一番"故乐行而伦清，耳目聪明，血气和平，移风易俗，天下皆宁"之类的大道理，听着让人累得慌。音乐之于治国，事关重大，必须讲究，也似乎挺沉重。

那么，音乐对于个人，总该轻松些吧？答案是，也得讲究。

孔子的得意门生子贡曾向师乙请教："听说，不同的人要唱不同的歌。请问像我这样的人，该唱哪一类的歌？"师乙一板一眼地答道：性情宽厚平静、柔和正直的，适合《颂》；性情开朗平和、通达诚实的，适合《大雅》；性情正直清廉、

（三）沐浴书香

刚决果断的，适合《风》；性情谦恭谨慎、注重礼节的，适合《小雅》……

这个故事忽然引发了我的遐想：现代人发明的音乐疗法、音乐养生，大概以师乙的这番话为原理吧！如果那天的我，听到的不是《穆桂英挂帅》，而是《琵琶语》或《贵妃醉酒》，那个行将溺滞的黄昏，能否迎来打破窒息的那束阳光？还是陷落深沉的黑暗以致崩颓？

时光从古流到今，音乐也在随时流迁。如今，似乎已很少再有人去认真地思考一下音乐的本质与初衷。音乐的首要功能，大概就是让繁忙疲惫的现代人放松一下身心。闲翻古籍，有关音乐，竟然真的遇到了一个令人心旷神怡的轻松故事——

两千多年前，三秦大地。高楼曰凤楼，高台名凤台。秦穆公爱女年方十五，名唤弄玉，已出落成花样佳人，善吹玉笙，声如凤鸣。后得嫁一吹箫帅哥，名萧史，笙箫和谐。萧史曾教弄玉《来凤》之曲。谁料这个萧史竟是天上神仙，下凡为华山之主。大约半年后，夫妇二人于月下吹箫，音极清丽，响彻九霄，竟有紫凤落于台之左，赤龙盘于台之右，于是男乘龙、女乘凤飘然仙去。

只留"乘龙快婿""弄玉吹箫"的佳话流传人间。

我心婉约

才有梅花便不同

"墙角数枝梅,凌寒独自开。遥知不是雪,为有暗香来。"

梅兰竹菊,花中四君子,梅花性高洁,坚忍而图强。如果把它从苦寒的墙角移植到暖棚里,会是怎样一番景象?

在驻操营镇的庄河村,就有那么一大片暖棚,挡了料峭的春寒,暖了梅花的傲骨,庇护着千朵万朵鲜花嫩蕊,飘香,怒放。

徜徉在暖棚间,梅花或红或白,清香袭人,很多歌颂梅花的诗句在脑海里喷薄而出,其中最打动人心的,还是王冕的那句"不要人夸好颜色,只留清气满乾坤"。

是的,百花园里,梅花孤傲、清高,不染流俗,甚至是贫寒的象征。比如,以"梅妻鹤子"著称的北宋诗人林和靖。

林和靖年少孤贫,刻苦为学,通经史古籍,却不仕不娶,自谓"以梅为妻,以鹤为子",隐逸于杭州西湖的孤山下,以布衣而终老。"性恬淡好古,不趋荣利"的他,爱梅,种梅,写诗赞梅:

（三）沐浴书香

> 众芳摇落独暄妍，占尽风情向小园。
> 疏影横斜水清浅，暗香浮动月黄昏。
> 霜禽欲下先偷眼，粉蝶如知合断魂。
> 幸有微吟可相狎，无须檀板共金樽。

这首《山园小梅》，和他的典故"梅妻鹤子"一样，惊艳了世人，被认为是梅花诗的登峰之作。南宋大词人辛弃疾甚至奉劝天下文人，写诗有风险，赋梅需谨慎，因为仅"疏影横斜水清浅，暗香浮动月黄昏"一句，就难以逾越。

只是，世人爱梅，爱到心痒手痒，歌梅颂梅似乎成了历代诗人的传统。于是，后人还是有幸被王淇的"不受尘埃半点侵，竹篱茅舍自甘心"净化了；被陆游的"零落成泥碾作尘，只有香如故"打动了；被黄檗禅师的"不经一番寒彻骨，怎得梅花扑鼻香"励志了；被伟人的"待到山花烂漫时，她在丛中笑"鼓舞了……

千百年来，千万诗人骚客将对梅花的钟爱，化为千万首梅花诗，怡养了我们的性情，装点了我们的心灵，而中国历史上，和梅花有关的故事，或孤傲凄美，如梅之节；或幽远哀婉，如梅之魂；那些故事里所体现的节操与精神，贞毅、高洁，如梅之韵。

梅妃传奇：梅之节

梅妃是个传奇。

她名叫江采萍，生于医道世家，九岁能背《诗经》里的《周南》《召南》，十四岁能吟诗作赋，而且精通各种乐器，能歌善舞，姿容秀美如花仙子。因她酷爱梅花，其父不惜重金遍寻天下梅树，种满房前屋后。孟子曰："居移气，养移体。"在梅花的熏养之下，江采萍气度高雅，清丽脱俗，宛如一朵降落凡间的梅花。

江采萍因选秀而入宫。彼时，李隆基的宠妃武惠妃早逝，李隆基陷入丧妻之痛不可自拔，江采萍的到来，正好填补了他的情感空白。

这么说也许不够确切，因为逝去的武惠妃，浅薄而任性，曾恃宠为害朝臣，而入宫的江采萍却是位美中有善、才貌双全的奇女子。因此，当李隆基遇到江采萍，不仅是填补了情感的空白，而是如获至宝。

李隆基赞美梅妃："妃之容兮，如花斯新。妃之德兮，如玉斯温。"

李隆基宠爱梅妃，赐东宫正一品皇妃，命人在其宫中种满各式梅树，并亲笔题其间楼台为"梅阁"，花间小亭为"梅亭"，还戏称梅妃为"梅精"。

李隆基当着诸王的面炫耀梅妃："吹玉笛，作《惊鸿舞》，一座光辉。"

他们曾有十年的真挚爱情。

相传，梅妃并未像武惠妃那样恃宠而骄，她不结党营私，不排挤妃嫔，不祸国殃民，而是自律明理、深明大义。在梅妃淑德的影响下，唐玄宗励精图治，大唐王朝保持着开元盛世的强大繁荣。

杨玉环的出现成了这一切的终结者。唐明皇年近花甲而

（三）沐浴书香

叛逆，将儿媳杨玉环纳入宫中。而这位历史上有名的四大美女之一、以胖著称的杨贵妃，性情更接近死去的武惠妃。她会拈酸吃醋，会控制男人。据史料记载，如今在舞台上被演绎的《贵妃醉酒》，实则是李隆基在中秋之夜探望梅妃，杨玉环醋意大发，和小太监们做出的一番下流谑浪之举，现场几乎不堪入目。

梅妃在杨玉环的陷害和淫威之下，被打入冷宫。

李隆基日久思念梅妃，自觉愧对梅妃，派人送外国进贡的一斛珍珠给梅妃，却碰了个软钉子。梅妃回诗《谢赐珍珠》：

柳叶双眉久不描，残妆和泪污红绡。
长门自是无梳洗，何必珍珠慰寂寥？

梅妃喜梅，气节如梅。昏庸浪荡的皇帝显然忽略了这一点。当他看到被拒收的珍珠时，会忆起梅妃的孤傲与高洁吗？

古训云：有奇淫者必有奇祸。唐明皇和杨玉环的不伦之恋，终于导致天下大乱。"安史之乱"爆发，大唐也从此走向衰亡。差点儿改写了世人价值观的胖丫头杨玉环，被那个曾经无底限宠爱她的男人赐死于马嵬坡下。

梅妃也成了这场动乱的牺牲品。唐明皇携宫眷仓皇出逃之时，旧人是不可能被眷顾的。为免遭乱军污辱，她用白绫裹体，投井自尽。

"凤凰台上暮云遮，梅花惊作黄昏雪。"一代梅妃，就这般凄楚离世。

故事并未就此终了。因为还有人记得她、思念她、寻找她。这个人就是唐明皇。

没了杨贵妃的迷惑羁绊，李隆基回宫后，又想起了梅妃的千好万好。

面对空荡而狼藉的后宫，他下令：凡找到梅妃者，官升二级，赐钱百万。

面对宦官进献的梅妃画像，他悲叹：像则像矣，只恨不是活的呀！

某天，梅妃托梦给皇帝，李隆基依梦在温池泉边的梅树下找到了梅妃的尸体，放声大哭，以妃礼葬之，并亲手写下祭文："妃今舍余而去兮，身似梅而飘零。余今舍妃而寂处兮，心如结以牵萦。"

此情此景，多像白居易在《长恨歌》里杜撰的"天长地久有时尽，此恨绵绵无绝期"。只是，杨贵妃与唐明皇，炽盛的是欲望；而梅妃之于唐明皇，动人的是香魂。

有人说，历史上梅妃查无此人，或者是虚构的。可这又有什么关系呢？梅妃的故事流传，梅妃像梅花一样的高洁与气节，充塞天地之间，感染了众生。

梅妃本来就是一个传奇，她被后人奉为十二花神之一的"梅花神"。

雪帅画梅：梅之魂

这个故事也与爱情有关，主角是位伟丈夫——清朝的"雪帅"彭玉麟。

彭玉麟是清朝著名军事家、书画家，清末水师统帅，湘

（三）沐浴书香

军将领，与曾国藩、左宗棠、胡林翼并称"晚清中兴四大名臣"，湘军水师创建者、中国近代海军奠基人，是取得中法海战胜利的水师统帅……

然而，这些在世俗眼中耀眼夺目的头衔与光环，在当事人那里却不值一提。雪帅彭玉麟在官场是个特别的存在，即使放诸历史长河，也难寻二三。他一生清廉，当官不要俸禄，临终前一次性裸捐；为人刚直，惩处贪腐数百人，多数是高官；功勋卓著，却六辞高位而不受，曾借画梅宣言——平生最薄封侯愿，愿与梅花过一生。当时民间流行一句话："彭玉麟拼命辞官，李鸿章拼命做官。"

文献记载，彭玉麟生得潇洒俊逸，肌肤如雪，又字"雪琴"，因此人称"雪帅"。他自小在外婆家长大，与外婆的养女竹宾青梅竹马，情投意合，彭玉麟叫她"梅姑"。尽管暗生情愫，但他们之间是有辈分差异的，梅姑实是彭玉麟的小姨。就像杨过与小龙女，二人无法结合为夫妻。迫于礼教的压力，彭玉麟奉母命另娶他人，梅姑也出嫁别家。梅姑后来不幸死于难产，彭玉麟闻讯身心俱裂，几度哭晕，发誓要用余生画十万梅花以纪念心中的梅姑。

于是，就有了历史上"雪帅画梅"的故事。

此后四十余年，不管政务、军务多么繁忙，彭玉麟每个夜晚都会提起画笔，深情画梅，寄托他对梅姑的哀思。每成一幅，必盖一章，或曰"伤心人别有怀抱"，或曰"一生知己是梅花"，或曰"吟香外史"。时人评价雪帅所绘梅花，"老干繁枝，鳞鳞万玉，其劲挺处似童钰""干如铁，枝如钢，花如泪"。因与文人墨客所绘梅花风格迥异，便誉为"兵家梅花"。

　　本来，官场上的彭玉麟，是位刚直不阿的伟丈夫；战场上的彭玉麟，是个不计生死的铁血男儿。但是，梅姑的死，让他看破红尘一般，对所有官位，一概拒绝。在五十四岁那年，彭玉麟只带着朝廷为他量身特制的"长江巡阅使"一职，置简易草楼于西湖之畔，周围植种百株梅花，又迁梅姑墓于西湖旁，每天除了巡视军务，就是画梅、赋诗、吹笛。所吹曲目，皆是小时候与梅姑相伴时的曲子。

　　他所作梅花诗，被称为《梅花百韵》，读来亦感人肺腑，令人心恻——

　　"三生石上因缘在，结得梅花当蹇修""无补时艰深愧我，一腔心事托梅花""颓然一醉狂无赖，乱写梅花十万枝""我似梅花梅似我，一般孤僻共无聊"……

　　对彭玉麟所发的誓愿，有人计算，十万幅梅花，每天一幅，坚持不辍，也要近三百年的时间。彭玉麟说到做到。史料记载，在他居住的陋室里，除了满室梅花画作，几乎看不到其他物品。即使在七十五岁临终时，彭玉麟仍然强撑病体，用颤抖的手画梅。

　　彭玉麟所绘之梅，已不是单纯的梅枝、梅干、梅花，而是饱注的深情，盈袖的香魂，缠绵雅致，清丽哀婉，令人爱之恋之，难割难舍。

　　后人赞誉彭玉麟："报国真忠臣，刚正真丈夫，淡泊真名士，痴情真男儿。"

(三)沐浴书香

《梅花三弄》：梅之韵

清新高雅的梅花，淡中有味，一如梅妃；直中有曲，一如雪帅。她位列"四君子"之首，人们用诗歌赞美她、用画作描绘她，还用音乐吟诵她。其中流传久远的古琴曲《梅花三弄》，倾倒了无数众生。

梅花三弄，是哪三弄？

有人说，梅花三弄，一弄戏风高，二弄迎春曲，三弄唤群仙。

有人说，梅花三弄，一弄叫月，声入太霞；二弄穿云，声入云中；三弄横江，隔江长叹。

有人说，梅花三弄，一弄君子之真，弄清风；二弄君子之情，弄飞雪；三弄君子之操，弄光影。

对于这一古老乐曲，或者还有更多的理解和比拟。但是，无论哪一种，那些反复咏叹着的唯美音符，都是对梅花高洁雅逸的追求与赞美，都是对君子人品的顶礼与膜拜。而这恰是梅之韵。

"寻常一样窗前月，才有梅花便不同。"

我心婉约

唯有兰花香正好

传统中国的浪漫无处不在。一年十二个月,每个月令都有一种鲜花相应,每一种鲜花又有自己特定的花神。与一月相应的是兰花,兰花神是爱国诗人屈原。

屈原爱兰,记录尽在《楚辞》里。他亲手种兰,"余既滋兰之九畹兮,又树蕙之百亩",其中"兰"是叶和花都有异香的一种香草,"蕙"是兰花中最为丰美的蕙兰。屈原把满腔爱国热情寄托于兰,身上常佩兰以为饰,口中常赞兰以言志。兰是他的钟爱,也是他的信念。他以兰为友,"时暧暧其将罢兮,结幽兰而延伫";他用兰沐浴,"浴兰汤兮沐芳""纫秋兰以为佩";他借兰怡情,"秋兰兮青青,绿叶兮紫茎。满堂兮美人,忽独与余兮目成"……在兰花神屈原的眼中,"百花齐放各争春,惟有兰花香正好"。

孔子与《猗兰操》

兰花香正好,好在"不以无人而不芳"。元代诗人吴海

（三）沐浴书香

《友兰轩记》中曰："夫兰有三善焉：国香，一也，幽居，二也，不以无人而不芳，三也。"

其实，最早如此高评幽兰的，不是吴海，是孔子。

孔子自卫返鲁，过隐谷，遇芗兰，感叹说："夫兰当为王者香。"《孔子家语·在厄第二十》中，孔子激励弟子："且芝兰生于深林，不以无人而不芳。君子修道立德，不谓穷困而改节。"因此，元人吴海的兰之"三善"，实是对两千多年前孔子赞兰的改编。

后人总结前人，陶渊明爱菊，林和靖爱梅，周敦颐爱莲，自李唐以来世人甚爱牡丹。似乎没有人注意到，孔子爱兰。

孔子爱兰，古籍中有明确记载。除了如上两则，《周易·系辞上》中亦曰："二人同心，其利断金。同心之言，其臭如兰。"《系辞传》的作者相传是孔子。《孔子家语·六本第十五》中，孔子教导弟子："与善人居，如入芝兰之室，久而不闻其香，即与之化矣。与不善人居，如入鲍鱼之肆，久而不闻其臭，亦与之化矣。"这些传之后世的名言，其中孔子皆以兰为喻。

孔子对兰最凝重的情感，集中倾注在一曲《猗兰操》里。

《猗兰操》又名《幽兰操》，操即操守、气节之意，猗兰操即对空谷幽兰高尚节操的赞美。东汉蔡邕在《琴操·猗兰操》中写道："孔子历聘诸侯，诸侯莫能任。自卫反鲁，过隐谷之中，见芗兰独茂，喟然叹曰：'夫兰当为王者香，今乃独茂，与众草为伍，譬犹贤者不逢时，与鄙夫为伦也。'乃止车，援琴鼓之，自伤不逢时，托辞于香兰云。"

孔子周游列国，历时十四年之久，自卫返鲁时已六十八

我心婉约

岁。当年近古稀的孔子，漂泊半生，志向未酬，乘着车辇走在回家的路上时，该是怎样的一种心情？只见空旷的隐谷之中，车声辘辘，一丛幽兰，在萋萋荆草之中，馨香四溢，静雅脱俗。幽兰与杂草，多像圣贤之于众生！孔子内心深处积郁的情感被瞬间引爆。于是，孔子抚琴而歌：

    习习谷风，以阴以雨。
    之子于归，远送于野。
    何彼苍天，不得其所。
    逍遥九州，无所定处。
    世人暗蔽，不知贤者。
    年纪逝迈，一身将老。
    ……

这就是流传千古的《猗兰操》。那一年，距今已经两千五百年。两千五百年后的我们，依然能听到这首悠扬而抒情的《猗兰操》，只是歌词已不是原版。现在的歌词改编自唐代韩愈补录的《幽兰操》轶文：

    兰之猗猗，扬扬其香。
    众香拱之，幽幽其芳。
    不采而佩，于兰何伤。
    以日以年，我行四方。
    文王梦熊，渭水泱泱。
    采而佩之，奕奕清芳。
    雪霜茂茂，蕾蕾于冬。

（三）沐浴书香

君子之守，子孙之昌。
……

前后对照，补录的轶文比流传下来的原文更励志，更似兰的坚韧与自强。毫不夸张地说，自从遇见，我便瞬间迷上了《幽兰操》，包括词，包括曲。廖昌永的吟唱，王菲的吟唱，陈京蔚的吟唱，龚爽的吟唱……无论哪个版本，无论谁的歌喉，《幽兰操》那如怨如愤的歌词、如诉如泣的乐曲，都仿佛穿越了两千五百年的历史，在凄楚地诉说着孔子、描摹着孔子。《幽兰操》以乐曲的形式，告诉了世人一个事实：孔子爱兰，因为孔子似兰。兰之三善，恰似孔子之善——

兰之馨香，似其才华与情操；兰之幽隐，似其不遇与淡泊；兰之不以无人而不芳，似其自强和修养。

《孟子·公孙丑上》中记载，孔门弟子、七十二贤之一有子曾经盛赞老师好比"麒麟之于走兽，凤凰之于飞鸟，泰山之于丘垤，河海之于行潦"，如果以百草为喻，圣人孔子，恰似芸芸众草中的一株香兰，出乎其类，拔乎其萃，万古流芳。

为草当作兰

兰是草中精英，是百草的楷模和榜样。李白作赠友诗曰："为草当作兰，为木当作松。兰秋香风远，松寒不改容。松兰相因依，萧艾徒丰茸。"

荒草丛生之中，一丛娇兰，清风香送远；一株青松，岁寒犹青葱。画感扑面，文字通俗，诗仙的这首颂兰诗令人过

我心婉约

目难忘。

其中"为草当作兰"有力量,有志气,令人心生敬佩。

兰本是草。它生于蓬艾之中,长于草芥之间,一似百草中的芸芸众生,亲近泥土,与岁枯荣。可兰又是草中异类,虽然"生无桃李春风面",却"名在山林处士家"。只因它的幽隐、馥郁,便"一香已足压千红"。

让人联想到《红楼梦》里的贾兰。

贾兰是假兰。因为他并不与普罗大众为伍,他不是平民百姓中的一员。他生于"白玉为堂金作马"的贾府,长于簪缨世家、富贵温柔之乡,享受的是丰衣足食,接受的是良好教育,还有亲娘常年贴身陪读,民间疾苦的风雨淋不到他。

贾兰又似兰。虽然生在豪门,可他早年丧父,失去庇护,与寡母相依为命,在人情淡薄的豪门望族,是被主流抛弃甚至遗忘的边缘人。连元宵节那样喜庆隆重热闹的场合,都不曾有人注意这个孩子的缺席,反是贾政想起来方才派人接了过去。贾府的重长孙贾兰,像一棵无依无靠的孤苗。

贾兰似兰,不因他物质上的优,也非因他遭遇上的苦,而是他的励志成长故事。贾兰在贾府,完全没有豪门贵胄的优越感——爵位、财产、奢华、欢闹,仿佛都是别人的,除了读书,感觉没有第二条路可走,更像寒门一孺子。母亲李纨日复一日地叮嘱:"娘就靠你了,你要蟾宫折桂,你要给娘挣一个诰命身份。"

于是,在没人注意的角落里,贾兰似兰,顽强地生存,努力地成长。那情形,很像杨炯的《幽兰之歌》:"幽兰生矣,于彼朝阳。含雨露之津润,吸日月之休光。"亦似清代汪士

（三）沐浴书香

慎的《兰》诗："幽谷出幽兰，秋来花畹畹。"

贾兰后来怎么样了？暗示李纨命运的判词《晚韶华》中讲："气昂昂头戴簪缨，光灿灿胸悬金印，威赫赫爵禄高登。"《红楼梦》第一百二十回亦写道："现今荣宁两府，善者修缘，恶者悔祸，将来兰桂齐芳，家道复初，也是自然的道理。"

贾兰似兰，他像天地间的小草般坚韧、励志，他像百草中的兰一样，在贾府滑向衰落的凄凉晚秋，怒吐芬芳，戴簪缨，悬金印，爵禄高登，以一己之力，挽贾府大厦于将倾，延续了世承几代的"兰熏"之美。

天地之间，为草当作兰，点缀了几多荒芜风景；人世之间，为人似贾兰，成长了多少寒门贵子。

可是，贾兰毕竟是小说里的人物。生活中的兰，能否像虚构的那般完美？至少，人们的愿望是美好的。凡事只要与"兰"携手，就会沾得兰之馥郁，变得"香"起来——友谊之真誉之"兰交"，诗文之美称之"兰章"，美好前因名之"兰因"，典雅居室唤作"兰室"，华丽宫殿是为"兰宫"，女子娴雅叫作"兰心"……

因为异香袭人，除了志趣高雅沐浴心灵，兰花还有颇多实用价值——可以提炼香精、制作香料，可以入茶、入酒，可以作为佐料制作糕点。云南即有地方特色美食"兰花糕"，香甜酥松，色美味佳，名闻天下。兰花亦可入药，《本草纲目》中讲："久服益气轻身不老，通神明，除胸中痰癖。"

"百花齐放各争春，惟有兰花香正好。"

我心婉约

娟娟翠竹倍生姿

《说文解字》曰:"竹,冬生草也。象形。"

竹归草类,冬天生的草。可竹子是草中另类。它禾本木质,生长迅速却材质坚韧,通体虚中,宁折不弯,不惧风雨。相传周穆王感百姓受洪水之苦,曾亲作《黄竹诗》,教导人民多栽竹子,以便迅速搭建竹楼,以避水患。

竹子跻身梅兰竹菊"四君子"之列,以审美闻名于世。可竹子亦是"四君子"中的另类,因为除了审美,其实用价值几乎无植物能敌——

上厅堂,入诗入画入笙歌,样样精妙;下厨房,煎炒烹炸炖,可做出数千种美食;讨生活,竹筐、竹篓、竹床、竹楼、竹席、竹帘、竹碗、竹筷、竹简、竹质毛笔、竹刻、竹雕、竹杖、竹车、竹斗笠……苏东坡赋诗曰"宁可食无肉,不可居无竹",不是不可以,而是不可能。他于《记岭南竹》中还说:"食者竹笋,庇者竹瓦,载者竹筏,爨者竹薪,衣者竹皮,书者竹纸,履者竹鞋,真可谓一日不可无此君也。""此君"即竹,是文人骚客对竹子的别称——不但不可无竹,而

(三)沐浴书香

且不可一日无竹。

即便如此,大文豪还是有所遗漏。打开《本草纲目》,竹叶、竹根、竹实、竹茹、竹箨、竹沥,甚至燃烧过后化成了竹灰,从头到脚、从里到外、从生到死,竹子均可入药,治病救人。阅览古籍,人类最早的"二级火箭",是竹子做的;伟大的水利工程都江堰,使用了大量毛竹;郑和下西洋,为浩浩荡荡百艘大船队指引航程的,是竹质量天尺。翻看字典,竹子的实用价值更是历历在目——竹字头的汉字竟达到两百多个!尽管时代迁流,物象变化,其中很多字因实物的湮没已消失于现代语境,但它们构建起一座竹主题历史博物馆,无言诉说着曾经的辉煌。

竹制传奇:狼筅平倭寇

青青翠竹,审美与实用兼具,有时审美即实用,有时实用超过了审美。比如寓意吉祥的"竹报平安"。

据唐代《酉阳杂俎·续集》记载,整个北都,只童子寺有一丛竹子,仅有几尺高,远近闻名,备受人们喜爱。出于对竹子的珍视和保护,寺里的住持每天都要传报竹子平安。这就是"竹报平安"的典故。还有一说是"爆"与"报"谐音,每逢喜庆节日,人们就会燃放爆竹,驱邪逐恶,祈求平安。

然而,个人身家平安,终究是小安,小安之外还有大安,那就是惠及苍生的国泰民安。

中华历史上,惠及亿万苍生、最具传奇色彩的"竹"报平安，当属狼筅平倭寇。

狼筅，狼筅，听上去毫无美感，看上去满身杀气，有关它的传奇发生在明代。

民族英雄戚继光在《练兵实纪·杂纪·军器解上》中说："狼筅乃用大毛竹，上截连四旁附枝，节节枒杈，视之粗可二尺，长一丈五六尺。人用手势遮蔽全身，刀枪丛刺，必不能入，故人胆自大，用为前列，乃南方杀倭利器。"

这段话有四个关键词语，可概括狼筅特质：毛竹、胆大、前列、利器。

也就是说，狼筅是用毛竹做的，狼筅可壮士兵之胆，狼筅用在杀敌前列，狼筅是战场利器。

狼筅克敌制胜的对象是倭刀。

自南宋开始，倭寇为祸我国东南沿海三百多年而不能被有效铲除。其中最重要的原因之一，就是倭刀非常厉害。《纪效新书·短器长用解》记载："彼（倭寇）以此跳舞光闪而前，我兵已夺气矣。倭善跃，一进足则丈余，刀长五尺，则丈五尺矣。我兵短器难接，长器不捷，遭之者身多两断。"

这段话有四个要点：倭刀寒光闪闪锋利异常；倭刀长约一点六米（五尺）；倭刀杀伤半径近五米（一丈五）；明军兵器短，士兵一不小心就会被削为两断。

据记载，倭寇每人身上都备有三把刀，长刀主攻，短刀辅助，小刀杂用。倭寇作战时，左手持木刀，右手持真刀，真假难辨。倭刀"一长二利三多变"，多次大败明军，明军将士临阵胆寒，士气大衰。

戚继光在《纪效新书》中写道："缘士心临敌动怯，他

（三）沐浴书香

器单薄，人胆摇夺，虽平日十分精习，便多张皇失措，忘其故态。"

当狼筅横空出世，倭刀就遇到了克星，乾坤发生逆转。据说戚继光受毛竹启发而创制狼筅。狼筅有三大优势：制作成本低，主要材料是毛竹；技术含量低，对毛竹稍加改造即可，几乎人人能做；制作周期短，一人一天即可制成一个。

制狼筅，需选长约五米、粗约六厘米、坚韧多节的毛竹，前端装上尖锐的铁枪头，以直刺倭寇。层层侧枝用火烫烤后弯向前方，每个侧枝又分出许多细小的枝丫，枝丫钩杈上都绑着锋利的铁质尖头，伸向四面八方，形似狼牙。枝丫上刷桐油、涂毒药，倭寇一旦被划伤，即刻毙命。

为了充分发挥狼筅的作用，戚继光还精心设计了配有挨牌手、藤牌手、长枪手、短兵手的"鸳鸯阵"。倭刀虽长而锋利，但狼筅刷过桐油，竹枝软而坚韧，不易砍断；狼筅上的竹节层层深入，倭寇无法一刀将枝丫全部砍掉，往往刚砍一两刀，就被狼筅后面伸来的长枪刺中，狼筅兵在前面冲阵拦敌，长枪手紧随左右，短兵手接应于后，使倭寇死伤无数。

"唯有竹枝浑不怕，挺然相斗一千场"。有狼筅在先，临阵胆寒的变成了倭寇，战场形势逆转，倭寇望风披靡。

1561年，倭寇大军强攻浙江，分别从台州、象山、奉化入侵，戚继光率领戚家军在宁海抗击倭寇，手持狼筅的士兵在"鸳鸯阵"中大显神威，十三次战役皆大获全胜，消灭倭寇五千多人，仅牺牲将士二十名。在戚家军与倭寇的战斗中，花街之战、上峰岭之战、横屿之战均以微小伤亡甚至零阵亡，歼灭数百数千倭寇。

"封侯非我意,唯愿海波平"。民族英雄戚继光的早年宏愿,在抗倭"神器"狼筅的加持下得以实现,为祸中国东南沿海几百年的倭寇被彻底荡平。

狼筅,在抵御外来入侵、保护民族安全的中国战争史上,立下赫赫战功,也将冷兵器时代的竹质武器推向了巅峰。

竹林七贤:魏晋最风流

青青翠竹,能文能武,亦刚亦柔,既美且质。实用,它千变万化;审美,它无处不在。青青翠竹,深刻影响着中华民族的物质和精神世界,没有第二种植物可与之比肩。以竹为主题的艺术佳作,诗万千,画万千,寄予音乐、舞蹈、雕刻、楼宇、园林,杰作亦万千。然而,万物生生而变化无穷,哲人说:"惟人也,得其秀而最灵。"晋人亦云:"丝不如竹,竹不如肉。"也就是说,人的艺术,远超物的艺术。

回望历史长河,恰有七个人,后世称之"竹林七贤",用他们真人肉身的行为艺术,将竹的审美推向了巅峰,堪称中华文化史上的一大旷世奇观。

《晋书·列传第十九》记载,嵇康居山阳,"所与神交者惟陈流阮籍、河内山涛、豫其流者河内向秀、沛国刘伶、籍兄子咸、琅琊王戎,遂为竹林之游,世所谓'竹林七贤'也"。

魏末晋初,曹氏与司马氏之间的斗争异常激烈,朝堂动荡,政治恐怖,章华满腹的文人士族,既是被争夺的对象,也是被杀戮的对象。竹林七贤个个才华横溢,但是,面对司

（三）沐浴书香

马氏的铁血政治，柔弱文人"顺之者昌，逆之者亡"，灭亡风险如影随形。圣人说："贤者辟世，其次辟地，其次辟色，其次辟言。"竹林七贤辟世、辟地、辟色、辟言，最终是为了避祸，他们或放浪，或逍遥，或温良，或沉稳，或嗜酒，或达音，或灵逸，时常聚会于山阳的一片竹林，纵酒清谈，放荡不羁，体任自然，仿佛历史大舞台上的突兀七人秀，既惊世骇俗，又引人入胜。

阮籍和嵇康是"竹林七贤"中的灵魂人物。

《世说新语·任诞》和《名士传》都将阮籍排在竹林七贤之首。

阮籍三岁丧父，少而好学，不仅习文，还兼习武，早年崇尚儒家思想，后来魏晋政治动乱，让他对现实失望，从而"越名教而任自然"，纵酒谈玄，横绝礼俗，彻底转到"无为""无君"的道家思想上来。他是魏晋玄学的重要代表人物，《达庄论》与《大人先生传》就是其苦心孤诣的玄论之作。

阮籍全力创作五言诗，八十二首《咏怀诗》，对后世诗人产生重大影响，张载、陶潜、庾信、陈子昂、李白等诗人都是其"私淑艾者"。

有关阮籍的怪诞传说很多，看上去挺有趣，品一品却很辛酸。

阮籍不太喜欢说话，对于世俗礼法十分蔑视，不是藏在心头的那种，而是大张旗鼓、堂而皇之地践踏——古代男女授受不亲，阮籍偏不放在眼里，嫂子回家他不仅饯行，还特地送嫂子上路；一位与阮籍素不相识的女子早逝，阮籍听说她生前品行优秀，居然前去哭丧，痛哭之后又大笑一场，飘然而去，逝者的父母亲朋无不目瞪口呆；一家酒肆的老板娘是位年轻美娇娘，阮籍和王戎常到那里喝酒，与美女相谈甚欢，醉酒之后倒在人家身边就睡，根本不避嫌，美女的丈夫竟也不认为他有什么不轨。面对闲话和非议，阮籍说："难道礼法是为我一个人而设的吗？"

《晋书·列传第十九》记载，司马昭为了拉拢阮籍，想和阮籍结为亲家，阮籍为了躲避这门亲事拼命地喝酒，天天酩酊大醉，这种状态一直持续了60天之久，奉命前来提亲的人根本无法开口，最后司马昭无可奈何地说："算了，这个醉鬼，由他去吧！"

景元四年（263年）十月，魏帝曹奂封大将军司马昭为相国，封晋公，加九锡，实质是权臣篡位前的套路和把戏。阮籍政治上倾向曹魏，却在司马氏集团的爪牙郑冲等人的威逼利诱之下，违心写下《为郑冲劝晋王笺》，不久之后便忧愤而死，时年54岁。

阮籍嗜酒、好弹琴，弹琴时还会长啸。他在当时和后代均有许多崇拜者，备受后人尊敬。明人靳于中盛赞阮籍人品高尚，称他为"命世大贤"。

竹林七贤的另一位核心人物是嵇康。《文心雕龙》曰："嵇志清峻，阮旨遥深。"嵇康"志清峻"，清在卓尔不群，峻在高不可攀。

嵇康至少有三点高不可攀：有才华，奋笔写下《与山巨源绝交书》《幽愤诗》，不仅闻名于当时，而且流传后世，临终弹奏的《广陵散》成千古绝响；地位高，被沛王曹林的女儿长乐亭主倒追，成为曹魏宗室的乘龙快婿，是名副其实的

（三）沐浴书香

皇亲国戚；长得帅，有关古籍对他的记载简直就是"花痴"，《晋书·嵇康传》曰：

> （嵇康）有奇才，远迈不群，身长七尺八寸，美词气，有风仪，而土木形骸，不自藻饰，人以为龙章凤姿，天资自然。

《世说新语》曰：

> 见者叹曰："萧萧肃肃，爽朗清举。"或云："肃肃如松下风，高而徐引。"

颜值、才华和地位，让嵇康拥有很多崇拜者，人们像仰慕珠峰一样仰慕着他。然而，审美是有阶级分立场的，尽管嵇康的才华和颜值举世公认，他却是朝廷当权派、司马氏集团的眼中钉。为了躲避他们，嵇康远远地隐避到山阳的乡郊别墅打铁去了。于是，后人想起嵇康，除了他的帅，还有他的爱好——打铁。据说宋代大文豪苏东坡珍藏着一柄打制精美的铁杖，就是出自嵇康之手。

打铁的嵇康想远离政治，洁身自好，他的好友、七贤之一山涛却来帮倒忙，他想通过举荐和斡旋的方式，让嵇康任吏部郎，以缓和其与司马氏集团的矛盾。嵇康得知后勃然大怒，认为受到了莫大的欺辱，大笔一挥，写下《与山巨源绝交书》，结果一时风头无两，洛阳纸贵。绝交书洋洋洒洒上千言，拒绝做官是假，不投靠司马氏是真。率性刚直的嵇康，用实际行动证明，既然做了曹家的女婿，就要与曹家的死敌司马氏抗争到底！

嵇康最后不幸遇难，与得罪恶人钟会有关。他拒绝钟会的求见和友情，惹怒了小人，最终落入设计好的圈套，被司马氏投入监狱、处以极刑。

行刑前，三千名太学生来到行刑台前抗议示威，请求赦免嵇康，还要求他到太学讲学。然而政治是残酷的，对于政敌，司马昭不可能手软。嵇康倒是很平静，他跟哥哥嵇喜要来五弦琴，在行刑台上正襟危坐，洒脱地弹起了旷世绝响——《广陵散》。三千太学生无力回天，长跪于行刑台前，眼含热泪相送。

奇怪的是，嵇康临终前竟然将儿子托孤给已大张旗鼓绝交的山涛，他给儿子嵇绍留下的遗言是："有你涛叔在，你就不会无依无靠了。"

更奇怪的是，已被绝交的山涛果然承担起了自己的使命，把嵇绍照料、培养得很好。

所以，后人分析，嵇康与山涛绝交是假，政治保护才是真。因为这个世上，有人要以流血的方式唤醒理想，而有人需要以苟延残喘的方式存续生命。这也是竹林七贤的行为特点之一。

竹林七贤的另外五人中，山涛是七贤的实际组织者，他年岁最长，老成持重，40岁以后发迹，官运亨通，是司马政权的朝堂重臣。有人评价他"如璞玉浑金，人皆钦其宝，莫知名其器"。向秀是七贤的学问和理论专家，著有《庄子注》和《思旧赋》。后来郭象注《庄子》，主要思想基本来自向秀的《庄子注》，因此后世有郭象剽窃向秀的说法。向秀总是在嵇康打铁时帮忙拉风箱，嵇康被害后被迫出仕。他大隐隐

（三）沐浴书香

于朝，为官清廉节俭，从不请客送礼，人送绰号"一国俭"。刘伶因后世以"刘伶醉"命名美酒，在民间家喻户晓。他身材矮小，相貌丑陋，嗜酒如命。是真名士自风流，别管长得美与丑。刘伶出门时总带着一架鹿车和推车的仆人，但他自己并不坐车，而是在前面边饮酒边引路，车上只放着一把铁锹，他自己的解释是随时醉死，随时掩埋。他曾作《酒德颂》，辞章文采有可观瞻。阮咸是阮籍的侄子，是位精通音律的"乐神"。阮咸改造了从龟兹传入的琵琶，唐代时便以"阮咸"为他所弹的乐器命名。以人名为乐器命名，在中外音乐史上绝无仅有。王戎在竹林七贤中年龄最小，毁誉参半。他为人鄙吝，功名心盛，历仕晋武帝、晋惠帝两朝。据说他以聚敛钱财为人生乐事，且锱铢必较，连亲女儿借钱都要报以颜色，直到女儿见势不妙赶紧还了钱，才"多云转晴"。王戎家产的李子又大又圆，甘甜无比，为了防止别人获得优良品种，在出售之前，他居然将李子核一个个地钻透。以千年以后的眼光看过去，他那些荒谬怪诞的做法，在当时不失为明哲保身的无奈之举。

  天下没有不散的筵席。竹林七贤聚会一时，喝酒、弹琴、纵歌、谈玄、恣意放纵，快活酣畅，最后结局终是分崩离析、各散西东。

  然而，世上的事情就是，只要你真心来过，就会留下珍贵的遗痕，然后被漫漫流光冲洗、浸润，最终化为历史天空下一块温润灿烂的时光琥珀。竹林七贤，以怪诞不羁的行为艺术，将自己的肉身和思想一起活成了一段段典故。他们让中华文化更加多姿多彩，让中国的文人名士有了更多、更新、更大胆的选择,让魏晋风流成为一段惊艳历史的芳华。后人用"竹林宴、竹林欢、竹林游、竹林会",代指莫逆的友情和放任不羁的饮宴游乐,以"七贤"比喻不同流俗的文人。

李白作诗曰:"恭陪竹林宴,留醉与陶公。"萧钧作诗曰:"一辞金谷苑,空想竹林游。"李峤作诗曰:"人追竹林会,酒献菊花秋。"储光羲作诗曰:"超超青云器,婉婉竹林会。"辛弃疾赋词曰:"纶巾羽扇颠倒,又似竹林狂。"……

可爱的娟娟翠竹,因有了"竹林七贤",因有了魏晋风流,让漫长而灿烂的中华文化史,增加了更多精神内涵,平添了更多人间美好。

(三) 沐浴书香

案头九月菊花肥

菊花诗

《红楼梦》第三十八回,史湘云请老太太和姨娘一行人吃螃蟹、赏桂花,作的却是菊花诗。菊花题是头天晚上湘云和宝钗提前拟好的,为了"和人家的字画册页一样",共凑了十二个:忆菊、访菊、种菊、对菊、供菊、咏菊、画菊、问菊、簪菊、菊梦、菊影、残菊。包罗繁复,被湘云戏称为"菊谱"。整部"菊谱"十二个菊题,海棠诗社的公子小姐写成十二首菊花诗。虽然小说里李纨点评说"通篇看来,各人有各人的警句",但是,格局和境界还是局促了许多,十二首菊花诗,远没有达到"一畦春韭绿,十里稻花香"那样可以跳脱小说文本令人过目难忘的高度。

若论咏菊诗,没有谁能像陶渊明的"采菊东篱下,悠然见南山"那般自然天成,也没有谁比郑思肖的"宁可枝头抱香死,何曾吹落北风中"更傲骨凛然。两位大诗人,一位把菊花写成了隐士,一位写成了侠客。不过,还有更硬气的,

我心婉约

硬气到直接把菊花写成霸王——

> 堪与百花为总首,自然天赐赭黄衣。

赭黄衣是古代皇帝的特权。自然天赐,也只能是奉天承运的皇帝才配享有。这样的诗作简直是大逆不道。

作者是个五岁顽童。因偶然在院子里看见父亲和祖父以菊花为题联句,便开口说出上面惊人的句子。两个大人被吓得不轻,罚他再作一首菊花诗以示惩戒,小童也不为难,略加思索,又吟出一首——

> 飒飒西风满院栽,蕊寒香冷蝶难来。
> 他年我若为青帝,报与桃花一处开。

更加石破天惊。他要破旧立新,他要把天地间的秩序改一改。

小童名叫黄巢。读他的菊花诗,仿佛看到一个天生的皇权颠覆者。或者说,反叛仿佛是他的宿命。黄巢年轻时与天下大多数人一样,是个有志青年,想通过科考建功立业。但是,参加科举考试,他落第了。落第后,他又做了一首菊花诗——

> 待到秋来九月八,我花开后百花杀。
> 冲天香阵透长安,满城尽带黄金甲。

此时已是刀光剑影了。诗里充满了怒气、杀气、豪气、霸气,像"力拔山兮气盖世"的项羽,像"大风起兮云飞扬"的刘邦,字句铿锵,似乎能听见旧世界被打破时"稀里哗啦"

的碎裂声。言为心声,这首诗是黄巢的真实内心写照,他要反了!他真的反了!落第后的黄巢,既没弃世,也未隐居,而是投身起义军,与腐朽的李唐王朝斗争了十多年,成为彪炳青史的农民起义军领袖。

黄巢的三首菊花诗,颠覆了菊花的消极隐逸形象,将其推上积极有为的霸王宝座——菊花是百花中逆行的反叛者、是揭竿而起的造反派,菊花的爆发力超乎世人想象。

秋日西风来,百花凋谢,菊花盛开。在秋光中咏菊,风流雅趣百代相传。咏菊诗多如牛毛,黄巢的三首咏菊诗,无论气节、气势,还是意境,独占鳌头。

或许,只有黄巢才真正道出了菊花的本性。

菊花饮

饮,包括饮酒和饮茶。菊花饮,有酒亦有茶。无论菊花酒,还是菊花茶,皆得菊之真味,清凉、明目、护肝、甘香适口,而且皆在业界别具一格,独领风骚。

先说菊花酒。

金秋赏菊,正好喝菊花酒。喝菊花酒,是古人的风雅习俗,也是中国的文化浪漫。《西京杂记》中讲:"菊花舒时,并采茎叶,杂黍米酿之,至来年九月九日始熟,就饮焉,故谓之菊花酒。"

菊花酒是由菊花、糯米、酒曲酿制而成的,古时称作"长寿酒",其味道清凉甜美。陶渊明在《九日闲居》中说:"酒能祛百虑,菊能制颓龄。"菊花酒是酒,也是药,有疏风除热、养肝明目、消炎解毒、延缓衰老等功效。明代李时珍于《本草纲目》中,单列出用白菊花酒治疗头风眩闷、头发干落之法。

九月九日,是喝菊花酒最恰当的日子。这一天是重阳节,古时人们除了登高、插茱萸外,还会三五相邀,同饮菊花酒,别有一番情趣。据说最初是汉高祖时,宫中"九月九日佩茱萸,食蓬饵,饮菊花酒",后来逐渐成了民间习俗,也成为令人期盼的日子——"更望尊中菊花酒,殷勤能得几回沽""辕门菊酒生豪兴,雁塞风云惬壮游""数杯黄菊酒,千里白云天""玉壶倾菊酒,一顾得淹留"……

菊花酒的老搭档是螃蟹。中秋过后,螃蟹长成,肉肥黄厚,鲜美可口。螃蟹性寒,饮菊花酒暖胃,堪称绝配。曹雪芹在螃蟹宴上的《螃蟹咏》一诗中就说:"酒未敌腥还用菊。"可惜的是,《红楼梦》里一群贵族吃螃蟹、赏桂花、作菊花诗,喝的酒是不是菊花酒,作者却没有写明。只在《访菊》诗中提到一笔,"闲趁霜晴试一游,酒杯药盏莫淹留",因此总觉得心头落下小小遗憾——那么穷奢极欲、凡事讲究到骨髓里的豪门望族,聚众吃喝玩乐,螃蟹都到场了,怎能缺了时令鲜品菊花酒呢?

还有更可惜的,就是民间自酿菊花酒的习俗,在现代生活中渐行渐远。金秋时节,螃蟹人们照吃不误,菊花酒却多被黄酒、米酒、红酒取代。仅从称呼看过去,就不知流失了多少风雅。

菊花茶就不一样了。菊花茶在现代生活中大受欢迎且品

（三）沐浴书香

类繁多。因菊花品种不同，菊花茶的功效也不同，比如降火用滁菊，明目用贡菊，清咽用杭菊，消炎用野菊花。菊花还可以随意和其他干鲜果品搭配成茶，比较有名的有八宝菊花茶、枸杞菊花茶、山楂菊花茶。

菊花饱经霜露，得天地之精气；备受四气，含金水之英华，具有平肝明目、清热解毒之功效。菊花的香气还可提神、醒脑、通窍。现代人生活晨昏颠倒、饮食油腻、压力大，常饮菊花茶，有益健康。

菊花宴

菊花可赏、可饮，亦可吃。

食菊第一人，有文字记载的，大概非屈原莫属。屈原在《离骚》中说："朝饮木兰之坠露兮，夕餐秋菊之落英。"当然，屈原食用菊花，与饮木兰之坠露一样，是为了表明洁身自好、不随流俗、永不与恶势力同流合污的坚贞节操。

菊花的具体吃法，在《本草纲目》中有记载，说的是甘菊：

甘菊始生于山野，今则人皆栽植之。其花细碎，品不甚高。蕊如蜂窠，中有细子，亦可捺种。嫩叶及花皆可煤食。

甘菊嫩叶和花朵可以炸着吃。这种吃法一直流传至今。先将菊花洗净，加入白矾除异味，然后裹上一层鸡蛋清，下50摄氏度油锅，不停旋转，炸熟即可。

甘菊还有一种烦琐的吃法，类似《红楼梦》里制作"冷

我心婉约

香丸"。记载于《玉函方》：

用甘菊，三月上寅日采苗，名曰玉英；六月上寅日采叶，名曰容成；九月上寅日采花，名曰金精；十二月上寅日采根茎，名曰长生。四味并阴干百日，取等分，以成日合捣千杵为末，每酒服一钱匕。或以蜜丸梧子大，酒服七丸，一日三服。

据说这种吃法效果神奇，食用百日，身轻体健，皮肤光滑；吃上一年，白发变青丝；吃两年，脱落的牙齿再生；吃五年，八十岁老翁变少年儿童。

是不是有点儿像玄幻小说？历史上有没有按此方食用甘菊而返老还童的，不得而知，但是，自秦汉以来，食用菊花成为一种风尚倒有不少记载。魏文帝曹丕就喜食菊花，他认为菊花"含乾坤之纯和，体芬芳之淑气"，能够延年益寿，还曾经送给太傅钟繇菊花一束，希望他能像彭祖一样长寿。苏东坡也食用菊花，他在《后杞菊赋》中写道："吾方以杞为粮，以菊为粮，春食苗，夏食叶，秋食花实而冬食根，庶几乎西河、南阳之寿。"粮指干粮。大文豪春天吃菊苗，夏天吃菊叶，秋天吃菊花，冬天吃菊根，简直把菊花当成四季蔬菜来吃了。传说慈禧太后喜食一种名唤"雪球"的白菊花，主要是就着暖锅里的鸡汤或肉汤吃。

其实，将菊花吃得花样百出的，还是现代人。菊花粥、菊花汤、菊花饼、菊花鸡、菊花鸭、菊花肉、菊花鸡蛋羹、菊花羊肉饺、菊花火锅、菊花沙拉、菊花炒蛋……可谓眼花缭乱，应有尽有。菊花美食最后发展成了菊花宴，在广东小

(三)沐浴书香

榄、北京近郊,皆有菊花宴远近闻名。以菊花入席,是味蕾的艳遇,是视觉的盛宴,可谓名副其实的鲜花绮筵,秀色可餐。

苏大学士二三事

（一）

名垂青史的大文豪苏东坡，不但家喻户晓，而且无处不在。比如，有历史的地方，就有苏东坡——"大江东去，浪淘尽，千古风流人物"，惊心动魄，冠盖古今；有月亮的地方，必有苏东坡——"明月几时有？把酒问青天"，如此佳句对佳景，至今无人超越，也无可替代。有美食的地方，也有苏东坡——东坡肘子、东坡肉，这一普惠苍生口腹之欲的餐厅美食，据说是他被流放到贫瘠黄州时的杰作，本为对抗生活艰涩，传世纯属意外。还有更多有关他的故事。其中最精彩的，当属与和尚佛印之间的机锋斗智——

一天，苏东坡和好友佛印一起打坐，参学佛法。苏东坡问佛印："你看我打坐，像什么？"佛印答："像一尊佛。"佛印反问："你看我像什么？"苏东坡笑了："像一坨牛粪。"

占了便宜的苏东坡喜滋滋地回到家。注意，这时苏小妹出场了——这个苏小妹，聪慧伶俐，才思敏捷，在各类有关

（三）沐浴书香

苏东坡的故事里，名气与其兄不相上下——她提点哥哥："输的不是佛印，是你。佛心见性。若心中有佛，眼中看到的便都是佛；若心中有牛粪，眼中看到的当然都是牛粪了。"

这个故事折服了无数人，却大半是杜撰的。因为，在历史典籍中，苏小妹查无此人。苏东坡压根儿就没有妹妹，倒有一位姐姐。这位姐姐，不曾像故事中的苏小妹一样，有幸婚配才子秦观；也不曾在洞房花烛夜巧出上联"闭门推开窗前月"，待新郎官在大舅哥苏东坡的帮助下，对出"投石击破水底天"的工整下联，才肯接纳新郎进门。仔细想来也觉奇怪：妹妹新婚之夜，做哥哥的在人家门前晃悠什么？故事里冰雪聪明的苏小妹禁不起考证，史料中真实存在的姐姐却是个悲剧。

苏东坡的姐姐被父亲苏洵嫁给了一个姓程的表兄，如《花为媒》里的王俊卿和李月娥。又不如王俊卿和李月娥，她嫁过去不久，就死了。没有龙凤呈祥，花前月下。林语堂在《苏东坡传》中写道："但是新娘在程家并不快乐。也许她受程家人折磨，总之，不久去世。经过的情况激起苏洵的恼怒，似乎这个新儿媳的公公是个大坏蛋。"

这个公公是怎样一个大坏蛋？书中讲，因为年代久远，他对待儿媳妇的详情已不得而知，但是他"把幼侄赶走，独霸了家产；他宠妾压妻，纵情淫乐；父子共同宴饮喧哗，家中妇女丑名远播……"，让人想起《红楼梦》里的贾珍。

苏洵一家因为女儿与程家断交。断交的，就是苏东坡的姥姥家。苏东坡的母亲夹在中间，伤女，恨兄，健康受到严重影响，早早离开人世。

227

我心婉约

苏东坡没有亲妹妹，却有个堂妹。这位堂妹竟然和传说中的苏小妹有几分神似，"孝慈温文"，才情俱佳。史载苏东坡晚年流放在外，听到堂妹去世的消息，写信给儿子说"心如刀割"。在流放归来的路上，虽身染重病，还到堂妹及其丈夫的坟前祭拜。第二天，前去看望的朋友发现，他正躺在床上，面壁抽咽哭泣。

这应该是苏东坡真性情的一个缩影。情之所动，一往而深，始终保持着一颗赤子之心。这份赤诚磊落，在他的作品中，也随处可见。

比如，他作词赞美一对璧人——

　　常羡人间琢玉郎，天应乞与点酥娘。
　　　　尽道清歌传皓齿。
　　　　风起，雪飞炎海变清凉。
　　　　万里归来颜愈少。
　　微笑，笑时犹带岭梅香。试问岭南应不好？
　　　　却道，此心安处是吾乡。

赞美一对璧人，实际在赞美俏丽佳人——好友王定国的歌伎柔奴。通过这首词，我们能看到，映入苏东坡眼帘的是位闪闪发光的美女。他描写了这位可人儿的气质、歌声、皓齿、笑容、气色、聪慧甚至扑面而来的梅香，竟不媚不宠，绝无一丝俗艳，竟纯净到了冰清玉洁的地步。那境界，我认为，超过了李白赞美杨玉环的《清平调》。

文学作品能否洗心，取决于作者精神世界的纯度，最易流露于对时日平常的吟哦之中。苏东坡是个纯真的人。据史料记载,即使是身在歌舞场为歌伎题诗,他也随和大方,珞珞如石,既无轻狎,也不造作,且从不作艳诗。也许正因如此,他拥有健康的爱情,有一个幸福的家庭,他为早逝的妻子写的悼亡词"十年生死两茫茫,不思量,自难忘。千里孤坟,无处话凄凉……"是那样情真意切,能引起无数人的共鸣。

《中庸》讲:"至诚之道,可以前知。"苏东坡,无疑是至诚的、纯真的、干净的。他的言行喜乐,是毫不掺假的真性情。

这正是人人喜爱苏东坡的缘故。

(二)

人人喜爱苏东坡,还在于这位大文豪,不仅将一生的真性情,赋予了不朽的文学,而且赋予了百姓苍生。儿女情长在他的现实生命中更像点缀,只偶尔生辉。

在苏东坡跌宕起伏又坦荡丰盈的一生中,大事小情多得几乎不可枚举,有悲有喜,或庄或谐,常令人敬仰、佩服、惊叹、唏嘘或者嫣然一笑。人们吟诵他的佳文妙句,谈论他的趣闻逸事,有两件事,慈悲而郑重,却鲜被提及:一件是办"救儿会",另一件是建"安乐坊"。

在这里,又要提到黄州了,因为"救儿会"在黄州。苏东坡因乌台诗案被贬到黄州。黄州即现在的湖北黄冈。在宋朝,这个地方贫瘠落后,百姓的日子又穷又苦。又穷又苦到了什么地步?遍地是光棍儿。为什么遍地是光棍儿?因为女

我心婉约

孩儿太少了。女孩儿哪里去了？很多女孩儿一生下来（也有男孩儿），就被父母溺死了……

黄州百姓有溺死初生婴儿的野蛮风俗。在苏东坡《与朱鄂州书》中，有这样一段描述，读来令人心酸：

……岳鄂间田野小人，例只养二男一女，过此辄杀之。尤讳养女，以故民间少女多鳏夫。初生辄以冷水浸杀，其父母亦不忍，率常闭目背面，以手按之水盆中，咿嘤良久乃死……

不仅今人读来辛酸，当年一位书生向苏东坡说起此事时，史载苏东坡也"闻之酸辛，为食不下"。苏东坡深受刺激，吃不下饭，马上提笔给太守写了上面那封书信，信中言辞极为迫切，既像劝说建议，又像情急之下的诱导：

公更使令佐各以至意，诱谕地主豪户。若实贫甚不能举子者，薄有以周之。人非木石，亦必乐从。但得初生数日不杀，后虽劝之使杀，亦不肯矣。自今以往，缘公而得活者，岂可胜计哉！佛言杀生之罪，以杀胎卵为最重。六畜犹尔，而况于人。……公能生之于万死中，其阴德十倍于雪活壮夫也……

苏东坡写信给太守，却没只等官方救助，因为救命甚于救火。他行动起来，自己成立了一个"救儿会"，请慈悲正直的邻居古某担任会长，请安国寺的一个和尚当会计，向富人募捐，每户募集十缗钱，多捐不限，用来买米、买布、买棉被。苏东坡和"救儿会"的人员，一起到乡村查访贫苦的

230

(三)沐浴书香

孕妇,只要她们答应养育婴儿,就赠予金钱、食物、衣裳。苏东坡说,如果一年能救一百个婴儿,就是心头一大喜事。

苏东坡不仅募捐,还带头捐款,每年捐出十缗,是富人的标准。殊不知,这时苏东坡的日子也相当清苦。他带着一大家子谪居黄州,住的"小屋如渔舟",吃的"空疱煮寒菜",用的"破灶烧湿苇"。而朝廷是不给贬官发工资的,在一众友人的帮助下,才勉强过上"身耕妻蚕,聊以卒岁"的日子。

对于手头的拮据,苏东坡在给秦少游的信中写道:

初到黄,廪入既绝,人口不少,私甚忧之。但痛自节俭,日用不得过百五十。每月朔便取四千五百钱,断为三十块,挂屋梁上。平旦用画叉挑取一块,即藏去叉。仍以大竹筒别贮……

天性豪爽的苏东坡花钱向来大手大脚,此时竟不得不勒紧裤腰带,将每天开销限制在一百五十文,每月总计四千五百钱。一缗钱就是一贯钱、一吊钱,总计一千文。苏东坡每年捐出的十缗钱,相当于初到黄州时全家人两个多月的生活费。

黄州,是苏东坡仕途的低谷,亦是其创作的巅峰。"谁见幽人独往来""一蓑烟雨任平生""小舟从此逝,江海寄余生"以及《前赤壁赋》《后赤壁赋》《记承天寺夜游》和千古绝唱《念奴娇·赤壁怀古》,都是那一时期的杰作。而苏东坡在这里成立的"救儿会",一共从死神手里抢回了多少婴儿的性命?他一年救一百个婴儿的愿望实现了吗?可曾心头大喜?后人如今已不得而知。但是,我知道,"救儿会"是

我心婉约

苏东坡在黄州时最闪光、最上乘的佳作，在那个苍生如草芥的年代，堪称他的又一篇千古绝唱。

有些事，只要能想到，就能做到。比如苏东坡建安乐坊。

安乐坊在杭州。苏东坡任杭州太守不是被贬，而是主动请求外放。本来，他在朝廷任翰林学士，距相位仅一步之遥。然而，"忧心悄悄，愠于群小"，无休止的政治倾轧和无益纷争，让骨子里率性纯真的苏东坡厌倦了，尽管有皇太后多次挽留，他最后还是走了。

他到任杭州，在这里忙得不亦乐乎——拨款周济太学生，为军人修缮破旧的营房和军火库，疏浚西湖，建筑堤坝，救济饥民。瘟疫、饥馑同时流行，他又带着医生分街坊给百姓治病，救活很多人。

当然，还有安乐坊。

苏东坡心境悲悯空明，能随时照见民间疾苦。杭州当时人口已达五十万，商运发达，客流繁忙，经常流行瘟疫，却没有一家官办医院。他拨款两千缗，自捐黄金五十两——这时的他，和黄州时已大不相同，捐款自然大方阔绰。杭州城中心从此有了名为"安乐坊"的公立医院，据说是中国历史上第一家公立医院。主持医院的是道士，由朝廷赐以紫袍，并付酬金。据史料记载，安乐坊在三年之内收治患病百姓一千人。医院后改名为"安济坊"，搬到了西湖边上，苏东坡离开杭州后，治病救人如常。

苏东坡视民如伤，对黎民百姓充满了丰沛的情感，甚至囚犯也能受到他的恩惠。《苏东坡传》中记载，苏东坡任徐州太守时，他十分关心囚犯的健康和福利，亲自视察监狱，

（三）沐浴书香

指定医生为囚犯治病，他认为犯人并非别的人，也是一般的老百姓。

如上桩桩，无不昭示着世人，苏东坡是以佛眼观世界，以佛心待众生的。他将为官视线锁定在社会最底层，每到一处，总是急切地救民于水火，这也正是大文豪的至情至性之处。

苏东坡在杭州城忙得不亦乐乎，救民于水火，却是他人生中难得的一段得意时光。而他的政治对手，那些朝中宵小却只让他在这里待了两年。在杭州，他曾为好友写过一首赠别诗——《临江仙·送钱穆父》：

一别都门三改火，天涯踏尽红尘。依然一笑作春温。无波真古井，有节是秋筠。

惆怅孤帆连夜发，送行淡月孤云。尊前不用翠眉颦。人生如逆旅，我亦是行人。

好像在写他自己。在他多舛的仕途中，究竟有过多少次"惆怅孤帆连夜发"？被贬对他像家常便饭，被贬黄州、被贬惠州、被贬儋州……然而，上天是公平的，恰因为朝中宵小的任性折腾，苏东坡才有幸"天涯踏尽红尘"，才会留下那么多不朽的诗文和故事，成为历史中的绝唱。

"休对故人思故国，且将新火试新茶。诗酒趁年华""长恨此身非我有，何时忘却营营""雪沫乳花浮午盏，蓼茸蒿笋试春盘。人间有味是清欢"……当我们欣赏他的生花妙笔的时候，忽然遇到那些淹没在历史星空中的故事，竟然又发现了一个无与伦比的苏东坡。

我心婉约

悦读王安石

（一）王安石vs苏东坡

题西太一宫壁
王安石

（其一）

柳叶鸣蜩绿暗，荷花落日红酣。
三十六陂流水，白头想见江南。

（其二）

三十年前此地，父兄持我东西。
今日重来白首，欲寻陈迹都迷。

北宋元祐年间一个被记录的日子，苏东坡奉敕祭开封西太一宫，不料被院内粉墙绊住了脚。墙上龙飞凤舞的题诗，正是王安石的《题西太一宫壁》。大文豪注视旧题良久，说："此老野狐精也！"随即提笔次韵和诗。

这件事记载在蔡绦的《西清诗话》里。《宋诗精华录》

（三）沐浴书香

中说，王安石的这两首诗遭人群激赏，追捧者无数，甚至被盛赞为"绝代销魂"，"此老野狐精"正是苏东坡对王安石巧妙构思的赞叹。

《西清诗话》里还讲，一天王安石把新诗拿给苏东坡看，苏东坡瞬间被震撼了："如积李兮缟夜，若桃花兮炫昼。自屈原、宋玉后已过千年，再未见《离骚》句法，但今天见到了。"对于苏东坡的溢美之词，王安石也没谦虚，全盘笑纳了："嗯，不是你奉承我，我自己也这样看。但不必和俗人们说……"

王安石和苏东坡，同在"唐宋八大家"之列，同为北宋文坛两大巨匠，曾互为政敌，也互为文友。有人评价二人的文学成就，苏东坡是千门万户，风骨天然，王安石则曲折多姿，文气深远。千门万户、风骨天然，在曲折多姿、文气深远面前，总觉得像尽阅繁华的风流少年之于肩挑大任的孤臣孽子，少了那么一点儿历练和深沉。就连有关他们二人的逸闻，也散发着这种气息——

一天苏东坡去拜访王安石，不遇，在书房等待时看到王安石写的《咏菊》："西风昨夜过园林，吹落黄花满地金。"大文豪不禁暗笑当朝宰相常识匮乏，菊花是"宁可枝头抱香死，何曾吹落北风中"的花中烈士，岂能像桃花、杏花那般随风飘落？率真自信的他于是挥毫做友情提示："秋花不比春花落，说与诗人仔细吟。"王安石回来时苏东坡已离去，他看到题诗，淡然一笑，不置可否，从未提起过此事。后来苏东坡谪居黄州，重阳节与友人赏菊，一阵西风吹过，片片花瓣落得满地铺金，他蓦然想起王安石的诗句，那是多么传神！而自己一时兴起留下的那句诗……也许，彼时彼刻，大文豪应为自己的冲动鲁莽而脸红了。

这件事在民间广泛流传。苏东坡和王安石个性修养不同，造诣和深度此刻也显出了差距——结果无疑是王安石胜出了。其实，"唐宋八大家"中，王安石不仅相较苏东坡多了份厚重、深沉和严谨，比之于另外六家，同样有诸般不同。欧阳修曾作诗称赞王安石："翰林风月三千首，吏部文章二百年。老去自怜心尚在，后来谁与子争先。"被林语堂称为"伟大学者"的梁启超认为，"唐宋八大家"是有高下之分的，柳宗元、曾巩、苏洵、苏辙，好比春秋时期的宋、郑、鲁、卫，而韩愈、欧阳修、苏轼、王安石，则是齐、晋、秦、楚。其中又独有王安石一人，深谙治国之道，精通九流百家，所作的是博大精辟的学者文章，而其余几家都是文人的文章。这一点评可谓臻妙至极。

（二）意气与日争光辉

就文学成就而言，几乎没有王安石不擅长的文体。他的议论文，简要精辟，一针见血，读后让人常有"一灯能破千年暗，一智能灭万年愚"的开悟感。例如《读〈孟尝君传〉》，一篇百余字的小文，仅一句"夫鸡鸣狗盗之出其门，此士之所以不至也"，便让"孟尝君特鸡鸣狗盗之雄耳"的论点深入人心，无可辩驳。《知人》也仅有百余字，同样简洁有力，令人称绝——

贪人廉，淫人洁，佞人直。非终然也，规有济焉尔。

（三）沐浴书香

王莽拜侯，让印不受；假僭皇命，得玺而喜，以廉济贪者也。晋王广求为冢嗣，管弦邈密，尘埃被之；陪宸未几，而声色丧邦，以洁济淫者也。郑注开陈治道，激昂颜辞，君民翕然，倚以致平，卒用奸败，以直济佞者也。

於戏！知人则哲，惟帝其难之，古今一也。

这篇文章短小精悍，用语整饬，哲理深刻。王安石在朝为官，主持变法，明察忠奸至关重要，而且全在于人君准确分辨，所以此文虽小，兹事体大。

此外还有《材论》《答司马谏议书》《伤仲永》《书刺客传后》……几乎每篇都是精品。议论文中的长篇，如他的万言宏论《上仁宗皇帝言事书》，被认为是数千年以来最好的政论文章，至今无人超越。而他的记叙文更为一绝，在《临川先生文集》中，记叙文体的碑志有两百余篇，结构没有一篇是相同的，别出心裁，可谓登峰造极，被人盛赞为"或如长江大河，或如层峦叠嶂，或拓芥子为须弥，或笼东海于袖石，无体不备，无美不搜"。

由于体裁和流传的缘故，后人对于王安石，了解更多的是他的诗词。比如"不畏浮云遮望眼，自缘身在最高层"，比如"春风又绿江南岸，明月何时照我还"，比如"爆竹声中一岁除，春风送暖入屠苏。千门万户曈曈日，总把新桃换旧符"……如果以时光为轴，阅读他那些脍炙人口的诗作，会发现他少壮时期和晚年时的作品，内容和风格皆大不相同。

《与舍弟华藏院忞君亭咏竹》被认为是他年轻时所作的：

我心婉约

一迳森然四座凉，残阴余韵去何长？
人怜直节生来瘦，自许高材老更刚。
曾与蒿藜同雨露，终随松柏到冰霜。
烦君惜取根株在，欲乞伶伦学凤凰。

这是一首托物言志诗。作者咏竹之"直节""高材"，赞竹子生于草莽却如松柏般耐寒，句句皆为自喻。而他的志向也如尾联所讲，要像古代圣王黄帝伐竹作乐那样，关注当今社会的政事根本。

王安石二十三岁时曾作长诗《忆昨诗示诸外弟》，其中写道："此时少壮自负恃，意气与日争光辉""材疏命贱不自揣，欲与稷契遐相希"，要与太阳比光芒，要与古圣贤稷和契差不多。这样的青年王安石，让人联想起伟人，以及伟人年轻时所作的"丈夫何事足萦怀，要将宇宙看秭米"；或者曹操的"日月之行，若出其中；星汉灿烂，若出其里"。吞吐八荒的气魄和宏大高远的志向，伴随一股天地英雄气，扑面而来，不可遏止。

王安石还曾以孤桐自比："天质自森森，孤高几百寻。凌霄不屈己，得地本虚心。岁老根弥壮，阳骄叶更阴。明时思解愠，愿斫五弦琴。"又以古松自比："森森直干百余寻，高入青冥不附林。万壑风生成夜响，千山月照挂秋阴。岂因粪壤栽培力，自得乾坤造化心。廊庙乏材应见取，世无良匠勿相侵。"无论是孤桐还是古松，都是出类拔萃、才高于众的。王安石认为，它们之所以是廊庙之材，是因为得天地之心、造化之力，是天生如此。他在《龙泉寺石井》中写道：

（三）沐浴书香

"天下苍生待霖雨，不知龙向此中蟠。"直接把自己比作能够云行雨施的龙了。

阅读这些诗作，一个志存高远、心怀天下、豪情满怀的青年士子形象，跃然纸上。在青年王安石心中，他是与众不同的，他是有天赋使命的，他是要普济天下苍生而且必然要有一番作为的。

不过，读者未必真能读懂作者的心思。《石林诗话》就曾批评王安石，年少时"以意气自许"，诗写得不够委婉含蓄，所言"皆直道其胸中事"。如果仅以文学而论诗，这一点评或许没错，但是，王安石不是单纯的文学家或诗人，而首先是政治家、思想家和改革家。因此，《石林诗话》的批评，有斥鷃笑大鹏之嫌。王安石平生最大的特点是务实，最强烈的主张是学以致用，尽管他的诗词上乘之作繁多，但他最反对读书人将大部分精力用在雕琢文章诗赋上。嘉祐六年，四十岁的王安石被钦定为进士考试的详定官，他在试院中作《详定试卷》：

童子常夸作赋工，暮年羞悔有扬雄。
当时赐帛倡优等，今日论才将相中。

不仅对自己当年以诗赋入仕深感羞愧，而且毫不掩饰地批判了以诗赋选拔人才的荒唐。王安石还上书皇帝《乞改科条制札子》，主张取消以诗赋科举取士，而代之以用来治理国家的儒家经义。王安石变法改革科举制度，此处即思想渊源。

其实，有关诗词，王安石何尝不会委婉含蓄，他的很多诗作,尤其暮年的作品,"细数落花因坐久,缓寻芳草得归迟""染云为柳叶,剪水作梨花。不是春风巧,何缘有岁华""含风鸭绿粼粼起,弄日鹅黄袅袅垂",可谓首首婉转绝伦,黄庭坚称赞说每次吟诵他的诗,都有一种晨露含在口中的感觉。只是,少壮时的王安石,与暮年远离朝政、回归乡野的王安石,所思所想完全不同。少壮时的他,心心念念的,是"天下苍生待霖雨"。

(三)弘道济世士君子

王安石时刻以天下苍生为念,那么,那时的天下苍生,日子过得怎么样?

提起宋朝,很多人眼前会浮现出"市列珠玑,户盈罗绮"的豪奢富庶,或者"山外青山楼外楼,西湖歌舞几时休"的歌舞升平,还有张择端笔下《清明上河图》的经济繁荣,但是,在王安石的眼中和笔下,却有一个完全不同、令人震惊且过目难忘的宋朝。

王安石于二十六至二十九岁期间,任鄞县(今浙江宁波)知县。到任后,他周游乡里,深入社会,了解民生疾苦,作《收盐》一诗:

> 州家飞符来比栉,海中收盐今复密。
> 穷囚破屋正嗟欷,吏兵操舟去复出。
> 海中诸岛古不毛,岛夷为生今独劳。
> 不煎海水饿死耳,谁肯坐守无亡逃。

（三）沐浴书香

　　尔来盗贼往往有，动杀贾客沉其艘。
　　一民之生重天下，君子忍与争秋毫？

　　州郡一道道收盐禁令飞来，官兵便开始严密缉拿，那些海边靠晒盐为生的贫苦盐民，忍饥挨饿地躲在破屋子里，长吁短叹形同囚犯，直到官兵乘舟离去才敢出来。因为私盐被禁，盐民无计为生而四处逃亡，甚至官逼民反，沦为抢劫杀人的盗贼……官府暴政导致民不聊生，这样的悲惨场景，是不是让人想起杜甫笔下的《石壕吏》或《兵车行》？

　　还有更甚者。宋仁宗庆历六年，黄河以北大旱，千里无收，官府不但不救灾，还照催河役不断，大批北方饥民背井离乡，沦为乞丐。他们携老扶幼，向南逃亡，王安石亲眼所见这一人间惨状，写下了《河北民》：

　　河北民，生近二边长苦辛。
　　家家养子学耕织，输与官家事夷狄。
　　今年大旱千里赤，州县仍催给河役。
　　老小相携来就南，南人丰年自无食。
　　悲愁白日天地昏，路旁过者无颜色。
　　汝生不及贞观中，斗粟数钱无兵戎！

　　这些为民请命之诗，记录了占宋朝人口绝大多数的最底层老百姓的真实生活。原来，历史上的宋朝有两个世界，而我们在很多文艺作品里看到的有关宋朝的富足与祥和，只是少数统治阶级的幸福。

　　宋仁宗为人善良，是历史上有名的仁慈皇帝，在他的统治下，为什么还会出现这种情况？首先这是宋朝立国的国策所致。宋太祖赵匡胤"黄袍加身"而得天下，对于军队一直很不放心，对内处心积虑地弱兵、弱将、弱民。因为军队孱弱，不能打仗，对外只能奉行苟安的投降政策，每年都要给周边国家输送大量"岁币"，统治者自己还要过奢华生活，于是老百姓常年遭到搜刮，正如诗中所讲"家家养子学耕织，输与官家事夷狄"。有人统计过，宋朝的老百姓并不比前朝富裕，但仅宋仁宗到宋英宗的二十年间，上缴给国家的赋税就增加了十倍以上。他们靠什么来维持生活？到了王安石从政时期，整个大宋朝从政府到百姓都已濒临破产。

百姓生活在水深火热之中，还有一个重要原因，那就是严重的土地兼并现象。据《宋史》记载，到了北宋中期，"势官富姓，占田无限，兼并冒伪，习以成俗"。宋神宗时期，地主不到全国总户数的10%，却霸占了全国70%～80%的土地。眼光敏锐的王安石洞察了这一导致民生疾苦和国家积弱的根本原因，他在任舒州通判时，作《兼并》一诗，对兼并现象进行了揭露和分析：

三代子百姓，公私无异财。
人主擅操柄，如天持斗魁。
赋予皆自我，兼并乃奸回。
奸回法有诛，势亦无自来。
后世始倒持，黔首遂难栽。
秦王不知此，更筑怀清台。
礼义日已偷，圣经久埋埃。

（三）沐浴书香

> 法尚有存者，欲言时所哈。
> 俗吏不知方，掊克乃为材。
> 俗儒不知变，兼并可无摧。
> 利孔至百出，小人私阖开。
> 有司与之争，民愈可怜哉！

全诗二十四句，前八句称颂三代帝王抑制打击兼并的政策，中八句批判后世君主放弃对土地与财权的控制，遂使土地财产集中到少数豪强手中，社会矛盾增加，难以管理；后八句指斥当今弊政发展至极，官吏以敛财为能，而那些腐儒竟认为"兼并"不可抑制，结果必然是老百姓愈加可怜！

研究王安石的学者认为，这首诗最早体现了他反对兼并的思想，并奠定了其后来变法的思想基础。这正是王安石在诗中大声疾呼"天下苍生待霖雨"的原因，也是他与很多宋代文人不同的根本所在。王安石眼中所见以及笔下所写，皆为治国理政的大根本，目的是从国家制度上救苍生于水火，与为民募捐、一时一事的善政等妇人之仁，有着巨大区别。

梁启超在《王安石传》中批评说，宋朝虽说人才荟萃，但上等人才却几乎绝迹，像韩琦、富弼、文彦博、欧阳修等人，都不知治世根本，甚至对国家真实情况不了解到了"无知"的程度，一个个只知道安享太平，歌颂繁华，最多只知道在某些方面做一些修修补补。事实证明，那些人无一例外地成了王安石变法的反对者，包括苏轼，以及苏洵、苏辙，还有司马光、朱熹。滑稽的是，等到王安石去世，新法被司马光废除，这些人中的很多人，又从反对新法变为怀疑自己曾经的反对，尤其对其中的青苗法津津乐道，苏轼就说自己当年的想法未免轻率，而曾痛心疾首地批判王安石的朱熹，甚至直接抄青苗法作业，只是换了一个名目称为"社仓"而已。

史料记载，王安石在鄞县任上四年，兴修水利，扩办教育，改革政治经济，给老百姓带来了前所未有的实惠，那里的百姓建立起了王公祠，直到五百年后的明代，还一直按时祭祀他。而鄞县的改革，也为他在中国历史上掀起轰轰烈烈的王安石变法，做了一次成功试验。

阅读《收盐》《河北民》《兼并》，这些格调如此沉重、又真实反映了宋朝历史的诗作，无疑在启发我们，对于王安石，不仅要欣赏他的唯美，学习他的修辞，折服于他简洁而深刻的思想，更应该学习他的悠远博大、慈悲智勇，以及时刻胸怀天下、心系苍生的弘道济世情怀。

(三)沐浴书香

《千家诗》里的春天

古人将乐律与月令相配，以十二律配十二月，从春到夏的阳六个月，称为"律"；从秋到冬的阴六个月，称为"吕"，冬春更替，季节变换，即所谓"律吕调阳"。比如《千家诗》中收录宋代张栻的七言诗《立春偶成》：

> 律回岁晚冰霜少，春到人间草木知。
> 便觉眼前生意满，东风吹水绿参差。

这里的"律回"，指的是属阳的季节回来了，也就是春天来了。多么含蓄文雅的书写！古人的生活虽然遥远得色晕殷黄，但纸墨留痕，那里面的情趣与格调好不雅致，让人感觉他们的每个月、每个季节，都是踏乐而来、和律而歌的。

今天我们单说春天，而且单说《千家诗》里的春天。因为蒙学读物《千家诗》老少咸宜、名篇荟萃，也因翻开《千家诗》，一个又一个迥然异趣的春天扑面而来，绕也绕不开，躲也躲不过。比如，写春雨，韩愈笔下"天街小雨润如酥"，

我心婉约

韦应物记录了"春潮带雨晚来急",孟浩然则写"夜来风雨声"。写春游,徐元杰眼中"花开红树乱莺啼,草长平湖白鹭飞。风日晴和人意好,夕阳箫鼓几船归"。春天的西湖,岸有青草红花,天有黄莺白鹭,和风,丽日,碧水,蓝天,游船,箫鼓,简直美到极致;可杨万里却满目伤情令人心恻:"准拟今春乐事浓,依然枉却一东风。年年不带看花眼,不是愁中即病中。"写春情,杨巨源说:"诗家清景在新春,绿柳才黄半未匀。若待上林花似锦,出门俱是看花人。"多么喜庆,多么热闹,到处充满了春天的希望。储光羲说:"大道直如发,春日佳气多。五陵贵公子,双双鸣玉珂。"大好春光,洛阳道上车水马龙,王孙公子们得意扬扬地骑着骏马结伴出行,一派盛唐的繁荣景象。到了杜甫那里,却是"一片飞花减却春,风飘万点正愁人",如此花也飘飘,风也萧萧,仿佛大唐的衰落如春愁在眼,让人一筹莫展……真是"千江有水千江月",万首诗歌万般春。

一部《千家诗》总共收录五言、七言诗歌两百二十六首,其中吟咏春天的诗,差不多占了三分之一,可谓千姿百态,千变万化,气象万千。虽说一首有一首的意境,一首有一首的韵味,但有故事又有意思的诗歌,捋一捋,当属下面几类——

一是哲人眼中的春天。这类诗以宋朝理学家程颢、朱熹的作品为代表。

有人曾说,宋朝的理学家根本不会作诗,动不动就说理教训人,露出一副道学家的古板面孔。马上有人出来反对,

(三)沐浴书香

错、错、错,理学家关注的是宇宙、社会、人性这些根本大道,小情小调的诗歌,人家懒得写。北宋理学奠基者之一程颢,把这两种说法都否了:"哪有那回事儿,我就既爱写诗,又会写诗。"

《千家诗》开篇就是程颢的《春日偶成》:

> 云淡风轻近午天,傍花随柳过前川。
> 时人不识余心乐,将谓偷闲学少年。

这首诗位列全书之首,仅凭这个首位就可判断程颢诗歌的水平。一首仅有四句的七绝,且毋论描写的春光多么开阔明媚,刻画的意境多么轻松传神,仅佳句,四句中就有三句:"云淡风轻近午天""傍花随柳过前川""将谓偷闲学少年",知名度极高。

继承了"二程"学说的大学士朱熹竟然不同意:不好,不够好。太直白了,尤其后两句,"时人不识余心乐,将谓偷闲学少年",气象眩露,不够含蓄。作诗,寓理于情,委婉些才好。请看我的《春日》:

> 胜日寻芳泗水滨,无边光景一时新。
> 等闲识得东风面,万紫千红总是春。

泗水之滨指的是孔子的家乡曲阜,当时属于金人统治区,朱熹怎么可能到那里去春游呢?因此,读者分析,朱熹的"胜日寻芳",只能是神游泗水了。

朱熹的这首《春日》在《千家诗》中位列第二,诗中春天的气象远超过第一首:一个浓墨重彩、春风荡漾的春天扑面而来。如果论佳句，这首同样有三句，"无边光景一时新""等闲识得东风面""万紫千红总是春"。所不同的是，这三句的知名度，可要比程颢的那三句高多了，尤其"万紫千红总是春"，被世代传诵。

重点在于"含蓄"。《春日》向来被理解为哲理诗，全诗无一字一词说教，言外却有无穷深意：乍读是色彩缤纷、满目春光，品一品，则是学者的顿悟时刻。那份豁然开朗，那样如坐春风，仿佛推门走进了气象博大的人生新境界。三个脍炙人口的佳句，理解为治学也行，适之于事业也可，或者映照某种人生境遇、心路历程，仍是恰好。简短二十几个字，直达"理一分殊""月映万川"的哲理境界，可放诸四海去揣摩，简直不得了。

这正是朱熹的"含蓄"之处。否则，没有这样的意境蕴含其中，人家大学士朱熹到哪里春游不好，非要"神游"圣人故里泗水之滨？

朱熹是宋代理学集大成者，学问渊博，是历史上最好学的人之一。他经常可以品尝到学习的乐趣，比如《泛舟》：

> 昨夜江边春水生，艨艟巨舰一毛轻。
> 向来枉费推移力，此日中流自在行。

这首诗借春水比兴，同样含蓄深刻：无论做什么事，只有基础深厚了，才能驾驭自如。庄子的话还记得吗？"且夫水之积也不厚，则其负大舟也无力。"朱熹这是反其道而用之，这首诗是朱熹的治学心得。

（三）沐浴书香

理学家认为，人生为学，目的很明确：学以致用。用行话说，就是人人耳熟能详的"齐家、治国、平天下"。饱学之士朱熹作诗是含蓄的，不仅学有所获时含蓄，在学成之后，想学以致用却遭遇职场死角时抒发胸臆，也含蓄。

朱熹一生品学兼优，偏仕途不顺。他晚年曾任御前侍讲，宋宁宗身边的小人，处心积虑排挤、丑化朱熹，以至于宋宁宗一听朱熹讲"诚意正心"就头疼，经常在上课时间，逃课到后花园里闲逛。结果，朱熹纵有经纶满腹，却无人赏识，仅在任四十六天就被解聘了。

理学家相当于今天的哲学家、思想家。他们作诗和看世界一样，眼神和思维的穿透力比 X 光还要强，经常从感性万象直抵理性思辨。翻开《千家诗》，第一站就遇到程颢、朱熹。跟着两位伟大的历史哲人，走进一个思想丰沛、充满哲理的春天，真是别有意蕴、启智心灵。

《千家诗》里，除了理学家，还有政治家。而政治家笔下的春天，是最有故事的。书中第六篇《春夜》和第八篇《元日》是宋代政治家、改革家、文学家王安石的春天诗。王安石变法是中国历史上的著名改革，可与商鞅变法齐名。这两首诗，据学者考证，都和改革密切相关。

先说《元日》：

爆竹声中一岁除，春风送暖入屠苏。
千门万户曈曈日，总把新桃换旧符。

这是一首色、声、香、味样样俱全的诗歌，且带入感极

我心婉约

强。开言即"爆竹声",炸响一个新岁月。随后春风送暖,辞旧迎新,寓意改革来了,新政来了,千家万户在一片春光的普照之下,酿美酒,换桃符,喜气洋洋,焕然一新。

身为唐宋八大家之一的王安石,七绝被推为全宋第一,不是虚谈。整部《千家诗》,我认为,《元日》最有力量感,且意韵悠长,传诵广泛,与朱熹的《春日》不相上下。

可作为政治家的他,尤其是他的改革变法,并不受欢迎。不但不受欢迎,还遇到重重阻力。反对者都有谁呢?列出名单,阵容豪华:司马光、欧阳修、苏洵、苏轼、苏辙、韩琦、富弼……一个王安石,就让一大群名流、重臣齐聚一堂,像另类的历史聚会。连王安石的两个亲弟弟也反对他:一个叫王安礼,一个叫王安国。

据说王安石不修边幅,仪表邋遢,在人群中的形象经常是衣裳肮脏,须发纷乱,且吃喝随便。苏洵在《辨奸论》中曾用心刻画王安石:"衣臣虏之衣,食犬彘之食。"

苏洵对王安石的态度,可代表反对派的态度。王安石变法和历史上所有变法一样,遇到空前的阻力。因此,我们就有幸读到了他被收录到《千家诗》里的《春夜》:

> 金炉香烬漏声残,剪剪轻风阵阵寒。
> 春色恼人眠不得,月移花影上栏杆。

春天的深夜,滴漏声声,春寒阵阵,变法失败,作者心情凄凉、寂寞、孤独,但是又有什么办法呢?只能眼睁睁地看着花影随月色移上栏杆,也就是那些改革的反对者重返政

（三）沐浴书香

治舞台了。

支持王安石变法的，只有一个人：宋神宗。很长一段时间里，宋神宗做到了"用人不疑，疑人不用"，这就足够了。有"一把手"皇帝的支持，足以让王安石变法如他的诗歌《元日》一样，震荡乾坤、力度空前。他在诗作《登飞来峰》中写道："不畏浮云遮望眼，自缘身在最高层。"雄心万丈，势不可当，表明了不畏阻挠推行改革的决心和自信。那些和王安石同时代、活跃在政治和历史舞台上的大人物，不是被贬，就是辞官。也就是说，这些人因反对变法成批离开朝堂。

贬官心情抑郁，多爱作诗。比如苏轼，几乎每次被贬，都会批量生产名诗名作。结果呢，害得贬了他的宋神宗，一边吃早点，一边手持他的新作阅读，肚子里却在七上八下地翻腾纠结："苏东坡本来是个人才啊！苏东坡应该是个大好人呀！"

《千家诗》收录了他吟咏春天的名篇《春宵》，并有千古佳句"春宵一刻值千金，花有清香月有阴"流传后世，可惜创作年代不可考，因此无法确定这么美的佳作诞生，是否与官场沉浮有关。

政治上失利之人，即使迎接春天，心情往往也是灰暗的。阅读《千家诗》里欧阳修的《戏答元珍》，应该有所感受：

> 春风疑不到天涯？二月山城未见花。
> 残雪压枝犹有橘，冻雷惊笋欲抽芽。
> 夜闻啼雁生乡思，病入新年感物华。

我心婉约

> 曾是洛阳花下客，野芳虽晚不须嗟。

欧阳修是唐宋八大家之一，是当时公认的文坛领袖。他四岁丧父，家境贫寒，母亲郑氏是他的启蒙老师，用芦杆代笔，画地习字。历史典故"以荻画地"讲的就是他。这首诗是1036年欧阳修被贬官至湖北峡州夷陵县令时所写，那时距离1069年王安石变法还有三十三年时间。所以，欧阳修这次被贬官，账不能算到王安石头上。

《戏答元珍》里的春天，色调不够明朗，但形式新颖，自问自答，节奏明快如流水行云。可贵的是叹而不哀，落寞之中随处都有春天的希望。据说欧阳修对此诗也颇为得意，尤对首联两句最满意。他在《笔说》中自我点评说："春风疑不到天涯？二月山城未见花，若无下句则上句何堪？既见下句，则上句颇工。文意难评，盖如此也。"

《千家诗》中还有三首春天的诗歌，为诗僧所作。一首是宋代僧志南的《绝句》，其中名句"沾衣欲湿杏花雨，吹面不寒杨柳风"，闻名天下，如雷贯耳；一首是唐代贾岛的《三月晦日送春》，有佳句"风光别我苦吟身""未到晓钟犹是春"；还有一首，是宋代僧惠洪的《秋千》，读来饶有趣味：

> 画架双裁翠络偏，佳人春戏小楼前。
> 飘扬血色裙拖地，断送玉容人上天。
> 花板润沾红杏雨，彩绳斜挂绿杨烟。
> 下来闲处从容立，疑是蟾宫谪降仙。

（三）沐浴书香

　　这是一首唯美的诗作，神似一幅描摹精细的工笔"春日美女秋千"图。画中有画架双裁、佳人春戏、血色罗裙、杏花飘洒、瓣落花板、彩绳斜挂、杨柳如烟，忽然之间，美人下了秋千，从容站立，姿态袅娜，简直就像天上掉下了月中仙……

　　张哲永先生点评说，僧惠洪的这首《秋千》，写得丝丝入扣，无一闲笔。这倒不错，秋千上的美人在空中飘荡到哪里，作者的眼睛就骨碌碌跟着转到哪里，未肯漏掉任何一个细节。

　　《千家诗》里还有一种忘我的春天，读来令人感动。这首诗是韦应物的《寄李儋元锡》：

> 去年花里逢君别，今日花开又一年。
> 世事茫茫难自料，春愁黯黯独成眠。
> 身多疾病思田里，邑有流亡愧俸钱。
> 闻道欲来相问讯，西楼望月几回圆。

　　这首诗告诉读者，在一个世事难料的春天，作者失眠了。为什么失眠呢？唐德宗建中四年，长安发生朱泚叛乱，皇帝逃了，国家乱了，百姓倒霉了，放眼四望，前景茫然。作者韦应物时任苏州刺史，身体多病，本想辞官归隐，可转念又想，他掌管的邑内百姓流离失所，真是惭愧极了。

　　第五、六句"身多疾病思田里，邑有流亡愧俸钱"，赢得掌声无数。连二三百年以后的范仲淹和朱熹都称赞不已，范仲淹还赐以评语："仁人之言。"在浩如烟海的诗词作品中，向内关照自己的多，向外关照苍生的少。这两句，是珍贵

253

的少数。作为一位封建时代的官吏，韦应物从自身多疾病，想到邑内百姓流亡而内省自责，在那个人人自危的乱世，尚能有这种情怀和境界，确已堪称推己及人、心忧天下的贤者了。

(三)沐浴书香

《千家诗》里的夏天

请问夏天是个发呆的季节吗?不是发呆,也是迷迷瞪瞪地犯困。否则,为什么一部典雅可人的《千家诗》,能够明确读出是夏季的诗歌仅有区区二十几首,可描写发呆、犯困或者睡觉的,居然有五首,占了将近四分之一呢?

直接描写午睡的,有三首。第一首是杨万里的《闲居初夏午睡起》:

> 梅子流酸溅齿牙,芭蕉分绿上窗纱。
> 日长睡起无情思,闲看儿童捉柳花。

漫漫长夏,永昼难挨,那么好吧,俺去午睡——读过此诗可知,古人是有午睡习惯的。杨万里在诗名中说得很清楚:闲居、初夏、午睡。

这里的"闲居"指的是罢官。此时的作者正在家乡闲居,无官一身轻,夏季无所事事,正好午睡。一觉醒来,两眼惺忪,大脑空白,然后眨巴眨巴眼睛定定神,咱看一看小孩子们又跑又跳地捉空中的柳花吧!

我心婉约

第二首是蔡确的《夏日登车盖亭》：

> 纸屏石枕竹方床，手倦抛书午梦长。
> 睡起莞然成独笑，数声渔笛在沧浪。

这位叫作蔡确的诗人也午睡了，不过，睡后没发呆，而是发出了诡异的笑："莞然成独笑"。他到底在笑什么？事实证明，他这一笑，后果很严重——

蔡确是宋仁宗时的进士，发达于宋神宗时期。他爱折腾没立场，先依附王安石，揣摩圣意后又转身反对王安石。重点在于，此人嗜好太不一般：平时以坑人害人为乐。所以，只要他一乐，就有人倒霉。《夏日登车盖亭》共十首，这十首诗一出来，报应就来了：那些个被坑的人总得也乐一乐吧？所以，有人上疏揭露蔡确以诗讥讽朝政，这首诗里的"独笑"赫然在列：

"睡起莞然成独笑"——方今朝廷清明，不知确笑何事？

也就是质问蔡确，你睡醒了笑什么？独笑什么？诡异地莞然独笑什么？！

史书记载，蔡确下场如诗所言，成了数声沧浪：因其弟蔡硕赃败遭贬，最终死于贬所。

第三首是李嘉祐的《寄王舍人竹楼》：

> 傲吏身闲笑五侯，西江取竹起高楼。
> 南风不用蒲葵扇，纱帽闲眠对水鸥。

这首诗很直白：人家是吃皇粮的官场人，偏像庄子一样一身傲骨，不过，他肯定比穷得浑身补丁的庄子阔气多了，

（三）沐浴书香

居然在西江边上给自己盖了栋临江别墅。盖起别墅做什么？一是靠水临风好纳凉，连扇子都用不着了；一是闲得要发霉，伴着水鸥睡大觉。

作者李嘉祐是唐玄宗天宝年间的进士，曾出任台州、袁州刺史。说实在的，诗中这位傲吏的"闲"表达得可谓贴切传神，否则，身为朝廷官员，即便拒绝"五加二""白加黑"式的夙夜在公，也应该有许多公务要忙，有许多民生要关注，哪有闲暇去大别墅里兜风纳凉，然后把乌纱帽一撂睡闲觉呢？遥想那大唐全盛时期，居然有人这么清闲懒散地当官做老爷，真是让人羡慕！

不吐不快的是，读罢全诗的最强感受，是"傲吏身闲笑五侯"一句，与后三句骨肉分离，纯属自我标榜、无病呻吟。

另有一首是宋代女诗人朱淑真的《即景》：

竹摇清影罩幽窗，两两时禽噪夕阳。
谢却海棠飞尽絮，困人天气日初长。

夏季来临，白天越来越长，真的好困呀。朱淑真相传为朱熹的侄女。

夏日白天爱犯困，要午休，晚上呢？该睡还得睡。张耒的《夏日》，便写到晚上睡觉的情景：

长夏江村风日清，檐牙燕雀已生成。
蝶衣晒粉花枝舞，蛛网添丝屋角晴。
落落疏帘邀月影，嘈嘈虚枕纳溪声。
久斑两鬓如霜雪，直欲樵渔过此生。

我心婉约

张耒是北宋时期现实主义诗人,"苏门四学士"之一。这首诗对夏日的白天、夜晚都有描述,其中"蝶衣晒粉花枝舞,蛛网添丝屋角晴",描写出了白天的风清日丽;"落落疏帘邀月影,嘈嘈虚枕纳溪声",一个幽静的夏夜跃然纸上:月光透过窗帘照进来,门外的淙淙溪水声,嘈嘈杂杂一直传到枕边。

《千家诗》里的夏天,除了睡觉、发呆、犯困的,还有闲来无事、醉生梦死的。比如赵师秀的《有约》:"有约不来过夜半,闲敲棋子落灯花";杜甫的《江村》:"清江一曲抱村流,长夏江村事事幽""老妻画纸为棋局,稚子敲针作钓钩";戴复古的《初夏游张园》:"东园载酒西园醉,摘尽枇杷一树金。"伟大诗人杜甫一生的伟大诗作多得读不过来,可是,《千家诗》里收录的夏季诗歌,也有些令人目瞪口呆。尤其五言律诗《携妓纳凉晚际遇雨》:

其一

落日放船好,轻风生浪迟。
竹深留客处,荷净纳凉时。
公子调冰水,佳人雪藕丝。
片云头上黑,应是雨催诗。

其二

雨来沾席上,风急打船头。
越女红裙湿,燕姬翠黛愁。
缆侵堤柳系,幔卷浪花浮。

（三）沐浴书香

归路翻萧飒，陂塘五月秋。

《千家诗》作为蒙学读物，收录这两首狎妓诗，真不知编者是何意。难道是想让读者知道，不要让贫穷限制了想象，别看大热天的人人苦夏，人家富人的生活，可是"公子调冰水，佳人雪藕丝"？

《千家诗》里还有一种夏天，是值班的夏天。比如周必大的《入直》、洪咨夔的《直玉堂作》、白居易的《直中书省》。这几篇全写的是夏夜值班，而且不论唐朝还是宋代，值夜班的官员们居然都与浪漫紫薇花做伴。不是巧合，而是因为唐宋时代，宫内多植紫薇花。唐开元元年，紫薇花正式成为官名：中书省改称紫薇省，中书令称紫薇令或紫薇郎。

这些诗作，虽然因为有了紫薇花的加入，显得温情而浪漫，比如"唱彻五更天未晓，一墀月浸紫薇花""独坐黄昏谁是伴，紫薇花对紫微郎"。可是细品，也是空洞苍白，闲极无聊。

共计收录诗歌二百多首的《千家诗》，按照春夏秋冬时序编排。有关春天的诗作，可谓千姿百态、名篇荟萃，可是，当季节转到夏天，收录的诗篇竟然乏善可陈。《周易》曰："亨者，嘉之会也。"亨，就是好的东西汇集到一起。这种状态正对应一年四季中的夏季，本是万物蓬勃生长的季节。怎么古人就这般昏昏然空虚无聊，连诗人都文心干涸秀肠枯索，作不出像春天一样亮眼的好诗来了？

二十几首夏季诗中，和春季诗能有一拼的，只有两首写景诗。一首是杨万里的《晓出净慈寺送林子方》：

我心婉约

毕竟西湖六月中，风光不与四时同。
接天莲叶无穷碧，映日荷花别样红。

吟咏西湖的诗作很多，这首拔得头筹。金句"映日荷花别样红"像位耀眼的明星，被后人争相传诵。

同样是吟咏西湖的名作，苏轼写的《饮湖上初晴后雨》是由晴转雨的景致，别有一段风姿在笔端，丝毫不显逊色：

水光潋滟晴方好，山色空蒙雨亦奇。
若把西湖比西子，淡妆浓抹总相宜。

这两首诗总算为《千家诗》里的夏天提了气增了色，找回了些许春天时高潮频起金句迭出的感觉。相比之下，黄庭坚的纳凉诗《鄂州南楼书事》也值得一品：

四顾山光接水光，凭栏十里芰荷香。
清风明月无人管，并作南楼一味凉。

有内涵，有金句。不仅诗人笔下的夏天山水清秀视野开阔花香四溢，而且后两句言外有未尽之意，颇耐寻味。

《千家诗》里生机勃勃的夏天在乡村。那里有农家劳作的艰辛，有现实生活的坚硬，而这些，恰是热气腾腾的生活。比如范成大的《田家》和翁卷的《乡村四月》：

田家

昼出耘田夜绩麻，村庄儿女各当家。
童孙不解供耕织，也傍桑阴学种瓜。

（三）沐浴书香

乡村四月

绿遍山原白满川，子规声里雨如烟。
乡村四月闲人少，才了蚕桑又插田。

两首诗其实在写一件事：农家的夏天，是忙碌的夏天。从早到晚，耕田、织麻、采桑、插田……男耕女织，劳作不息，连小孩子都热爱劳动，模仿大人的样子，在桑树荫下学习种瓜。夏季的景色是美丽的，山绿了，水满了，下雨如烟，子规声声啼，可是，辛勤的劳动人民，会像闲得发慌的官吏，或者扭捏作态的文人一样，去欣赏这些自然美景吗？

当然不会，他们的世界辛劳而充实，没那份闲情逸致。

这两首诗都把农家忙得头都抬不起来的状态，描写得淋漓尽致。在这样的诗词里，不需要什么含蓄婉转，也无需什么修辞手法，只需原始白描，即已令人过目难忘。

王维的《积雨辋川庄作》，也因沾了这样的人间烟火气，变得有了生命的活力。

积雨空林烟火迟，蒸藜炊黍饷东菑。
漠漠水田飞白鹭，阴阴夏木啭黄鹂。
山中习静观朝槿，松下清斋折露葵。
野老与人争席罢，海鸥何事更相疑？

辋川庄，与两位唐朝著名诗人有缘：一是宋之问，一是王维。宋之问曾在这里建别墅，后来归了王维。王维在这里住了三十多年，这首诗是他晚年生活的写照。本诗佳句"漠漠水田飞白鹭,阴阴夏木啭黄鹂"对仗工整、画面优美,然而,真正让整首诗有了生命力的,是首联两句"积雨空林烟火迟,蒸藜炊黍饷东菑"。天气久雨,空气潮湿,生火不易,所以炊烟才缓缓地升起。生火干什么?"蒸藜炊黍"地做饭。做好饭菜,给在东边田地上劳作的农民送去。

难道王维变身志愿者,到田间地头给农民朋友送自助餐去了?还是农民的家人做好饭菜,在晌午时分送饭去了?这些不得而知。但是,正因这些民间劳动的场景描写,让全诗充满了人间的温暖。连下两句"漠漠水田飞白鹭,阴阴夏木啭黄鹂"都沾带着充满了人情味儿,温情脉脉,浑然天成。相比之下,诗作的后四句,明显和前四句是两个世界的生活,像是一位士大夫在玩自拍,四句诗四张图片,张张孤芳自赏,雕琢作态,读来也就难免生硬了。

《千家诗》里的夏天,因为有了一首诗,历史的厚重感明显增加。它就是司马光的《客中初夏》:

> 四月清和雨乍晴,南山当户转分明。
> 更无柳絮因风起,惟有葵花向日倾。

有关作者司马光,至少有两件事世人皆知,一件是砸缸,一件是主编《资治通鉴》。其实,他还做了非常重大的第三件事:废除王安石的新法。

宋神宗熙宁二年(1069年),王安石推行变法,司马光竭力反对,两年后退居洛阳。曾任宰相的文彦博、富弼等人也反对,也陆续退居洛阳。他们建了个朋友圈,名曰"耆英会",实为反对王安石变法的在野集团。朋友圈日渐兴旺壮

（三）沐浴书香

大，大家经常聚会。司马光除了参加聚会，还专门组织编撰《资治通鉴》，这部巨著被后人称为史上最权威的"如何做个好皇帝教科书"。直到1085年宋哲宗即位，司马光才有机会重整河山，受召到京城任尚书左仆射，并在上任后立即废除了新法。

本诗即在这种背景下所写，因此向来被认为是一首政治隐喻诗。诗中初夏雨过天晴，喻言朝廷上人事更新，新法废除，旧政恢复；借南山青翠、柳絮吹散，唯有葵花向日，喻言小人退位，君子得势，也表达了他重掌政权的喜悦之情。

可惜的是，天不假年，司马光重掌政权仅数月，就去世了。这位中国历史上伟大的政治家、史学家、文学家，把云开见日、由衷喜悦的心情，借这首清新的诗作，永远留在了人间。

我心婉约

《千家诗》里的秋天

"自古逢秋悲寂寥。"

为什么？

战国时期的美男辞赋家宋玉作《九辩》："悲哉，秋之为气也！萧瑟兮，草木摇落而变衰。"人生天地之间，感于秋天肃杀之气，易发寥落忧戚之情。这一点在《千家诗》中有充分体现——有关秋天的诗歌，《千家诗》收录了四十多首，九成以上是哀怨凄婉之作，而"愁、怨、忧、悲"等词汇当仁不让地成了其中主角。

比如，理性之人本不易动情，可到了秋天，大名鼎鼎的宋明理学奠基人程颢，竟然"道人不是悲秋客，一任晚山相对愁"起来；出门在外的游子更不用说了，"月落乌啼霜满天，江枫渔火对愁眠""还家万里梦，为客五更愁"；听一曲音乐，也是"二十五弦弹夜月，不胜清怨却飞来"；江边走一走，"沅湘流不尽，屈子怨何深"；抬头看夕阳，"返照入闾巷，忧来谁共语？""落日五湖游，烟波处处愁"……

秋天是多愁善感的、幽怨消沉的、令人低落的。所以，

（三）沐浴书香

熊逸在点评经典时说："一些聪明的家长会严格限制孩子的课外阅读，不愿意让他们过多地接触诗歌，因为他们生怕孩子会在阅读的转化中养成或多愁善感或狂放不羁的性格。"熊逸还郑重地拉来《颜氏家训》做背书："《颜氏家训》提醒大家：千万小心文学的毒害。"

那么，蒙学读物《千家诗》收录的四十多首秋季诗，难道大多数都藏了"多愁善感"之毒？这样的诗，把女孩子读成林黛玉、把男孩子读得没了阳刚气可怎么办？答案是，因噎废食不应该。读诗词，不要怕，跟我来！我们先去读李白。

必须说一句：我们的诗仙李白，终于在秋季像模像样地出场了。李白斗酒诗百篇，偏在《千家诗》里冷了场。从春熬到冬，总共只有九首诗歌入选，还不及杜甫的一半。选作不仅少，而且不够精。春天仅选了《送友人入蜀》和《清平调》，后者还是"三选一"。按理说，《清平调》三首，首首是精品，整体呈现难道不更完美吗？夏季给人留下的印象也不过是一句"江城五月落梅花"而已。对李白这位中国诗歌史上公认的传奇人物，《千家诗》给的待遇是残忍埋没。

即便像模像样地出场，有关李白秋天的诗歌，《千家诗》也抠抠搜搜地只选了两首。出于对伟大诗仙的热爱，耐心品一品，仅两首，也足以领略诗人的才华与个性了。

一首是家喻户晓的《静夜思》：

> 床前明月光，疑是地上霜。
> 举头望明月，低头思故乡。

如果不会背《静夜思》，估计都不好意思说自己是中国人。这首五言绝句文辞极精短，物象极简洁：明月光、地上霜、客居人、思故乡。

意境却是不一般的幽远。读罢全诗，秋夜之清冷，感同身受。可作者偏不说"冷"，只说"明月光""地上霜"。大地结霜，是深秋季节。一个月色霜白的深秋夜，那阵阵寒意还用明说吗？在如此的夜晚，举首、低头之间，游子的心绪，作者只落笔一个"思"字，剩下的空间留给读者，任凭想象。

诗仙身冷不写冷，腹有忧愁不言愁，真是一个有情义、善感怀、豁达有担当的真男人。读罢《静夜思》，竟然让人于幽思之中，获取了一种隐而未发的潜在力量。难怪清人沈德潜评价说："旅中情思，虽说明却不说尽……此等着不得气力学问，所谓诗家三昧，直让唐人独步。"

李白是深得"诗家三昧"的高手，这在《秋登宣城谢朓北楼》中也有体现：

江城如画里，山晚望晴空。
两水夹明镜，双桥落彩虹。
人烟寒橘柚，秋色老梧桐。
谁念北楼上，临风怀谢公。

秋色如画，诗仙李白在楼上临风怀念谢公。谢公是南北朝时南齐诗人谢朓，其诗作风格清丽，平仄和谐，时有佳句，对唐代律诗、绝句的形成有重要影响。

李白是很多中国人的"床前明月光"，而谢朓又是李白的"床前明月光"。这位唐朝的大诗人，一生都在崇拜、思念着南齐诗人谢公。他为谢朓留下的诗作，不止一首。在《梦

（三）沐浴书香

游天姥吟留别》中，李白写道："脚著谢公屐，身登青云梯。半壁见海日，空中闻天鸡。"在《宣州谢朓楼饯别校书叔云》中又抒怀："蓬莱文章建安骨，中间小谢又清发。"这首和秋季有关的诗，人气极高，佳句迭出，其中"抽刀断水水更流，举杯销愁愁更愁"，时至今日还被流行歌曲直接用为歌词。可是，为什么落选《千家诗》了呢？

幸而《千家诗》选取的《秋登宣城谢朓北楼》，也被认为是上乘之作，可稍稍平复一下读者激动的情绪。

首先是物象丰富，江城、晚山、晴空、两水、明镜、双桥、彩虹、人烟、橘柚、梧桐、北楼、秋风……总共四十个字的五言律诗，居然明确写到十几种物象，反复阅读不觉倦怠，如入旖旎画卷中，满目秋光斑斓；其次是对仗工整，佳句"两水夹明镜，双桥落彩虹""人烟寒橘柚，秋色老梧桐"，静中有动，明暗相映，动静明暗之中，秋色秋气翩翩而来，带入感极强；最后一句直抒胸臆，"谁念北楼上，临风怀谢公"，借怀古之名，委婉道出满腹心绪，满腹心绪又似为全诗泼墨，一层淡淡愁思如烟飘荡。

这首才华横溢的好诗，又是一幅色彩绚丽的好画。诗中画面是明朗的，视野是开阔的，物象是流动的，而意境，又恰是一个男人的胸怀：隐忍而豁达，幽怨又超然。重点还有，诗仙的绝世才华实在令人动容。

李白和杜甫是中国诗歌史上的绝伦"双璧"。《千家诗》对"双璧"中的李白很吝啬，对杜甫却很大方。尤其到了秋季，竟一口气选了杜甫八首诗，直逼李白春夏秋冬四季诗篇的总和。杜甫晚年作《秋兴》组诗，共八首，《千家诗》选了其一、其三、其五、其七,将整整一半收入囊中;还不过瘾,又选入《新秋》《九日蓝田崔氏庄》《与朱山人》《禹庙》四首。

遗憾的是,《千家诗》选取的秋季诗篇有诸多诗圣杜甫的作品,却没搔到有些读者的痒处。有人读来读去,觉得杜甫的这八首秋季诗,多是平庸之作,而公认的上乘之作,竟然未入编者法眼。比如《登高》,"无边落木萧萧下,不尽长江滚滚来",有这样的不朽佳句做支撑,怎么会落选呢?

当然,"诗圣"的大名不是吹的,而是靠实力拼出来的。金圣叹就不吝赞美之词,点评《秋兴》八首:"道他是连,却每首断;道他是断,却每首连。倒置一首不得,增减一首不得。"其中第一首,称赞的就颇多:

玉露凋伤枫树林,巫山巫峡气萧森。
江间波浪兼天涌,塞上风云接地阴。
丛菊两开他日泪,孤舟一系故园心。
寒衣处处催刀尺,白帝城高急暮砧。

《秋兴》八首,刚刚第一首,就有人直接叹服:"由近及远,排比类推,气势十分雄壮。""有情有景,有声有色,忽近忽远,忽高忽低,犹如巫峡之水,始而盘旋回荡,继而奔腾千里……"

客观地讲,《千家诗》选入的《秋兴》四首,每首都有动人之处。比如其三的"信宿渔人还泛泛,清秋燕子故飞飞",其五的"云移雉尾开宫扇,日绕龙鳞识圣颜",其七的"昆明池水汉时功,武帝旌旗在眼中",或细腻工整,或气象万千,均可过目成诵。唯一遗憾的是,《秋兴》实为"不兴",

（三）沐浴书香

整体格调凄凉，自伤自艾情绪颇多。诗圣相比诗仙，少了些飘逸豪放，多了些沉滞忧伤。

四首《秋兴》的格调，是《千家诗》中杜甫八首秋季诗作的整体格调；杜甫的格调，又是《千家诗》里秋季诗篇的整体格调。由此或可推断编者选稿时的取向与审美。

问题是，一千个人眼中有一千个林黛玉。有关诗歌的审美，难道还有统一的标准吗？答案是，有，两千年以前就有。从诗歌的鼻祖《诗经》开始，就有了。这个统一标准还挺高，是圣人孔子定的。《礼记·经解》中记载，孔子讲："温柔敦厚，《诗》教也。"诗歌，从来就不是用来比颜值的，它的基本功能是教化众生，让众生变得"温柔敦厚"。所以，今人读点评《诗经》的《毛诗序》，总会万般费解地看到"后妃之德"之类的评语。然而，在中国漫长的封建历史时期，诗歌的教化功能是长期存在的，而很长一段历史时期，一些枯燥乏味但政治正确的诗歌，被当时公认为好诗。

比如《世说新语》里记载，东晋名臣谢安曾问弟子们，《诗经》里哪一句最佳。当时的青年才俊、后来以指挥淝水之战而名垂青史的谢玄回答说："昔我往矣，杨柳依依；今我来思，雨雪霏霏。"却被谢安当场否了："不对，不对。《诗经》里的最美诗句当属'訏谟定命，远猷辰告'。"

这句面无表情的"訏谟定命，远猷辰告"出自《诗经·大雅·抑》，意思是说，把国家的大政方针通报出来。毫无修辞色彩。毫无文学感染力。而谢安，不仅是当时第一流的知识分子，还是第一流的风雅之士。他的审美，可以为整个时代代言。

我心婉约

《晋书》中也有一例,讲的是一位文艺女青年的诗歌审美取向。该女芳名叫谢道韫,据说是谢安的侄女,东晋第一才女。某一天,她遇到了同样的提问,她的回答,与谢安出奇地一致:"《诗经》中的最美诗句嘛,嗯,我认为,是'吉甫作诵,穆如清风。仲山甫永怀,以慰其心'。"这一出自《诗经·大雅·烝民》的诗句,平铺直叙、庄肃无文,更谈不上什么意境,却完胜令人为之倾倒的"蒹葭苍苍,白露为霜。所谓伊人,在水一方"。

因为,"诗歌是用来教化的"在那个时代深入人心。如果以此标准去衡量《千家诗》里的秋季诗歌,哪首应该胜出呢?首先,诸如刘禹锡的《秋风引》:"何处秋风至?萧萧送雁群。朝来入庭树,孤客最先闻。"张说的《蜀道后期》:"客心争日月,来往预期程。秋风不相待,先至洛阳城。"王绩的《野望》:"东皋薄暮望,徙倚欲何依。树树皆秋色,山山唯落晖。牧人驱犊返,猎马带禽归。相顾无相识,长歌怀采薇。"杜牧的《秋夕》:"银烛秋光冷画屏,轻罗小扇扑流萤。天街夜色凉如水,卧看牵牛织女星。"离群婉转,萧索哀怨,小我格局,都将被淘汰出局。估计连李白、杜甫也得一边凉快去了。而陆游的《秋思》大有希望:

> 利欲驱人万火牛,江湖浪迹一沙鸥。
> 日长似岁闲方觉,事大如天醉亦休。
> 砧杵敲残深巷月,井梧摇落故园秋。
> 欲舒老眼无高处,安得元龙百尺楼。

这首诗忧国忧民,符合"诗言志"的整体价值观。作者

（三）沐浴书香

陆游一生主张抗金，做梦都在收复失地："夜阑卧听风吹雨，铁马冰河入梦来。"可惜他后半生政治失意，报国无门，郁郁寡欢，留下临终遗言："王师北定中原日，家祭无忘告乃翁。"

纵观全诗，作者的家国情怀呼之欲出。尤其最后一句"欲舒老眼无高处，安得元龙百尺楼"，简直就是灵魂的疾呼，振聋发聩。

张说的《幽州夜饮》也有一拼：

> 凉风吹夜雨，萧瑟动寒林。
> 正有高堂宴，能忘迟暮心。
> 军中宜剑舞，塞上重笳音。
> 不作边城将，谁知恩遇深。

《新唐书·张说传》记载，张说在唐玄宗时为中书令，因与姚元崇宫斗失败，遭遇罢官。张说作《五君咏》，其好友苏颋情深义重，读罢呜咽落泪，前去求见皇帝，为张说鸣不平。不久张说便重新得到重用，迁幽州都督。宦海沉浮，据说这首诗是张说重新身居要职时所作，虽然表面字字忧国忧边，实际却是心情复杂。后人对这首诗的评价："'边城将''恩遇深'云云，既是官场中感恩戴德的浮套，又好像另托深意，该是'边城将'们暮年白发的喟叹吧！"

最有希望胜出的，当属陈子昂的《送别崔著作东征》：

> 金天方肃杀，白露始专征。
> 王师非乐战，之子慎佳兵。

海气侵南部，边风扫北平。

莫卖卢龙塞，归邀麟阁名。

　　陈子昂最有名的诗句是"前不见古人，后不见来者。念天地之悠悠，独怆然而涕下"。在古代，"国之大事，在祀与戎"。本诗题材重大，写的是军国大事、军事思想。有关战争的主张又很中正："王师非乐战，之子慎佳兵。"朝廷出兵不是因为好战，而是为了保卫边疆，因此用兵要慎重，不能随意杀戮。军队士气旺盛，势如破竹，最后又劝诫友人，不要贪图虚名。简直满满的正能量。因此，有学者点评此诗："全诗一联一转，反复叮咛，言出肺腑，感情饱满，笔力雄健，一派堂然正气。"

　　假如《千家诗》里有关秋天的诗歌，以"不谈文艺谈教化"为标准评选"最美"，陈子昂这首一派正气的送别诗，是不是最符合标准呢？

(三）沐浴书香

《千家诗》里的冬天

《千家诗》里冬天有四个特点：一是诗作少，满打满算，也只有十首；二是梅花多，十首诗中，有六首写到梅花；三是全是暖冬，因为不曾有一首诗写到寒风；四是这里的冬天是从深秋开始的，两首名为《冬景》的诗，其实写的都是秋冬之交。

第一首是苏轼的《冬景》：

> 荷尽已无擎雨盖，菊残犹有傲霜枝。
> 一年好景君须记，最是橙黄橘绿时。

江南橙黄橘绿的季节，不正是深秋吗？苏大学士的高妙之处在于，尽管秋冬交接之际，荷叶凋零、菊花残落，却因果实累累的丰收喜庆，冲淡了气候的萧索，天地之间别有一番自然生机。

这首诗又名《赠刘景文》。刘景文是苏东坡任杭州知府时的好友，二人交往颇深，常有诗文往来。作者借物喻人，实是称赞刘景文的品格与节操。

我心婉约

另一首名为《冬景》的诗,是南宋诗人刘克庄的作品:

> 晴窗早觉爱朝曦,竹外秋声渐作威。
> 命仆安排新暖阁,呼童熨帖旧寒衣。
> 叶浮嫩绿酒初熟,橙切香黄蟹正肥。
> 蓉菊满园皆可美,赏心从此莫相违。

赏菊吃蟹的季节,明明是秋天。即使作者在首联交代了"秋声渐作威",充其量也是西北风刚刚南下,初冬而已。

本诗作者刘克庄是南宋豪放派词人、江湖派诗人,出身于世族家庭,史载从小就是"别人家的孩子"——天资聪颖又励志,每天背诵万余字,作文不用打草稿,提笔即成好文章。

这首《冬景》中的"竹外秋声渐作威"颇为有名,常被称赞。通读全诗可知,作者是有时间睡懒觉的——"晴窗早觉爱朝曦",是不是日上三竿才懒洋洋地睁开睡眼呢?人类对季节的交替是敏感的,比如杜甫,刚到农历八月,就痛心地发出"八月秋高风怒号,卷我屋上三重茅""安得广厦千万间,大庇天下寒士俱欢颜"的大声疾呼,而本诗作者就从容淡定多了:有暖阁住,有寒衣穿,有美酒喝,有香橙肥蟹吃,还有满园的芙蓉、秋菊可供观赏。真是神仙般的日子。倘若刘克庄的这首《冬景》被贫寒的杜甫读到,会不会刺激得诗圣要仇富了?

《千家诗》里有关冬季的诗歌,有六首写梅花,可见编者对梅花的钟爱。其中王淇的《梅》被认为是上乘之作:

（三）沐浴书香

> 不受尘埃半点侵，竹篱茅舍自甘心。
> 只因误识林和靖，惹得诗人说到今。

梅花是高洁出尘的，历来是文人笔端最爱。开口即语出不凡，将梅花的一尘不染和安贫乐道表现得淋漓尽致，可谓一见忘俗。

另外还有两首卢梅坡的《雪梅》：

其一

> 梅雪争春未肯降，骚人阁笔费评章。
> 梅须逊雪三分白，雪却输梅一段香。

其二

> 有梅无雪不精神，有雪无诗俗了人。
> 日暮诗成天又雪，与梅并作十分春。

下雪的季节，当然是冬季。这两首诗的长处在于作者的巧思，将梅和雪对比、香和白相映，别具一格。只是，作者在两首诗中，均提到一个"春"字，那么，这里的梅花当是春梅、白雪当是春雪，而季节，应该是冬末初春吗？

将梅花写到极致的，当属林逋，林逋就是上文提到的林和靖：

> 众芳摇落独暄妍，占尽风情向小园。
> 疏影横斜水清浅，暗香浮动月黄昏。

我心婉约

霜禽欲下先偷眼，粉蝶如知合断魂。
幸有微吟可相狎，不须檀板共金樽。

这首《山园小梅》，倾倒众生无数。颔联"疏影横斜水清浅，暗香浮动月黄昏"脍炙人口，获文人骚客无数赞美。欧阳修点评说："前世咏梅者多矣，未有此句也。"南宋状元、诗人王十朋的评价高到了一定境界："暗香和月入佳句，压尽古今无诗才。"辛弃疾则奉劝骚人墨客，最好不要草率赋梅："未须草草，赋梅花，多少骚人词客。总被西湖林处士，不肯分留风月。"意思是说，有关梅花的好词好句好意境，已被林逋一人写尽。苏轼在《书林逋诗后》中说："先生可是绝俗人，神清骨冷无由俗。"

苏轼的点评可谓中肯，这首诗已经不仅仅是一首诗，而是作者人格的化身。

作者林逋是北宋著名隐逸诗人，出身于儒学世家，早年曾游历于江淮等地，四十多岁后隐居于杭州西湖孤山之下。据说他足不出户，终生未娶，以植梅养鹤为乐，自谓"以梅为妻，以鹤为子"，人称"梅妻鹤子"。

然而，天地尚且残缺不全，一首诗作岂能尽善尽美？果然有人找出了其中软肋：宋初有相当多的诗人，如贾岛等偏重以苦吟为乐，虽诗意清新但格局狭小，林逋也是其中之一。

《千家诗》里的冬天多温情，无寒风，然而，却有风波。比如韩愈的《左迁至蓝关示侄孙湘》：

一封朝奏九重天，夕贬潮阳路八千。
本为圣明除弊政，敢将衰朽惜残年。

（三）沐浴书香

> 云横秦岭家何在，雪拥蓝关马不前。
> 知汝远来应有意，好收吾骨瘴江边。

元和十四年（819年）正月，唐宪宗派宦官到凤翔法门寺，把释迦牟尼佛的遗骨迎入皇宫，供奉三日，又送回寺院。整个长安城都轰动了，王公百姓奔走相告。韩愈逆流而上，作名篇《谏佛骨表》，将三皇五帝全抬了出来，列举历朝历代事实，坚决反对拜迎佛骨这一举动。

结果如诗所述，韩愈触了唐宪宗的"龙鳞"：韩愈的奏表早晨呈上，皇帝的贬书傍晚送达。据说差点儿被盛怒的皇帝定为死罪，在裴度的说情之下，才将他从"京官"刑部侍郎远远地贬到潮州任刺史。

这首诗又名为《自咏》，千百年来为世人所传诵。令人唏嘘的是，诗中"云横秦岭家何在"是句双关语，一是指作者身处秦岭望不到长安老家；二是韩愈的女儿韩挐重病在床，在唐朝，罪人的家属是不准居留京师的，所以韩愈才会发出"家何在"的沉重叹息。事实证明韩愈不是杞人忧天：有关部门很快上门逼迫韩愈的家人搬离长安，韩挐于二月二日死于途中。

韩愈仕途不顺，半生蹉跎，直至五十岁才迁至刑部侍郎，今又以《谏佛骨表》遭遇贬官。自身与家人的不幸，让韩愈悲歌当哭，挥笔写下《左迁至蓝关示侄孙湘》。全诗以高超的艺术手法，将宦海风波的瞬息万变，表达得委婉缠绵又大气磅礴，读来撼动人心。

我心婉约

《千家诗》里话冷暖

《千家诗》占据案头多年，床前枕上的陪伴最多，那里有让我迷恋的音律。平仄文字抑扬顿挫，于春花秋月间跳跃，人心也随之翩跹，在充满灵性的天地恣意徜徉。

音律之外还有文字，文字是音律的载体。那些声韵起伏的五言或七言组合，凝聚着思维的奇巧和人心之灵秀。"兰陵美酒郁金香，玉碗盛来琥珀光"，淡绿的青梅酒喝过，浅金的桂花酒喝过，殷红的葡萄酒也喝过，可是，我不曾想到这样唯美的诗句。"沾衣欲湿杏花雨，吹面不寒杨柳风"，作为在山野长大的乡村女孩，哪一年不曾迎着和煦的春风，去山坡采杏，去河边折柳？可是，我做不出这样的诗意叙述。我惊叹于古人操纵文字的能力。

然而，反复阅读中，我更惊异于诗人用超浓缩的语言，对历史事件的极简表达。打开《千家诗》，一句一世态，一诗一炎凉，或以实写，或以虚现，仿佛悠长的历史尽被折叠成诗人笔下的五彩笺页，可以信手翻阅。

印象最鲜明的故事，在高适的《咏史》里：

（三）沐浴书香

> 尚有绨袍赠，应怜范叔寒。
> 不知天下士，犹作布衣看。

全诗共四句，前两句讲历史，后两句评历史。故事发生在战国时期，魏国派中大夫须贾出使齐国，须贾带门客范雎一起前往。国际之行结束，范雎回国遭遇变故，原因是须贾诬陷他通齐卖魏。范雎差点儿被活活打死，在友人帮助下，改名张禄，逃至秦国。俗话说，"大难不死，必有后福"，这个范雎就是为秦国提出"远交近攻"策略的那位历史名相。

后来，须贾奉命出使秦国。他还不知道，秦国的宰相张禄，就是当年的范雎。这天，一个乞丐前来见他。他定睛一瞧，衣衫褴褛的乞丐竟是范雎！须贾不禁动了恻隐之心，惊奇地说："范叔你居然还活着？怎么落魄到了这般地步？"当即脱下身上的绨袍赠给范雎。

待须贾再定睛一瞧，电闪雷鸣：眼前的范雎，明明是秦国宰相张禄！他只好肉袒谢罪。而范雎呢，也因须贾的一念恻隐而宽恕了旧日仇人。

有眼不识天下才，是这首诗的主题。可我对它最强的感受，竟是人生如戏，人心冷暖。须贾和范雎之间，发生过冷酷的故事，却偏因一念之善，生出那么几丝暖意，永远留在了人间。

《千家诗》里还记载着更加残酷的宫斗。这里的宫斗是坚硬的历史真实，不是银屏上编剧的曼妙幻想。记载了宫斗的五言绝句名叫《宫中题》：

> 辇路生秋草，上林花满枝。

我心婉约

> 凭高何限意，无复侍臣知。

辇车是皇帝专车，"辇路"是皇帝的御道。这样尊贵的路，在御花园花开满枝的美景之下，怎就长出了斑斑秋草，以致满目凄凉？是谁在登高望远，是谁心事满腹？又为何发出"无复侍臣知"的孤独感叹？

诗的作者名叫李昂，是唐朝皇帝，谥号文宗。李昂于公元826年继皇帝位，接手的却是一个满目疮痍的大唐。宦官干政、官僚专权，所有的王朝弊病，当时的大唐都有，且病入膏肓。李昂不甘受制于人，决心加强中央集权，根治大唐病患。于是，他与大官僚牛僧孺斗，与李德裕斗，与宦官斗，尽管智慧平平，却一直在英勇斗争。太和九年（公元835年），唐文宗李昂任命亲信李训、舒元舆为丞相，郑注为凤翔节度使，暗中策划布置，诡称石榴树上夜降甘露，欲诱使宦官和权臣入宫，以便一网打尽。可惜谋事不周，反被奸人识破，结果李训、郑注等遭杀害，唐文宗自己也被囚于深宫。这就是历史上有名的"甘露之变"。

这首诗是唐文宗遭软禁时所写。他在位十四年，被囚五年，抑郁而死时年仅三十二岁。李昂生活俭朴，勤于政务，又喜好诗歌，尤其在位前期很有作为，有人称他"将大唐从危险中拉了回来"。这位年轻的、失意的、沦落为阶下囚的皇帝，活着时根本不会想到，自己竟然会被后世评价为"明君"，并受到世人尊崇。这也许是他应该得到的人间暖意。

诗词的文字是灵动的，书写了历史的诗词则是厚重的。不管炎凉怎样变化，总能让人品出满满的人情味儿。比如刘

（三）沐浴书香

禹锡的两首桃花诗。

公元805年，即唐永贞元年，以王叔文为首的革新派失败后，刘禹锡被贬为郎州司马，十年后被召回京师。

重回京师，正值玄都观桃花盛开，观花人络绎不绝，刘禹锡诗兴大发，作诗《玄都观桃花》：

> 紫陌红尘拂面来，无人不道看花回。
> 玄都观里桃千树，尽是刘郎去后栽。

兴奋的刘郎借花喻人，辛辣地讽刺和抨击那些当政权臣和趋炎附势者。诗作一出，刘禹锡又被逐出京师，重启十四年漫长的流放生涯。

十四年弹指一挥间，刘禹锡再次被召回京师。他旧地重游，又去了玄都观。刘郎还会写诗吗？答案是肯定的——《再游玄都观》：

> 百亩庭中半是苔，桃花净尽菜花开。
> 种桃道士归何处？前度刘郎今又来。

旧地重游，玄都观已是另一番景象：桃花绝迹，庙宇冷落，苔藓满地，菜花盛开，昔日红极一时的桃花荡然无存，那些"种桃道士"也就是旧权贵已不知去向。可是呢，"前度刘郎今又来"——刘郎我又回来了！

《千家诗》把两首桃花诗收录在一起，一个不畏权贵的"硬骨头"刘禹锡便跃然纸上了。白居易在《刘白唱和集》中说："刘梦得，诗豪者也。其锋森然，少敢当者。"

但凡看过《三国演义》的人，心中应该都有一个"爱哭的刘备"。但是，陆游一首《秋思》，却将刘备的形象成功逆转——

> 利欲驱人万火牛，江湖浪迹一沙鸥。
> 日长似岁闲方觉，事大如天醉亦休。
> 砧杵敲残深巷月，井梧摇落故园秋。
> 欲舒老眼无高处，安得元龙百尺楼。

要说的典故是"元龙百尺楼"。元龙，名陈登，三国时人。据《三国志·魏志·陈登传》记载，名人许汜经过陈元龙家，陈元龙对他很不客气，晚上睡觉时，自己睡上床，许汜睡下床。许汜就此事对刘备发了一通牢骚。刘备听后，当即反驳道："你是天下名士，如今天下大乱，你没有忧国救世的志向，却去求田问舍，想过安乐生活，这是陈元龙最忌讳的事。如果是我刘备，则要睡在百尺高楼上，叫你睡在地上，何止是上床与下床的差别呢？"

这么不客气的刘备，你还会认为他只会哭吗？像几乎所有开国君王一样，对自私狭隘的利己主义者，他冷到毫不留情；而对天下苍生，他却心心念念，暖暖的，像一团烈火。

(三)沐浴书香

竹诗风雅：清风在竹林

中华咏竹诗灿若星河，因其吟咏对象的清逸超俗、高风亮节、蒸蒸日上等独特审美价值，在浩瀚诗海中显得自成一格，历来备受广大读者喜爱。其中将竹之秀美描写到过目难忘的，首推《诗经·卫风·淇奥》：

瞻彼淇奥，绿竹猗猗。
有匪君子，如切如磋，如琢如磨。
瑟兮僴兮，赫兮咺兮。
有匪君子，终不可谖兮！

瞻彼淇奥，绿竹青青。
有匪君子，充耳琇莹，会弁如星。
瑟兮僴兮，赫兮咺兮。
有匪君子，终不可谖兮！

瞻彼淇奥，绿竹如箦。

我心婉约

> 有匪君子，如金如锡，如圭如璧。
> 宽兮绰兮，猗重较兮。
> 善戏谑兮，不为虐兮！

淇水流弯，绿竹婀娜生姿；淇水流曲，绿竹青葱如染；淇水流深，绿竹茂密成林。《诗经》以起兴之笔，寥寥数语，便将青青翠竹的神、形、意、态，传之万古。

《毛诗序》曰："《淇奥》，美武公之德也。"也就是说，这首诗歌，是人们为歌颂卫武公而作的。只是，被比之为唯美修竹的卫武公，不似现代影视剧中的桥段，是位玉树临风、青春正好的倜傥公子，而是九十五岁一老翁。人们作诗赞美他，以秀竹起兴比拟他，仰慕的是他的君子之德，而非外貌。《国语》中讲，武公年九十有五，犹箴儆于国。他"有文章，又能听其规劝"，曾作《懿戒》之诗以自警，作《宾之初筵》以悔过，还被周王庭选中，任命为大臣。由此可见，《诗经》的审美，心灵美才是真的美，人品贵重才是真的高贵。

《淇奥》之诗，乍读，是以竹比君子——那高贵的品德，如切如磋；那清正的气质，如圭如璧。反复阅读，又似君子与竹的互相印证——如琢如磨，似竹之清正；如金如锡，似竹之高贵。

《诗经》以后，历代咏竹诗佳作辈出，尽管再也没有达到《淇奥》这般高度，尽管只得其一鳞一爪，读来却依然清风在宇，荡涤心志。比如王维咏竹"独坐幽篁里，弹琴复长啸"，取竹之清心寡欲；李白咏竹"野竹攒石生，含烟映江岛……不学蒲柳凋，贞心尝自保"，取竹之励志自强；白居

（三）沐浴书香

易咏竹"水能性淡为吾友，竹解心虚即我师"，取竹之宁静淡泊……志趣每相异，各具一千秋。

诸多咏竹诗中，清代郑板桥的作品引人注目，流传最广。

郑板桥"难得糊涂"，他的赞竹诗可一点儿也不糊涂。《墨竹图题诗》中，他写道：

衙斋卧听萧萧竹，疑是民间疾苦声。
些小吾曹州县吏，一枝一叶总关情。

他将竹子的高雅挺拔和他为官的清正廉洁、心系民生，很自然地联系在一起，描写得谦逊低调又一清二楚。他作《新竹》诗："新竹高于旧竹枝，全凭老干为扶持。"他的对联"虚心竹有低头叶，傲骨梅无仰面花"，都是难得的清醒。被世人广为传诵的《竹石》更不用说了——

咬定青山不放松，立根原在破岩中。
千磨万击还坚劲，任尔东西南北风。

青山、破岩、东西南北风，衬托的是生命坐标找得最准、活得最坚韧又最清醒的竹。

清代书画家郑板桥是"扬州八怪"之一，一生只画兰、竹、石，自称"四时不谢之兰，百节长青之竹，万古不败之石，千秋不变之人"。他的咏竹诗，得"百节长青之竹"的神韵，又与他这个"千秋不变之人"有一股通灵神似，既淡且雅，既清且傲，至性而有真情，所以动人。

宋代王安石的咏竹诗也动人，气象却完全不同。他的咏竹诗《与舍弟华藏院忞君亭咏竹》：

我心婉约

> 人怜直节生来瘦,自许高材老更刚。
> 曾与蒿藜同雨露,终随松柏到冰霜。

这样的竹子,可承千钧之力,可擎青天一隅。越读,越觉得像是王安石本人的写照——巍巍乎国之栋梁,凛凛然刚直难撼。正因如此,王安石笔下的竹子,不仅让人喜它、爱它,还令人敬它、畏它。

而大文豪苏东坡的咏竹诗《於潜僧绿筠轩》,又以直白诙谐,令人过目难忘:

> 可使食无肉,不可居无竹。
> 无肉令人瘦,无竹令人俗。
> 人瘦尚可肥,士俗不可医。
> 旁人笑此言,似高还似痴。
> 若对此君仍大嚼,世间那有扬州鹤?

这首咏竹诗既赞美了竹子的高雅脱俗,又批评了世俗物欲:食肉与高雅不可兼得,就像鱼和熊掌不可得兼。人生在世,最好不要妄想名利双收——开着玩笑就把人给教训了,大文豪就是高明。

还有一首朱元璋的咏竹诗,不事文采,不做雕饰,却自带一股不可战胜的英雄气概和改天换地的磅礴伟力,非一般诗人所能及:

> 雪压竹枝低,虽低不着泥。
> 一朝红日出,依旧与天齐。

（三）沐浴书香

朱元璋出身贫苦，因连年灾荒，瘟疫流行，政治腐朽，他的父亲、母亲和大哥，不到半个月的时间，先后饿死、病死。家徒四壁的朱元璋，只能用破衣烂衫包裹亲人的尸体，连埋葬亲人的坟地也是邻居刘继祖看他们可怜而赠送的。为了活命，朱元璋与二哥、大嫂和侄儿骨肉分离，各自逃生，吃尽了人间苦头。但是，纵使受尽压迫，也绝不放弃，朱元璋成功后回想起曾经的苦难经历，作这首咏竹诗以抒胸臆。

1935年1月，时值隆冬，北上抗日的红十军遭到国民党军队围追堵截，政委方志敏带领饥寒交迫的部队经过一片竹林，当时正大雪纷飞，雪压翠竹，他眼前一亮，顿生感触，随即用竹枝在雪地上改写了朱元璋的这首《咏竹》诗：

雪压竹头低，低下欲沾泥。

一轮红日起，依旧与天齐。

天寒地冻，娟娟翠竹迎雪傲立，红军战士英勇顽强，不畏艰险，不怕牺牲。红军与翠竹，二者宁折不弯的精神气节，在茫茫天地之间，浑然一体，如雪洁白，如日光辉。

我心婉约

孔子的成长简历

圣人是生而知之的吗？孔子回答说：不！我是学而知之的。《论语·为政篇》中，孔子总结了自己的六大人生阶段："吾十有五而志于学，三十而立，四十而不惑，五十而知天命，六十而耳顺，七十而从心所欲，不逾矩。"

十五岁志于学，学的是什么？现代社会十五岁的少年还在上中学，绝大多数志于考名校；古代社会，男子八岁入小学，学习"洒扫应对进退""礼乐射御书数"等生活技能。十五岁入大学，儒家经典《大学》中讲："大学之道，在明明德，在亲民，在止于至善。"因此，孔子十五岁志于学，是有志于弘扬人性、经世致用、改造社会的人间大道。"人间大道"什么模样？孔子在《周易·乾卦·文言传》中有所描述："与天地合其德，与日月合其明，与四时合其序，与鬼神合其吉凶。"正是因为有了如此至大至高的追求，所以颜回才会感叹老师的学问："仰之弥高，钻之弥坚，瞻之在前，忽焉在后。"

"三十而立"，立的是什么？孔子三岁丧父，十七岁丧母，

（三）沐浴书香

十九岁结婚，二十岁得子而鲁桓公以鲤贺之。为什么他不以自己成家立业为标尺，说自己二十而立？孔子在《周易·说卦传》中说："立天之道曰阴与阳，立地之道曰柔与刚，立人之道曰仁与义。"《论语·尧曰篇第二十》中又言："不知礼，无以立也。"所以，孔子所言"三十而立"，不是以世俗的娶妻生子为标准，而是以仁立、以义立、以礼立。孔子成名早，二十七岁跟郯子学礼，三十岁以知礼闻名。齐景公和晏婴向孔子问礼，就在这一年。

"四十而不惑"，对什么不惑？朱熹《论语集注》："四十而不惑（于事物之所当然，皆无所疑，则知之明而无所事守矣）。"傅佩荣《人能弘道》："孔子'四十而不惑'，理性上已经通达了。"四十岁的孔子，经过多年的学习以及知行合一的实践，对于人生、社会和人间大道，均有自己的价值判断，已经建立起了一套完整的价值体系，所以，遇事不再迷惑。

"五十而知天命"，天命是什么？《中庸》开篇："天命之谓性。"也就是上天所赋予一个人的秉性与使命。其中包括两层含义：一是作为人类的共有秉性和使命；一是作为个体的特有秉性和使命。《论语·子罕篇第九》："子罕言利与命与仁。"《论语·尧曰篇第二十》："不知命，无以为君子也。"孔子赞成正确认识和对待天命，要"和顺于道德而理于义，穷理尽性以至于命"，正因如此，才有了孔子五十岁以后出仕、五十五岁去鲁而周游列国的人生抉择。

"六十而耳顺"，对什么耳顺？钱穆《论语新解》："耳顺者，一切听入于耳，不复感其于我有不顺，于道有不顺。"

朱熹的说法有所不同："声入心通，无所违逆，知之之至，不思而得也。"李零《丧家狗》："60来岁的人，阅世既久，毁誉置之度外，爱怎么着怎么着，这可能就是'耳顺'吧？"

"六十而耳顺"简洁明了地描绘出了孔子心平气和、心如止水的一种人生境界，与三十岁时问道于老子时的情景已经完全不一样了。

"七十而从心所欲，不逾矩"，几乎所有人读到此处，都有一致的看法——孔子在七十岁的时候，进入了人生的化境，不思而得，不勉而中，不言而信，差不多可以称神了。正因如此，后来子贡面对别人恶意攻击孔子时才会底气十足地说自己的老师——"如天之不可阶而升也"。

综上所述，本章从孔子十五岁一直讲到七十岁，给人带来至少两方面的启迪：一方面，孔子的一生都在学习进步，"苟日新、日日新、又日新"，比起现代生活中我辈之"几十年如一日"的生活，真如当头棒喝！另一方面，孔子的至圣境界，是一点点积累而得的，是一步步修炼而成的，不是偶然的或一蹴而就的。朱熹《论语集注》："胡氏曰，……'圣人言此，一以示学者当优游涵泳，不可躐等而进；二以示学者当日就月将，不可半途而废也'。"所谓行远必自迩，登高必自卑，后来者对此章应深加领悟。

(三）沐浴书香

孔子的四个遗憾

在《中庸》第十三章，孔子专门进行了一番自我反省：

"君子之道四，丘未能一焉：所求乎子以事父，未能也；所求乎臣以事君，未能也；所求乎弟以事兄，未能也；所求乎朋友先施之，未能也。"

这段话的意思是说，君子之道有四项，但是孔丘我一项也没做到：用我所要求儿子孝顺父亲的标准孝顺父亲，我没做到；用臣下效忠君主的标准效忠君主，我没做到；还有弟弟恭敬兄长以及和朋友之间相处，我也没做到。"长太息以掩涕兮"，心中满满的都是遗憾啊。

在儒家的学说里，一个人最重要的社会关系，莫过于君臣、父子、夫妇、兄弟、朋友。《中庸》第二十章中，孔子对问政的鲁哀公姬蒋说："天下之达道五，所以行之者三。曰君臣也，父子也，夫妇也，昆弟也，朋友之交也。"《大学》中也讲道："孝者，所以事君也；弟者，所以事长也；慈者，所以使众也。"

他所提倡的"五达道""君子之道四",自己竟未能实施,所以圣人真心惭愧。阅读历史会发现,孔子的遗憾,是"不能也,非不为也"。

首先,孝敬父母对他来说基本由天定。孔子有一位英雄父亲——鲁国有名的大力士叔梁纥。在晋楚逼阳之战中,鲁国作为晋国的盟军参加了战斗,叔梁纥在万分危急的时刻,力拔山兮气盖世,用双手托住了压至头顶的千钧悬门,放行晋军大部队通过,最后于楚军眼皮子底下完美脱身,可谓惊世骇俗。孔子长大后身长九尺,精通六艺,被称为"长人",根源在于基因好。叔梁纥娶回颜氏最小的女儿颜徵在,孔子降生后没几年他就去世了。孔子幼而丧父,是由母亲带大的。所以,即使孔子有孝子之心,父亲长眠地下,他也只有幽思遥寄的份儿。

史料记载,孔子天性聪明颖悟,他上学是"学霸",放牛也拿手,吹唢呐是名角,在家是大孝子。孔子的童年少年清苦贫寒,正应了《孟子·告子下》中流传百世的名句:"故天将降大任于是人也,必先苦其心志,劳其筋骨,饿其体肤,空乏其身,行拂乱其所为,所以动心忍性,曾益其所不能。"颜徵在带着孔子一个也不少地深刻体验了一番。苦日子才励志,孔子瞒着母亲私自辍学,去季孙氏家当放牛郎、给送葬队做吹鼓手、为人赶马车(后来孔子六艺中最擅长的是"御"),只要能帮助母亲贴补家用,他不弃鄙贱,一概接受。"花若盛开,蝴蝶自来",孔子的孝行名闻乡里,一直传至鲁国贵族那里,后来连基本被季孙氏变成木偶人的鲁国国君也知道了。可惜天不遂人愿,颜徵在因为积劳成疾,年仅

（三）沐浴书香

三十二岁便去世了，当时孔子刚刚十七岁。

孔子能否做到"以道事君"，由大权在握的"君"定。孔子圣德，天下闻名，弟子三千，贤者七十二。鲁定公一时英明，任用孔子为大司寇，仅仅三月，鲁国便风俗大变，路不拾遗，民德归厚。齐鲁两国接壤，鲁之强便是齐之弱。刚刚痛失贤相晏婴的齐景公伤心得哭了好几天，紧接着又听说孔子相鲁鲁国大治，明摆着祸不单行，这齐侯简直没法儿干了。大夫黎弥献策救急：巧用"糖衣炮弹"，轰散定公、孔子君臣。齐景公闻计大喜，与国际争霸相比，几个女人、几匹马轻于鸿毛。于是经过一番选秀加多轮培训，齐国人满脸堆笑地给鲁定公送去一大拨儿美女和一大群良马。"几行红粉胜钢刀"，鲁定公兴邦治国的小意志就这么软软地被溶化了，一连三日不上朝。于是三日之后的鲁定公，稳稳地"不负美人不负齐"，从此疏远孔子，不理朝政，连鲁国重大的郊祭都主持得心猿意马，草草了事。面对赫赫王权，孔子不过小人物一枚。治国之心化成灰，对弟子子路叹息道："吾道不行，命也夫！"于是悲歌一曲：

> 彼妇之口，可以出走。
> 彼女之谒，可以死败。
> 优哉游哉，维以卒岁！

孔子歌罢，无奈地挥一挥衣袖，带着一群弟子周游列国去了。《庄子》等文献中记载，楚国狂人面对旅途漫漫的孔子车舆惋惜长叹："凤兮凤兮，何德之衰？往者不可谏，来者犹可追！已而已而，今之从政者殆而！"大道不行，德衰礼坏，面对过去的繁荣和未来的发展只有一片茫然黯然，哪怕是圣人孔子，又岂有回天之力？

关于与兄长的关系，史料记载其父叔梁纥的正妻生了一大群女儿，多半辈子郁闷的是没有儿子，孔子有一庶兄孟皮，因跛足而成废人不能继嗣，英雄无奈之下才老而再婚，娶了孔子的母亲颜徵在。

至于朋友关系，孔子也做了深深的反省："所求乎朋友先施之，未能也。"以孔子的修养和为人进行判断，这恐怕是圣人的谦辞了。在《周易·系辞下传》中，孔子曾毫不含糊地说：

君子安其身而后动，易其心而后语，定其交而后求。君子修此三者，故全也。危以动，则民不与也；惧以语，则民不应也；无交而求，则民不与也。

有关世故人情的通达智慧，跃然纸上，并成为千古经典。因此，以进德修业为己任的孔子，不但"有朋自远方来，不亦乐乎"，而且对他所提倡的"所求乎朋友先施之"，我们相信，圣人必能躬身践行，一丝不苟。

(三)沐浴书香

孟子辟谣

(一)

　　读《孟子》,可知亚圣有两大过人之处:一是善养浩然之气,一是知言。什么叫知言?孟子跟学生公孙丑解释说:"诐辞知其所蔽,淫辞知其所陷,邪辞知其所离,遁辞知其所穷。"也就是说,偏颇之词知道它的盲点;过分之词知道它的误区;邪僻之词知道它的偏差;闪躲之词知道它的死穴。所以,什么谣言四起,什么颠倒黑白,什么越描越黑,碰到了辟谣高手孟子,再错乱的乾坤也会回归风清气正,是非分明。

　　有例为证——

　　话说这一天,齐宣王不是很开心,原因是孟子告诉他,国中老百姓都认为自己的大王很吝啬。其实这事儿齐宣王早就听说了,他纳闷的是,自己本来一片善心如日月,怎么到了百姓眼里,就变成了小里小气的吝啬鬼?

　　事情的经过是这样的——

我心婉约

　　一天,一位侍者牵着一头牛从宫殿前走过。只见那头牛,走一步退两步,哆哆嗦嗦眼泪汪汪,好不可怜。只因齐宣王在红尘中多看了它一眼,便动了恻隐之心,开口问道:"牛要牵到哪里去?"侍者回答:"要用它来祭大钟。"齐宣王说:"快快把它放了吧!看它发抖我痛心,无罪却被置于死地。"侍者问:"您要废除祭钟吗?"齐宣王说:"这是什么话?换成一头替罪羊。"

　　于是,牛得救了,羊倒霉了,齐宣王是个吝啬鬼的谣言也传开了。

　　唯有圣人才懂王的心。孟子说:"别人都说大王太吝啬,我却知道是您心太软。不过大王不要怪罪百姓,以小个子的羊替换大块头的牛,他们怎么知道个中究竟?大王如果不忍看见无辜杀戮,那么牛和羊又有什么区别呢?"

　　齐宣王被问短,只好自我解嘲地笑了:"呵呵,这也太乌龙了!齐国虽然是小国,我也不至于吝惜区区一头牛啊!我当时是真心可怜它……"

　　孟子说:"没关系,这正是您仁德的表现啊!因为大王您看见了牛而没看见羊。君子对于禽兽,看见它生就不忍心看见它死;听到它的叫声就不忍心再吃它的肉,所以君子总是与厨房保持距离。"

　　看,"世事洞明皆学问,人情练达即文章"。齐宣王自己有理说不清,孟子几句话就还了他清白。齐宣王当即被折服,一高兴,妙语连珠,成语"于我心有戚戚焉"就诞生了。

　　还有一个故事,证明孟子不但知言,还知人。

　　话说有个叫匡章的人,被人群冷落,形影相吊没朋友。

（三）沐浴书香

孟子不仅与他交了朋友常相往来，还对他颇为敬重。孟子的学生看不懂，奇怪地问："全国上下都说他不孝，您怎么和他交朋友呢？"

孟子说，四体不勤、赌博嗜酒、贪财自私、放纵欲望、好勇斗狠，是世俗所说的"五不孝"，匡章犯了哪一种呢？匡章和他父亲之间，是因为要求行善而失和的。要求行善是朋友之间相处的原则，却最伤害亲情。而匡章因为得罪了父亲无法奉养，就把自己的妻子儿女也赶出了家门，终身不要他们照顾。难道匡章不想享受夫妻相伴及子女照顾的幸福吗？他只是在心里想，如果不那样做，罪过就更大。这才是匡章真实的为人啊。

匡章劝他父亲行善，行的什么善？查阅资料得知，匡章有个暴戾的父亲。他的母亲得罪了父亲，竟然被父亲杀了，还被埋在马厩之下。匡章苦劝父亲不要太过分，结果造成了父子失和，无法亲近奉养。几年后，父亲过世，匡章认为自己亏了孝，于是就用"自虐"来惩罚自己——"出妻屏子"，也不要妻子儿女奉养他。评价人和事，不能断章取义，必须通盘考虑。除了看结果，还要看动机、原因和经过。所以，尽管通国称其不孝，孟子却"诐辞知其所蔽"，一眼看透了匡章那颗备受煎熬的孝子之心。

谣言遇到孟子便遇到了克星，只需几句轻描淡写，便可真相大白。《孟子》一书中有许多孟子辟谣的精彩记录，以上处理齐宣王和匡章的小事件，只能算其中的小小序曲。在《孟子·万章上》篇，亚圣肩负着正本清源的历史重任，针对有关古代圣贤的流言，集中辟谣。

（二）

战国时期，诸侯之间展开了灭绝式的杀伐。争城之战，杀人盈城；争地之战，杀人盈野。各诸侯国内也乱象丛生，臣弑其君者有之，子弑其父者有之。天下大乱的同时谣言四起。

一天，孟子的学生咸丘蒙问老师："有句话说：'德行圆满的人，君主不能以他为臣子，父亲不能以他为儿子。'舜南面而立，尧率领诸侯朝见他，父亲瞽瞍也来朝见他。孔子说：'此时此刻，天下岌岌可危了！'这些话是真的吗？"

孟子一听，便发现是"齐东野人"在造谣。这些谣言，乍一听头头是道，细一品原形毕露：煞有介事地拿圣人说事儿，实质是在挑战人伦，居心实在叵测。想当年，齐景公问政于孔子，孔子回答说："君君、臣臣、父父、子子。"简洁铿锵的八个字，不但大获齐景公称赞，而且倾倒众生千百年。为什么？因为只有人人各安其位、各正其位，社会才能正常运转。因为它是人伦大道，是秩序的保障、社会的根本。于是，在大是大非面前，孟子给学生上了一堂精彩的辟谣课——

"这些话岂是君子能讲得出来的？纯属齐国的田野村夫在造谣。孔子曾说：'天无二日，国无二君。'德行圆满的舜，终身是尧的臣，如假包换。真相是尧老了，由舜摄政来主持政事。证据嘛，是舜曾以臣子之礼，率天下诸侯为尧服丧三年。此事查一下《尚书·尧典》就知道了。德行圆满的舜，是真正的孝子，终身是瞽瞍的好儿子，也如假包换。他以整

（三）沐浴书香

个天下来赡养父亲，瞽瞍作为父亲已经尊贵至极了。《尚书》中白纸黑字记得一清二楚：'帝舜前去看瞽瞍，态度谨慎又恐惧，瞽瞍这才顺了心。'这难道是父亲不把他当作儿子吗？"

有理有据有真相，咸丘蒙听后，茅塞顿开。

还有一个名叫万章的学生，擅长搜集各类信息。这天，他又搜集了多条当时流传甚广的信息，条条涉乎古圣先贤，前来找老师孟子做鉴定。鉴定结果可想而知——几乎都是假的。

其中一条是"至于禹而德衰，不传于贤而传于子"。

——是真的吗？

其实，不仅彼时的万章被迷惑，包括此时的我，在读《孟子》之前，也一度被这一说法误导，以至于作为古圣人的大禹，一度让我很受伤。在我心中，他始终无法和尧、舜比肩。

孟子告诉万章，传说不是真相。传位大事，上听天意，下由民意。天子只有推荐权，没有决定权。尧、舜、禹三圣做法相同，都选拔了优秀的接班人；这些接班人的做法也相同，在圣人去世后，个个高风亮节，主动让位给圣人的儿子，坚决不搞竞争上岗。可是，尧的儿子丹朱不成材，天下百姓都是舜的追随者，舜只好顺应民意，当了天子；舜的儿子商均也不成材，天下百姓都是禹的追随者，禹只好顺应民意，当了天子。到了禹传位的时候，形势发生了变化。接班人益作为禹的助手，在任时间短，功勋不够大，禹的儿子启却很贤明，"能敬承继禹之道"，天下百姓都是启的追随者，所以，启便顺应民意，成为一匹历史的"黑马"，开创了夏王朝。

这才是历史真相。

我惊愕地发现，原来不是大禹伤害了我，而是我误会了大禹很多年。谣言猛于虎，真是罪莫大焉！

为什么说有关继承权，天子只有推荐权，没有决定权？孟子举了两个反例，一个是夏桀，一个是商纣。这种人，虽然一时坐了天子宝座，却因为上违天意，下悖民望，搞得天怒人怨，最终还是被赶下王位，因此他们不可能长久继承大统。

可神秘的天意该如何揣测？孟子说，方法很简单："天视自我民视，天听自我民听。"天意通过民意来表达，民意就是天意。现代政治中，"民意测验"总是最抢眼球，原来是有历史渊源的。

万章的第二条流言是"伊尹以割烹要汤"。

——是真的吗？

老子名言"治大国若烹小鲜"，据考证就是在赞美伊尹治理国家和高超的厨艺一样，举重若轻，信手拈来。伊尹被称为有史以来最早的间谍，曾三次深入夏桀朝廷刺探情报。据说，"药食同源"的始祖就是伊尹。

伊尹得尧舜之道真传，视名利如粪土，在"有莘之野"隐身潜水，自得其乐。"是金子在哪里都发光"，伊尹这块真金因为纯度太高，光芒耀眼，被"星探"发现。于是，历史上第一个"三顾茅庐"的人诞生了，此人不是刘备，是商汤。伊尹一旦作为人才被发掘，责任感瞬间大爆发。哪怕天下仅剩一人未享德政"红利"，就像自己把人家推进沟里一样，孟子盛赞他为"圣之任者"。

那么，像伊尹这样绝顶聪明又绝对正直的人，会用当厨

（三）沐浴书香

师取悦别人口腹之欲的低级做法，来谋求匡正天下的高尚目的吗？"邪辞知其所离"的孟子辟谣说："一个人如果本身不够端正的话，想要纠正另外一个人尚且做不到，难道能用侮辱和贬低自己的办法来匡正天下吗？"

孟子辟谣，还原历史真相，趣味横生。

别看孟子是辟谣高手，他本身也是谣言的受害者。在《孟子·滕文公下》中，学生公都子告诉老师，外面的人都说他好辩。孟子说："我岂是那种逞一时口舌之快的人？实在是不得已而为之啊！"

战国时期，世道衰微，暴戾横行，邪说泛滥。谣言邪说蛊惑人心，对人间正道的伤害，远大于洪水猛兽和战乱。仁义道德一旦被颠覆，历史开倒车，人类将退化，或"率兽食人"，或"人将相食"。而谣言邪说，自产生之时起，便"作于其心，害于其事；作于其事，害于其政"。孟子以圣人独到的洞察力，意识到事态严重，因此立志拨乱反正、端正人心，他以"舍我其谁"的大无畏精神站了出来，"息邪说，距诐行，放淫辞"，誓与谣言邪说战斗到底。

孟子曾批评郑国名相子产，治理国家应该抓纲领和方法，否则，"每人而悦之，日亦不足矣"。同理，乱世谣言无止境，按下葫芦浮起瓢。以孟子一人之力，怎能辟世上无尽之谣？因此，孟子辟谣的过程，尽管有多彩的历史画面看不够，有机巧的名言警句听不完，然而"大匠诲人，必以规矩"，亚圣的一片深意，最终是在于以仁义道德教化众生，教会世人理性分析、不盲从，让世人具有明辨是非的能力。唯有此道，才"人人皆可为尧舜"，天下太平才有指望。

我心婉约

　　万章的另外两则谣言，一是说孔子在卫国时居然住在了两位形容龌龊的宦官家里，一是说百里奚自己把自己卖给了养马的，以求得到秦穆公重用。相信，只要真正读懂了孟子前面的辟谣案例，这两则流言，不用孟子出场，只要用脑思考，找到真相其实并不难。

（三）沐浴书香

《大学》是一本什么书

"四书"之一的《大学》，本来不是一本书，只是《礼记》中的一篇文章。古代典籍浩如烟海，"浪奔浪流"，《大学》在其中载风载浪，且沉且浮。最初改变《大学》命运的，是唐代的韩愈。大文豪韩愈指点江山激扬文字，作千古名篇《原道》，一不小心引用了《大学》中的句子"古之欲明明德于天下者……"，又以《大学》为依据，提出诚意、正心、修身、齐家、治国、平天下的儒家修养路径，《大学》从此"出自幽谷，迁于乔木"，知名度一路上升。后又经宋代理学家程颢、程颐宣传，"孔氏之遗书，而初学入德之门也"，到了集大成者朱熹时代，大学士可能觉得此前的弘扬力度不够，于是干脆将《大学》从《礼记》中抽出，与《论语》《中庸》《孟子》并列，组合成儒学四大"当家花旦"——"四书"。结果时间证明，"四书"竟然是黄金组合，一口气唱红了中华历史上千年，荣膺"儒学经典"之盛名。

《大学》的作者，一般认为是曾子，但《礼记》中并没有说明。历代学者经过反复研究，又一般认为，《大学》中

"经"的部分是曾子述孔子所言;"传"的部分是曾子门人记曾子之意。朱熹则认为,《大学》大体为曾子思想,但此书可能为曾子后学所写定。不过王阳明讲古本《大学》,即《礼记》的原本。《礼记》成书于汉代。

朱熹所定的"四书":《论语》记述孔子的思想,《大学》是曾子的思想,《中庸》是子思的思想,《孟子》是孟子的思想。这里面隐藏着神奇的密码,被后代学者成功破译:从孔子到曾子到子思到孟子,是什么关系?孔子是曾子的老师,曾子是子思的老师,子思是孟子的老师(又一说为子思是孟子的祖师),道统薪火代代相传,一目了然。儒学道统传承密码的破译,长知识,有意思,世人除了眼界大开,基本发不出别的声音。

学习《大学》,就要首先弄明白什么是"大学"。大学士朱熹解释说,大学是相对于小学而言的"大人之学"。古代八岁入小学,学习"洒扫应对进退""礼乐射御书数"等文化基础、基本礼仪和基本技能;十五岁入大学,学习"穷理正心,修己治人"的学问。如此理解,大学约等于成人之学。有人不太同意朱熹的观点,认为"大学"者,乃"学大"也,与年龄无关。什么叫作"学大"?仰观俯察,唯天为大。所以,学大者,即"学天"也。"天"有什么可学的?"天行健,君子以自强不息。""天行有常,不为尧存,不为桀亡。"学到了天的境界,就成了真正的"大人"——"与天地合其德,与日月合其明,与四时合其序,与鬼神合其吉凶"。历史上有没有这样德被天地、聪慧绝伦的"大人"?《论语》中讲:"唯天为大,唯尧则之。"尧效法天,成为千古圣人,是"尧

（三）沐浴书香

则天"。历史上还有个武则天，也非常了得，有人认为她的智慧绝不在尧舜之下，因为前无古人后无来者。他们都是成功"学大"之人，都是优秀的"大学"毕业生。

关于"小学"和"大学"，清代辜鸿铭曾做过尖锐对比，小人之学，讲艺，大人之学，讲道。"小人之学"，学成之后，下限是技工，上限是专家。放眼当今社会上林立的各高等院校，批量培养各种专门人才，学子们寒窗苦读十几载，拼得一张毕业证。大学毕业了吗？那么恭喜你，你已经被成功地塑造为一个"小人"。因为你所学不是"道"而是"艺"，是"小人之学"。正因如此，才有人戏称有的学校在批量生产打工仔。而"大人之学"，能够明天下之理，一法通而百法通，"以应天下事，乃无适而不可"。大学之道，教育世人，我们不仅要有眼前求职就业买房买车的苟且，还要有理想，要有诗和远方，要有梦想。只有大格局、大境界、大气度，才是大学问，堪称能与天地并列为三的大写的"人"。

《大学》教人从渺小变崇高，从无能变有为，是实用之学，也是符合正道的成功之学。那么，《大学》一书到底讲了些什么？总结其核心思想，可以用第一章最后一段开头的两句表达："自天子以至于庶人，壹是皆以修身为本。"正所谓大道至简，"大学"其实很简单，说白了就是修身——此心幸福吗？修身！家庭和谐吗？修身！工作顺利吗？修身！事业有成吗？修身！天下太平吗？修身！家有家政，学有学政，国有国政。"为政在人，取人以身，修身以道，修道以仁。"一句话，"修身"二字，一统江湖，包打天下。百姓用之，可安身立命、生存发展；领导者用之，可内圣外王，治国理政。一部《曾国藩日记》,抑或《曾国藩家书》,满纸满眼皆是修身。这就叫作根本的力量。

《大学》一书的体例简单明了,共十一章,第一章为"经",之后十章为"传"。"经"是该书所讲的宗旨,即交代了"三纲领八条目","传"是对"三纲领八条目"的逐一剖析和解释。

《大学》差不多是世界上最短的一本书,全书算上标点符号两千字左右。区区数言,便从一颗心、一个念头讲到国治天下平,可谓辞简言深,力透古今,十分了得。有人还将《大学》比作佛学的《心经》,反复阅读后又觉得它比《心经》还好,因为它通俗易懂,操作性几乎无人能敌,只要你愿意,可以随时随地开启"大学"之旅——动动意念便已启程。用法国哲学家笛卡儿的话说,"我思故我在"了。

孔夫子教诲世人:"学而时习之,不亦说乎?"大诗人陆游也曾说:"纸上得来终觉浅,绝知此事要躬行。"如果学而不习,离开实践,再高明的理论也会变为泡影。说到底,《大学》,讲的是修身治世之道,从"心"出发,目标直指立德、立功、立言,唯有体悟力行,才是学好这门大学问的不二法门。

（三）沐浴书香

《中庸》是一本什么书

《中庸》言性与天道，衍及人伦万物，博大、高远而深邃，是"四书"中的阳春白雪，读它的人很多，读懂的人很少，因此，史上最爱读书也最会读书的人——朱熹建议，读"四书"当把《中庸》排在最后。只是，自从"新文化运动"以来，"中庸"和"中庸之道"被严重曲解，在文人笔下，它成了"折中主义"；在群众口中，更有一个下里巴人的代号——"和稀泥"。《中庸》作为哲理著作的经典，被时代的洪流冲击成一团烂泥，世人从此以"中庸"为耻。

《史记·孔子世家》曰："子思作《中庸》。"子思是孔子的嫡孙，名孔伋，师从于曾子，是战国初期鲁国人。学界因《史记》而确信，《中庸》的作者是子思。不过，也有异议者从文体上分析，总计三千五百六十八字的《中庸》，文理密察，宏论滔滔，明显为论说文，而这类文体在战国晚期才出现。直到战国中期，对话体和语录体还是主流，连开百代文宗的《孟子》都是如此。怀疑者据此推论，《中庸》应该在《孟子》之后，作者不可考。因怀疑有理，可备一说。

如果追本溯源,《中庸》和《大学》的身世如出一辙:二者都是《礼记》中的一篇文章,都在灿烂的唐朝初遇伯乐。《大学》的伯乐是"唐宋八大家"之一韩愈,原典记载是崇儒论文《原道》;《中庸》的伯乐是哲学家李翱,证据是斥佛论文《复性书》。四书中的这对"双生花",又同时在百姓幸福指数最高的宋朝,无比幸福地与儒家划时代人物相遇:"二程"(程颢、程颐)和朱熹。正是这三个人,发现了《中庸》的真谛。

二程和朱熹发现,尧传位于舜,除了天子宝座,还另授四字心诀"允执厥中";舜传位于禹,除了天子宝座,也另授十六字心诀"人心惟危,道心惟微。惟精惟一,允执厥中","上古圣神继天立极",中华文化道统原来在这几个字里!道统传承谱系表大致如下:尧、舜、禹、汤、文王、武王、周公、孔子。"素王"孔子"继往圣,开来学",虽无天子之位,亦有天子之功。孔子弟子三千,贤者七十二。圣人殁后,儒分为八,继承道统者是谁?颜回英年早逝,惹得圣人"叹凤嗟身否,伤麟怨道穷",伤心痛哭,子张、子游之流被骂为"贱儒",开帝师先河的子夏思想发生变异……谜底揭晓,世人吃了一惊:老天偏爱傻小孩儿,在《论语》里被老师点名批评"鲁钝"的曾参,最终见知于孔子,作《大学》,言"大学之道,在明明德,在亲民,在止于至善",传道子思,子思作《中庸》,传道孟子,"思孟学派"继承道统。

其实,绘制道统谱系的原创文章是韩愈的《原道》,二程和朱熹不过是转载编辑而已。有关《中庸》的诞生,朱熹在《中庸章句序》中说:"此篇乃孔门传授心法,子思恐其久

（三）沐浴书香

而差矣，故笔之于书，以授孟子。"另外，有本名为《孔丛子》的书，类似于"孔氏家族杂记汇编"，记载了一则有关《中庸》的传奇：年仅十六岁的少年子思，和宋国大夫乐朔探讨《尚书》，没想到乐朔名为大夫，实则品行恶劣，一言不合，原形毕露，指派党徒围攻子思。此事惊动了宋国国君，亲自出马相救，逢凶化吉的子思感慨地说："文王困于羑里，作《周易》。祖君（孔子）屈于陈、蔡，作《春秋》。吾困于宋，可无作乎！于是撰《中庸》之书四十九篇。"后来有人考证，当时子思不是十六岁，而是六十岁。

《中庸》难懂，世所公认。考验从书名开始——到底什么是"中庸"？归纳起来，史上有四种说法。最歪曲的理解就是现代人的"折中主义"和"和稀泥"，简直是在污蔑了；最流行的是朱熹在《中庸章句》中引用"二程"的解释："不偏之谓中，不易之谓庸。中者，天下之正道；庸者，天下之定理。"也许因为是开篇之语，占据了位置优势，天下读书人，不会背诵这两句话，都不好意思说自己读过《中庸》。但是，有的学者发现有问题，比如南怀瑾先生，很不客气地批之为"望之成理，探之无物"，等于在玩文字游戏。朱熹可能也意识到了这一点，书题之下，又另有他的自注，也是有关"中庸"的第三种说法："中者，不偏不倚，无过不及之名。庸，平常也。"南怀瑾先生又批道：其实与"二程"似是而非，陷于同一窠臼，说了等于没说。第四种说法，是汉代学者郑玄的解释："名曰中庸者，以其记中和之为用也。庸，用也。"中庸，讲的是用中致和的智慧。中庸之道，也就是用中致和之道。这种说法获得了大多数现代学者的赞同。

"四书"之中,《论语》走的是亲民路线,因此读者云集,各种译注浩瀚繁多;《中庸》走的是神秘路线,因为难懂,也吸引了很多读者,众说纷纭,眼花缭乱。所以,学习《中庸》,是个彻头彻尾的"烧脑"之旅。该书第一句"天命之谓性,率性之谓道,修道之谓教"。三大哲学概念"命、性、道"一句话抛完,几乎等于开篇就是主旨。荀子曰:"子思唱之,孟轲和之。"这样的高度,估计够格与之唱和的,也只有大思想家孟子了。

研究者说,《大学》与《春秋》相表里,《中庸》与《易经》相表里,于是有人真的在《中庸》里发现了《易经》里时与位的概念。《大学》类似于佛教的《心经》,《中庸》可比于佛教的《金刚经》,于是有人用佛经讲《中庸》。《中庸》所言,简直就是一个完美的太极:大到宇宙万象,小到尘埃虚无,有高寡的理论,也有非凡的实用,道流六虚,须臾不离。也许正因如此,《中庸》挑起了儒者们的斗志和好奇,一代一代,前赴后继,对之倾注了极大的热情,广泛学习,深入辩论,一举将宋明理学推向本体化、哲学化的时代高峰。

不管是学《中庸》还是说《中庸》,都绕不过"学习标兵"朱熹。不仅因为他经过"沉潜反复",多年思考才得其要领,最后"会众说而折其中"而成的著名读书笔记《中庸章句》,还因为他接着"沉潜反复",又编辑了《中庸或问》和《中庸辑略》,甚至讲学时还"沉潜反复",《朱子语类》中收录了很多他同弟子们讨论《中庸》的内容。这些书相辅相成,是研究《中庸》不可或缺的材料。

朱熹对《中庸》的评价:"其书始言一理,中散为万事,

(三) 沐浴书香

末复合为一理,'放之则弥六合,卷之则退藏于密',其味无穷,皆实学也。善读者玩索而得焉,则终身用之,有不能尽者矣。"朱熹对《中庸》的理解:"其曰'天命率性',则道心之谓也。其曰'择善固执',则精一之谓也。其曰:'君子时中',则执中之谓也。"凭此心得即可得知,尽管后人对朱熹存在一定争议,但他确实悟得儒学心要,承接延续了儒家道统。

我心婉约

《论语》是一本什么书

有人曾说"天堂应该是图书馆的模样",如果真是如此,那么我想,其中最珍贵、最热门的藏书,非《论语》莫属。《论语》成功塑造了东方人的气质和品格。《论语》不仅对中国,而且对朝鲜、日本以及越南等东南亚国家,影响也颇为巨大。时光流转到现代社会,《论语》的魅力指数再次飙升。

《论语》由孔子的弟子和再传弟子编纂而成,是一部孔子及其弟子的语录体文集,主要记录了孔子及其弟子的言行,集中反映了孔子的思想,是儒学思想流派的重要著作。语录体文集的最大特点是,阅读方便,风吹到哪页读哪页,绝无割裂感。

《论语》书名的来源和含义,历来说法不一。汉代的班固在《汉书·艺文志》中说:"《论语》者,孔子应答弟子、时人及弟子相与言而接闻于夫子之语也。当时弟子各有所记,夫子既卒,门人相与辑而论纂,故谓之论语。"多数派据此认定,《论语》的命名者就是编纂者,而不是什么别的人。"论语"二字为何义?"论"者,论述编纂也;"语",

（三）沐浴书香

不同于"言"，比如"食不语，寝不言""子所雅言，《诗》《书》执礼，皆雅言也"。《说文解字》曰："直言曰言，论难曰语。""语"有讨论、论述之义，也就是说，"论语"不是没营养的大白话，而是有思想、有文化、有内涵的。

《论语》甫一问世即不同凡响，在先秦时代便已流行。南宋大学士朱熹慧眼识珠，将《大学》《中庸》《论语》《孟子》编辑成"四书"。明清时期，"四书"被列为科举考试的标准教材。有官方力挺，《论语》成为横跨文化界、思想界和功名利禄界的"多栖明星"，可谓叫好又叫座，首席的地位不可撼动。

人类对《论语》的赞誉之高，只有更高，没有最高，上不封顶。其中最有名的是宋代宰相赵普，称"半部《论语》治天下"，实际上，此话还有上半句——"半部《论语》定天下"。最热情的是日本学者伊藤仁斋，像赞美绝代佳人一样赞美《论语》"增之一句则太多，减之一句则太少"，是"最上至极宇宙第一书"。

《论语》有三个版本：《古论》《鲁论》和《齐论》。现在我们所读的版本，是以《古论》和《鲁论》为基础，整理编辑而成的。全书共20篇，号称500章，实际492章（或曰498章）；号称16000字，实际15900字。至于《齐论》，自从汉魏时期便已失传。直到2019年5月人们才发现，所谓"《齐论》失传"压根儿就是讹传，真相是《齐论》与世人捉了个大迷藏，躲进西汉海昏侯刘贺的墓地，一隐就是1800年。考古人员最后用出土的一大摞竹简证明，《齐论》共22篇的说法不是传说——《知道篇》和《问王篇》赫然面世。

我心婉约

　　《论语》的体例很简单、很原始，每条语录就是一章，若干章合为一篇。各篇的篇名，皆以文章第一句的前两个字命名，并没有特别的含义。篇与篇之间，也没有密切的联系，只是大致以类相从，有些章句还重复出现，这种情况在中国最早的一批文化典籍中多有存在。

　　有心人曾统计，整部《论语》，找不到一个"苦"字，而代表喜悦、快乐的"乐""说""喜"却是高频词。

　　对于春秋时期200多年的历史，孔子曾做过数字化描述："弑君三十六，亡国五十二。"在纲常紊乱、道德沦丧、血雨腥风的时代，快乐不是件容易的事情。《论语》好比济世良方，缺什么补什么。总结其核心思想，一字秘诀曰"仁"，八字真言曰"孝悌忠信礼义廉耻"；其终极理想，是建立一个"老者安之，朋友信之，少者怀之"的大同世界。试想，一个充满仁爱、遍地君子的社会，快乐还会是个问题吗？因此，哪怕眼前一片漆黑迷茫，生活却可以因为梦想而美好。就像俄国诗人莱蒙托夫所说："只要心中有不灭的理想，生命就永远充满着新鲜的血浆。"

　　《论语》以最平易最暖心的方式，告诉世人："我欲仁，斯仁至矣！"人类的理想国，并非六合之外的幻景，而是如此触手可及。因此，有人坚定地认为，《论语》是一部关乎理想的书，包括个人理想、家国理想，乃至全人类的理想。

　　任教哥伦比亚大学的狄百瑞，向自己的学生极力推荐《论语》。他认为，《论语》被奉为经典的真正理由，与科举考试没多大关系，而是它论及了人类共通的、恒久不变的核心价值。这种核心价值，即为"君子"，无关乎财富、地位

（三）沐浴书香

和教育程度。后来,孟子又发展了这一思想:"天下有达尊三,爵一,齿一,德一。朝廷莫如爵,乡党莫如齿,辅世长民莫如德。"君子可以不是高官,可以不是巨富,也许像六祖惠能那样大字不识,也可能箪食瓢饮,只要道德崇高,便能振臂一呼追随者云集,是社会真正的领导者。

在这样的价值导向之下,人们拥有健康的是非观、荣辱观和富贵观,有国者不会耽于淫乐,当官的不会贪污受贿,有钱的不会斗富炫富,经商的不会囤积居奇。《论语》金声玉振,剑指人生观、价值观和世界观,受到教化的人们,"三观"肃正,具有明辨是非的能力,从而进退有据,取舍得宜。所以,又有人坚定地认为,《论语》是一部有关价值判断的书。

在世人眼中,《论语》还是一部修身之书、教育之书、史料之书,以及治国理政参考书。比如宋代三任宰相赵普,尽管曾因不爱读书遭人诟病,案头却永远放着一部《论语》,家事国事天下事,但凡遇到了难事,马上翻书寻找答案。书中两百多个成语、几十个名言警句,是《论语》赠送世人的额外"福利",开卷者有份。

经典的智慧是无穷的。《论语》之于世人,"有得一两句而喜者",有读了喜不自禁以至手舞足蹈者,借子贡的话说:"贤者识其大者,不贤者识其小者。"学习《论语》,和欣赏三维立体图画颇为神似——只有读到了其中的"理想国",学会了合乎天理、应乎人性的价值判断,才算真正读懂,才会明白文化的真正含义,才能感受到圣人"观乎人文以化成天下"的不朽能量。

我心婉约

《孟子》是一本什么书

"四书"之中,最不肯向权力低头的,当数《孟子》。正因如此,孟子与权力之间还发生过一场激烈的"巅峰对决":史上有名的铁血皇帝朱元璋,不经意间读了《孟子》,竟然怒到丧失理智,妄图以无上皇权罢免了千年亚圣,将其移出孔庙,取消配享。对决结果很快揭晓——"仁者无敌"不是虚谈,朱元璋败下阵来。道统大于政统,这就是精神王者的力量。

儒家学派的两位圣人,相拟于《周易》的乾坤两卦。孔子行仁,孟子取义。仁比大地,中华民族因此有品格:"至静而德方",温文尔雅,厚德载物。义薄云天,中华民族因此有性格:浩然正气,至大至刚,自强不息敢作为,面对暴戾邪恶不知何为"怕"字。所以,确切地说,朱元璋读《孟子》,不是被气坏了,而是被吓坏了。那么,《孟子》一书到底讲了些什么?它反对什么?倡导什么?输出的是怎样的价值观?我们一点一点来剖析。

（三）沐浴书香

（一）

向来爱打笔墨官司的学者们，对于《孟子》的观点竟难得地实现了统一：作者是孟子及其门人，主张仁政、民本思想和性善论，是该书的三大看点。

《孟子》是公认的思辨类散文名著，不仅每一篇文章恢宏开阔、雄辩滔滔，"三大看点"在宏观立意上的逻辑关系也十分清晰：人性本善是以民为本的原因；以民为本又是施行仁政的原因。反推亦然——施行仁政落实了以民为本；以民为本落实了人性本善。而以上一切的基础，则是首先明确导向问题——是居仁由义，还是唯利是图，因为二者经常是水火难容的关系。正因如此，《孟子》才"开篇大吉"，抬眼便是个大大的"利"字："王何必曰利？亦有仁义而已矣。"

《史记·孟子荀卿列传》中说："太史公曰：余读孟子书，至梁惠王问'何以利吾国'，未尝不废书而叹也。曰：嗟乎！利诚乱之始也！"也就是说，司马迁读《孟子》，有个习惯性的系列动作：放下书，一声长叹，然后大发感慨："唉！追逐利益真是一切祸乱的开始啊！"

孔子也曾说："放于利而行，多怨。"一切以利益为指挥棒，结果必然人人"不是很开心"，因为利无止境，欲壑难填。

《孟子》一书，差不多等于半部"孟子列国游说记"。这期间的孟子，像一位敬业的推销员，不遗余力地向诸侯"兜售"仁政、王道，反对战争和暴政。孟子的主张是，诸侯国君要以身作则，修身敬业，推行仁政，之后就会形成"多米诺骨牌效应"：国君德比尧舜，仁政大行，百姓沛然归附如水之就下，那么，"率土之滨，莫非王臣"；既然天下人心归顺，那么，普天之下就莫非王土了。君子不言利而利在其中，仁义最后征服的是整个天下。

孟子"多米诺骨牌"式的思维逻辑，很容易让人想到《大学》所倡导的"修身、齐家、治国、平天下"。没错，《大学》为曾子所作，孟子是曾子的学生子思教出来的。如果追本溯源，这一思想还可在《尚书·尧典》中找到原型："克明俊德，以亲九族。九族既睦，平章百姓。百姓昭明，协和万邦。"也没错，孟子是解读《诗经》和《尚书》的专家，对这两部书倒背如流。这些应该是《孟子》仁政思想的渊源。

可惜的是，理想和现实之间，相差着上古圣人的距离，因为诸侯国君只是些七情饱满六欲旺盛的凡人。孟子曰："诸侯之宝三：土地，人民，政事。"客观地讲，战国时期的国君，几乎人人心中想着这三宗宝，只是与孟子有所差别："争土地，抢人口，夺政权。"孟子的仁政看上去很美，国君们面对滔滔雄辩的孟子，个个洗耳恭听，但是，他们内心的想法极其一致：谁认真谁就会输得很惨。所以，尽管言论自由百家争鸣，诸侯朝廷开放得好比诸子走秀的T台，但"仁政"被认为是"迂远而阔于事情"，最终没有市场，天下依然是"争地以战，杀人盈野；争城以战，杀人盈城"的人间地狱。"月俸百千官二品，朝廷雇我作闲人。"即使在被后人赞为"一代圣主"的齐宣王那里，孟子最终也不过是个有名无实的客卿——国家顾问而已。

（三）沐浴书香

（二）

孟子44岁怀揣"仁政梦"周游列国，历经齐、魏、鲁、邹、滕、薛、宋等国家，他在诸侯国享受的待遇可比孔子强多了，"后车数十乘，从者数百人"，排场大到让人不敢直视。然而，"士贵相知深，岂为多黄金"。孟子为了肃正"富贵观"，正名"大丈夫"，曾公开唾弃公孙衍、张仪之流，认为他们不过是一群为了攫取富贵而投国君所好、蛊惑人心的诌佞小人，真正的"大丈夫"，应该"富贵不能淫，贫贱不能移，威武不能屈"，浩然正气回荡千古。既然仁政理想无处落地生根，孟子"浩然有归志"，《史记·孟子荀卿列传》中记载，他回到家乡，与学生万章等人著书立说，作《孟子》7篇，每篇分为上、下章，共14章，与《庄子》齐名，开先秦散文之先河，被尊奉为"百代文宗"。

（三）

孔孟之道是治理天下的不二良品，也是历代皇帝的立邦之本，到明朝时已享千年尊崇。为什么一部《孟子》，偏让明太祖朱元璋读罢如遭雷击呢？导火索是其中的民本思想，鲜明尖锐，专门叫板皇位上的统治者。后代学者认为，正是亚圣孟子的这一思想，给了人民充分的革命权力。

《孟子》一书中最先进的主张是"民为贵，社稷次之，君为轻"，这等于很直白地教化百姓，至高无上的不是君主而是广大劳动人民；接着又说"天下有道，以道殉身；天下无道，以身殉道，未闻以道殉乎人者也"，值得顶礼膜拜的只有"道"，稀里糊涂地为某个君主或某个人献身，根本就是没活明白；《孟子·离娄下》中孟子告诉世人，"君之视臣如手足，则臣视君如腹心；君之视臣如犬马，则臣视君如国人；君之视臣如土芥，则臣视君如寇雠"，君臣关系是对等的，道德义务是双向的，君主是起先决条件的，君主不仁就别怪臣民不义；又说"无罪而杀士，则大夫可以去；无罪而戮民，则士可以徙"，履霜而知坚冰，遇到暴君、昏君就避而远之吧，白白受到伤害太愚蠢。一次，齐宣王唠家常般地问起公卿之事，孟子的回答电闪雷鸣：若是贵戚之卿，反复规劝君主却不听，可以发动宫廷政变，直接把昏君给换了；若是异姓之卿，君主无道就辞职离去，再坚持下去纯属浪费生命……

孟子的"民本思想"好像一把"杀猪刀"，刀刀扎心坎。亚圣孟子，像是一位手持利刃的革命家，随时可能跳起来革了昏庸统治者的命。估计朱元璋读《孟子》，一定如临大敌。所以，明洪武五年，公元1372年，上演了一幕令人大跌眼镜的狗血剧：朱元璋PK孟子。PK过程很精彩，有人考证是野史，也有人说是正史，反正剧中主要人物少不了半路杀出来的刑部尚书钱唐，抬着棺材对抗皇帝的罢孟子配享的诏书，侍卫军的利箭"噗！噗！噗！"射中他敞开的胸膛，瞬间血肉模糊，儒生钱唐高呼："为孟轲死，死有余荣！"结果，历史剧"朱元璋PK孟子"被迫改版为"朱元璋PK《孟子》"。

孟子的地位不可撼动，配享文庙一切照常，心里老大不

（三）沐浴书香

高兴的朱元璋退而求其次，命刘三吾大修《孟子》，民本思想全部封杀删除，一部总计34685字的经书，删掉16659字，约占全书的48%。改造版《孟子》——《孟子节文》因此问世，行政干预强迫发行，让明朝的臣民们持戒诵读。

德国哲学家尼采曾说，道德有两种，有独立心而勇敢者曰贵族道德，谦逊而服从者曰奴隶道德。孟子教导人民，要勇敢、要独立、要有尊严；而朱元璋之类的统治者，恰恰妄图把天下人都变成俯首帖耳的奴隶。《孟子节文》是强权政治下的文化怪胎，从未真正流传。明朝尚未终了，书已销声匿迹。

孟子的民本思想比西方整整早了两千年，有学者曾说，它是一部深刻的政治哲学著作，值得历代统治者认真研读。其实，早在《尚书·五子之歌》中，便有"民惟邦本，本固邦宁"的思想。《易经·系辞》中也警醒统治者："其亡其亡，系于苞桑！"当过乞丐、做过和尚的朱元璋，对孟子及其著作大动干戈，和他的草根出身有直接关系，一生戎马倥偬，文化素养不高，对言辞锋利的《孟子》排斥得很感性，并没有理性地去了解《孟子》对统治者的鞭策和辅助作用。据说，晚年他改变了对《孟子》的态度。

（四）

无论仁政主张，还是民本思想，都无法与《孟子》性善论相提并论，学术界几乎一致认为，孟子对中华民族和整个人类做出的巨大贡献，首推性善论。它构建了中华民族价值体系的基础，推而广之，也构建了人类文明和谐的基础。

"人之初，性本善"被中华民族诵读了几千年，可以说，再没有比这更暖心的启蒙教育了。然而，有关人性的哲学命题，约等于人类的一个终极命题，也许并没有正确答案。也正因如此，人类对之向来众说纷纭，古今中外，概莫能外。仅战国时期，诸子之间的"高端对撞"就不下四种：孟子"性善论"，荀子"性恶论"，告子"性无善无不善也"，此外还有"性有善有恶论"。

哲学家、思想家、雄辩家孟子，为了证明"性善论"是不二真理，几乎动用了全套武器：推理论证、类比论证、比喻论证、经验论证。不幸的是，这些论证均被后代学者证明为无效论证。其中最著名的是孟子的"四端"学说——"恻隐之心，仁之端也；羞恶之心，义之端也；辞让之心，礼之端也；是非之心，智之端也"。孟子还举了个著名的例子：如果看到一个小孩马上要掉到井里去了，人人会在瞬间产生惊惧怜悯之心，这种心情的产生是由内而外的真情本能，不受外界丝毫影响。于是，孟子得出结论：由此可见，恻隐之心，人皆有之。这一论证曾经得到一些学者的认可甚至膜拜，他们认为，孟子凭此例证，已经将有关人性的超级难题给解决了，完胜古今中外各大哲学家。但是，有学者反问道：那么当看到别人倒霉，人人心里都会产生窃喜或者旁观心态，应该如何解释呢？于是，孟子这一伟大的经验论证被一句话攻破。

为了维护"性善论"，《孟子》以白描的手法记载了一场

（三）沐浴书香

高端辩论赛——

"告子曰：性犹湍水也，决诸东方则东流，决诸西方则西流。人性之无分于善不善也，犹水之无分于东西也。"

这句话的意思是说，人性好比流水，根本不分善恶，引向哪边是哪边。孟子当然不同意，他说：流水确实不分东西，但是难道不分上下吗？人性都是善的，就像水永远都往下流一样。如果科学技术不那么发达，孟子的这一论证几乎无法攻破。可是，当人类乘着飞船上天绕了一圈，结果就不一样了：水向下流在地球上没错，水到太空发生变化，360度无死角，任何流向皆有可能。

既然"性善论"实际上是个没有被证明的论点，那么，孟子为什么还因此被后人赞誉、崇拜呢？有学者曾将孟子、告子、荀子等人的论点进行了比较，结果发现"人性恶"为做坏事提供了充分的理由，但至少大家一起恶，人人有原罪；最糟糕的是"人性有善有恶"，为不平等提供了理论依据。所以，孟子说："言人之不善，当如后患何？"学者们据此认为，或者孟子其实知道他无法真正解释人性的问题，但是，亚圣选择了"性善论"，不是因为它是真的，而是因为它是好的。因为我们相信人性善，所以，我们要做好人而不做坏人；因为我们相信人性善，所以我们相信其他人也是好人，世界才有安全感；也因为人性善，人类要友好和睦，反对杀伐，制止侵略。人性善解决的是人类的前道德问题。只有相信光明，我们才会追求光明；只有相信人性善，我们才会努力向善。有关人性，圣人的深心垂诫，或者正在于此。

我心婉约

许穆夫人复国记

2600多年前,中原大地,许、卫两国之间。烟尘起处,一行四驾马车风驰电掣,朝着卫国的方向奔跑、奔跑、奔跑!跑在最前方的华车,载着一位贵妇。只见她云鬓高挽,裙袂飘飘,雍容又沉稳,美丽又坚定——哦,那是2600多年后,世人在网络上为她画的一幅肖像。肖像端庄优雅,令人望之生敬。

她的芳名已不得而知,她后世的身份却令人震撼:世界历史上第一位女诗人、中国历史上第一位见于记载的爱国女诗人,比屈原还要早近300年。

不过,此时此刻,2600多年前,驾车朝卫国方向拼命奔跑中的她,最醒目的身份,是一位复国者。

历史上她被称为许穆夫人。许穆公是她的丈夫。卫国是她的母国。她从前是卫国的公主,现在是卫国的复国者。

这个"公主复国"的故事,不是历史神剧,而是历史事实。见载于正儿八经的历史典籍《左传》《史记》和儒家经典《诗经》。

（一）宫廷

心急如焚的许穆夫人，率领许国的姬姓团队，满载大量救援物资，归心似箭，驱马奔驰在驶向卫国的驿道上。她身后不远处，另一团烟尘突然卷起，那是许国前来追赶她、阻止她的车辆。

然而，此时的许穆夫人心如磐石，任谁也无法阻挡她回国的脚步。她的心中有卫国在召唤，那是她落难的家邦、子民和父母兄弟！

《左传·闵公二年》记载："冬十二月，狄人伐卫。……及狄人战于荥泽，卫师败绩，遂灭卫。"

卫国是姬姓诸侯，位列公爵，是周文王的嫡系子孙。想当年，康叔封国、武公勤王，卫国是何等荣耀与辉煌！谁料今日，狄人入侵，卫国竟然不堪一击、一击即溃、一溃即灭！然而，只要看一眼卫国宫廷的荒唐秽乱，看一看那些不靠谱的国君，卫国当日的灭亡，还会让人吃惊吗？

仅以一事为例。

许穆夫人和刚战死的卫懿公之间、和卫懿公的爷爷卫宣公之间，到底应该怎么称呼、应该是什么关系呢？

卫宣公留给后人的，大概只有一首讽刺诗或者说咒骂诗《邶风·新台》：

> 新台有泚，河水弥弥。燕婉之求，蘧篨不鲜。
> 新台有洒，河水浼浼。燕婉之求，蘧篨不殄。
> 鱼网之设，鸿则离之。燕婉之求，得此戚施。

我心婉约

"新台明丽又辉煌,河水洋洋东流淌。本想嫁个如意郎,却嫁一个'癞蛤蟆'……"

这首诗一定让许穆夫人深以为耻——因为这事说的正是她的亲妈——宣姜。

当年宣姜在成婚的路上,还是卫宣公的儿媳妇。只因长得太美,被公公听说了,卫宣公这个一国之君,竟当机立断拦路抢劫,在黄河边上筑造"新台"做婚房,把儿媳妇变成了媳妇。

卫宣公和宣姜生公子寿、公子朔。

卫宣公死,公子朔继位,是为卫惠公。国人不服惠公,齐襄公助其巩固君位,又画蛇添足,乱点鸳鸯谱,硬把惠公之母、宣公之妻宣姜,塞给了宣公的庶子公子顽。宣姜和公子顽生两男三女:齐子、卫戴公、卫文公、宋桓夫人、许穆夫人。

如果从父亲公子顽的角度讲,许穆夫人应该叫卫宣公"爷爷";可卫宣公又是母亲宣姜的前夫,又该叫他什么呢?

而卫懿公是卫惠公的儿子,许穆夫人是公子顽的女儿,卫惠公和公子顽同是卫宣公的儿子,因此从父亲的角度讲,许穆夫人和卫懿公应该是堂兄妹;可是,若从宣姜那边算,许穆夫人是宣姜的亲生女儿,卫懿公是宣姜的嫡亲孙子,他应该叫许穆夫人一声"姑姑"……

什么叫令人眼花缭乱?形容的就是卫国宫廷。

终于,卫国公族为它的不堪付出了沉重代价。狄人讨伐,卫国溃败,连国君卫懿公都在战斗中一命呜呼了。

卫懿公临死前可能没想到,被他做主嫁给了偏小许国的

(三) 沐浴书香

妹妹，或者说姑姑，也就是如今的许穆夫人，已为卫国的灭亡和他的阵亡，痛彻心扉。许国通往卫国的驿道上，车轮辘辘，蹄声如鼓，许穆夫人正在冲破阻挠，奋力驱驰，誓要"归唁卫侯"。

（二）懿公

卫懿公名赤，是卫宣公之孙、卫惠公之子，史上著名的大奸臣公子开方之父，本文主角许穆夫人的堂兄或者侄子。

公元前660年，狄人伐卫，卫懿公阵亡。史载这位亡国之君的死相极其惨烈。他留下两个完整的故事——

话说周惠王对卫惠公怀恨十年，公元前666年（周惠王十一年），惠王命齐桓公伐卫报仇。此时卫惠公已死三年，卫懿公在位。齐桓公大兵压境，卫懿公的处理方式简单粗暴：不问来由，率兵接战，大败而归。

获胜的齐桓公长驱直入，在卫国国都朝歌城下，宣读王命，一条一条列举卫侯罪状，卫懿公越听越蒙："周王这数落的明明是我父亲呀？可我父亲已经死了三年多了，这场讨伐战与我有什么关系？"方才明白自己徒然替父亲挨了一顿打。就连聪明一世的齐桓公，也才知道自己打错了人。

虽然这场讨伐战，是齐桓公和错误的人打了一场错误的战争，但是，失败者卫懿公必须有所表示：他让长子开方带着五车金银财宝去求和，结果，金银财宝和儿子开方，全部肉包子打狗——有去无回。开方视齐桓公赛亲爹，成桓公宠

我心婉约

臣，连卫懿公死了都没回国奔丧，只因为舍不得离开齐桓公半步。

第二个故事是卫懿公好鹤亡国，这和他的死有直接关系。《史记·卫康叔世家》记载，仙鹤在卫懿公时代，彻底交上了好运。卫懿公不仅给仙鹤配侍从、配豪车、建豪宅，还给它们封官赐爵，名之为"鹤大夫""鹤将军"，按级别发放朝廷俸禄。天下闹饥荒，鹤粮要保障无缺；黎民百姓啼饥号寒，卫懿公却不屑一顾。

公元前660年，狄人伐卫。正想驾鹤出游的卫懿公闻讯大惊，赶紧武装百姓，准备迎敌。可百姓却婉言拒绝了："让您的鹤将军去迎敌吧。"还唱了一首歌给他听：

鹤食禄，民力耕；鹤乘轩，民操兵。狄锋厉兮不可撄，欲战兮九死而一生！鹤今何在兮？而我瞿瞿为此行！

卫懿公闻之醒悟，可惜为时已晚。他亲自率军上阵，被狄人砍为肉泥，全军覆没。卫国灭亡。

（三）婚姻

卫国宫廷养出了一群不靠谱的男人，同时也培育了一个灵秀超凡的女儿。后来的历史证明，这个女儿，一个顶一万个。

她就是现在的卫国公主，不久以后的许穆夫人。

据考证，许穆夫人出生的时间大约在公元前690年。她同时继承了母亲的美貌和先祖的智慧，幼年时即名闻诸侯。

（三）沐浴书香

《诗经·卫风·竹竿》是她婚后所作：

> 淇水在右，泉源在左。巧笑之瑳，佩玉之傩。
> 淇水滺滺，桧楫松舟。驾言出游，以写我忧。

诗中，她的姿容与才情跃然纸上。

少女时的她，是诸侯公子心中的女神，前来求亲者络绎不绝。汉刘向《列女传·仁智传》中就有记载："初，许求之，齐亦求之。"

这里的许，指许国的许穆公；齐，指齐国的齐桓公。史载，公元前656年，齐桓公号令诸侯伐楚，许穆公不敢不去，抱病前往，半路而薨。

当然，向卫国公主求婚时，他们之间还没有这层关系，他们都还年轻。

雄才大略的齐桓公PK胆小如鼠的许穆公，孰胜孰负，应该没有悬念吧？加之公主本人也做了积极表态："许小而远，齐大而近。若今之世，强者为雄。如使边境有寇戎之事，维是四方之故，赴告大国，妾在，不犹愈乎？"

这段话的意思是说，许国弱小，离得又远；齐国强大，又是近邻。当今这个世界，通行法则是强者为王。万一将来卫国边境发生战争，必须要依靠大国支援。如果有我在齐国，事情难道不更好办一些吗？

嫁给齐桓公，是深谋远虑的政治联姻，况且人家公主本人也是一万个"我愿意"，可是结果令人大跌眼镜——当时的国君卫懿公对如上策略根本看不懂，据说他只看见了许国的聘礼更丰厚一些。于是许穆公意外成了一匹大黑马，成功

329

抱得佳人归。从此，这位卫国公主，永远成了历史上的许穆夫人。

许穆夫人婚后生活幸福吗？没人知道。能够知道的是，许穆夫人婚后很想家。《诗经》收录了三首她的作品——《泉水》《竹竿》和《载驰》。前两首的主题都是想念亲人、思念卫国，第三首写的是坚决干脆地驾车跑回卫国，拦也拦不住，追也追不回——

> 载驰载驱，归唁卫侯。驱马悠悠，言至于漕。
> 大夫跋涉，我心则忧。既不我嘉，不能旋反。
> 视尔不臧，我思不远。既不我嘉，不能旋济。
> ……

早年的预言不幸成为现实，许穆夫人带着辎重、姐妹、仆从，恨不能一日千里，驱车向着卫国奔跑。许穆公派出大夫前去追赶、阻拦她，可是，他们怎么能够得逞呢？刚听到卫国国破君亡的噩耗时，她曾请求许穆公援救卫国，可胆小如鼠的许穆公，怕引火烧身，不敢出兵。此时距离战事发生、卫国灭亡，已经过去好几个月了。田野已经碧绿，麦浪蓬蓬勃勃。她那朝思暮想又灾难深重的祖国，现在该是怎样一番模样呢？

（四）复国

卫国一片哀鸿遍野。战后男女老少都算上，只剩下区区七百余人。

卫国人几乎被狄人杀光了。

幸存者在卫国宫廷的另一位女婿、许穆夫人的姐夫宋桓公的接应下，渡过黄河，逃到漕邑。

许穆夫人载驰载驱，终于来到了漕邑。她见到了避难的卫国宫室。她用带来的物资救济难民，参与商议复国之策。

许穆夫人主张向齐国求援。

就在此时，许国大臣气喘吁吁，接踵而来。他们指责她、抱怨她，理由冠冕堂皇：

先王制礼，父母没则不得归宁者，义也。虽国灭君死，不得往赴焉，义重于亡故也。

他们用定义世界的口吻，居高临下地发表了一通感慨，其实就是一句话：许穆夫人你大不敬、你太无礼。因为你的父母都已过世，哪怕你的娘家人都死绝了，你也要袖手旁观、不能回家！

既然许国的国界阻挡不了许穆夫人，到了卫国她就更不会任人摆布、随意欺负了。她信念坚决。她怒不可遏。她针锋相对。他们之间一定发生过激烈的争执和辩论。《左传·闵公二年》记载："许穆夫人赋《载驰》。"——

女子善怀，亦各有行。

> 许人尤之，众稚且狂。
>
> 我行其野，芃芃其麦。
>
> 控于大邦，谁因谁极？
>
> 大夫君子，无我有尤。
>
> 百尔所思，不如我所之。

意思是说，女子虽然多顾家，自有道理和主张。许国大夫反对我，简直幼稚又愚妄。走在祖国大地上，麦浪蓬勃又向上。快发讣告给大国，要靠大国来救亡！许国大夫众君子，不要反对我主张。你们纵有计千条，不如我跑这一趟！

义愤填膺的《载驰》，2600余年后读来，尤觉铿锵震耳。当年的许国大夫，是不是一个个被骂得狗血喷头呢？

许穆夫人说的大国，就是齐国。

齐桓公，这个当年的追求者，可曾读到许穆夫人心急如焚、如诉如泣、义愤填膺的《载驰》？那是卫国战后废墟上渴求生存的最强音。

齐桓公到底要比许穆公强上千百万倍，他出手搭救了卫国。

战后的卫国一片荒凉，全国只有马车三十辆。卫文公寄居民间，布衣蔬食，艰苦异常。齐桓公送车、送马、送衣服，连门板和鸡狗牛羊都送去了，又派长子无亏率甲士三千、战车三百，前往卫国负责戍卫。在齐桓公的带领下，其他诸侯也纷纷伸出援手。毕竟，大家不是同宗就是亲戚。这时，叫不回媳妇的许穆公终于也有了行动，他和宋桓公等派兵参战，打退了北狄，收复了失地。卫国起死回生，出现了转机。

两年后，卫国在楚丘重建都城，恢复了在诸侯国中的地

（三）沐浴书香

位，国祚再续400多年。秦始皇灭六国，韩、赵、魏、楚、燕、齐全亡了，卫国还活着。

而许穆夫人，那个挚爱祖国的许穆夫人，那个救亡图存的许穆夫人，那个载驰载驱的许穆夫人，和她的诗歌、她的信念一起，一直奔跑在历史长河的大道上，向前、向前、向前，像一面永恒招展的鲜艳旗帜，像一束冲破黑暗、点亮天地的五彩极光。

桃花夫人

貌倾三国的"桃花夫人",不招蜂,不惹蝶,不作恶,娴静文雅、端淑庄重、温柔聪慧……尽管《左传》和《史记》有关她的记载,加起来不足两百字,然而,聪明的古人言近旨远,越品,越觉得她是《诗经》里"窈窕淑女"的现实版。有关她的故事,如果讲起来,实际上是四个重量级男人的几桩糗事。几千年后,曹雪芹于《红楼梦》里,借贾宝玉之口说:"女儿是水做的骨肉,男人是泥做的骨肉。我见了女儿,我便清爽;见了男人,便觉浊臭逼人。"用来评价有关桃花夫人的几段爱恨情仇,恰当如量身定做。

第一桩糗事是"蔡哀侯戏小姨"。此事证据确凿,《左传》用90个字,《史记》用81个字,记载了这桩春秋时期的国际绯闻。

"桃花夫人"是陈国国君的女儿。陈国是妫姓,因初婚嫁给息侯,故史称息妫。息妫的不幸,起源于她的姐夫——蔡哀侯献舞。事情很简单,息妫回娘家,途中路过蔡国。蔡哀侯"忽闻美人天上落",备受刺激,便起心动念,用很励

（三）沐浴书香

志的口吻说："小姨子经过敝邑，不破费一下我都不好意思叫献舞……"接下来，杀牛宰羊，洒扫庭除，大张旗鼓，然后派人把过路的绝代佳人息妫请到宫中款待。

俗话说："酒不醉人人自醉，花不迷人人自迷。"心怀鬼胎的献舞见到女神，立马神经错乱。他把眼前的息国君夫人当成了娱乐明星，言语戏谑，举止轻浮。《左传·庄公十年》中说："息妫将归，过蔡。蔡侯……止而见之，弗宾。"《史记》里说："蔡侯不敬。"结果呢，君夫人只可敬不可辱，息妫大怒而去。和许多美女一样，息夫人颇有性格，从娘家返回息国时，居然绕道而行。

第二桩糗事是"息侯引狼入室"。

息侯闻知蔡侯竟敢怠慢他媳妇，大怒。本想直接打上门去，怎奈息国褊小，他没有必胜的把握。不料气恼生"智慧"，他忽然想起了一个人——楚文王熊赀。对于楚国和中原，蔡侯肚肠子里那点儿小九九，息侯尽在掌握。蔡侯敢对小姨子无礼，休怪妹夫不义。息侯计上心头，且成竹在胸，他也很励志地说："不给献舞点儿厉害尝尝，诸侯面前我都不好意思叫息侯！"

为了给媳妇或者说给自己出这口酸气，息侯派使者带上礼物，前去朝见楚王，献计一条："蔡哀侯献舞，仗恃着中原大国的势力，常年不肯给大王您纳贡。如果楚兵假装攻击我们息国，我国因此向蔡国求救，献舞这个人我知道，好勇轻狂，必然会率军相救。到了那时，我们息国的军队和大王您的军队，两面夹击蔡军，活捉献舞如探囊取物。俘虏了献舞，还用担心蔡国不进贡吗？"

我心婉约

楚王听罢大喜，依计而行。剧情按照息侯的设计正常发展，楚军大兵压境，息侯求救于蔡国，蔡哀侯果然起兵来救。谁料楚军早有准备，蔡军立脚未稳，便被打了个措手不及。蔡哀侯赶紧逃往息国城下，息侯把脸一变，紧闭城门，千呼万唤也不开。蔡哀侯大败而逃，在莘野被楚王活捉。息侯终于出了口恶气！他大摆宴席犒劳楚军，亲自送楚文王熊赀出境。

至此，蔡哀侯才知中计，恨息侯入骨。不过，他为轻狂付出的代价，并未到此结束。蔡哀侯被虏至楚国，楚文王越看他越来气，脾气瞬间爆发："把献舞小儿给我烹了，祭祀祖宗！"蔡哀侯估计已吓成一摊烂泥了，幸有楚国诤臣鬻拳，先是再三苦劝，接着以剑挟君，最后竟自断其足，"三部曲"上演完毕，楚文王暴雨转晴，来了一个"川剧大变脸"：不但同意释放蔡哀侯回国，还大摆宴席，为其饯行。觥筹交错之间，楚王指着一位仪容秀丽的弹筝美女，炫耀地说："以你平生所见，有比她还漂亮的绝色美人吗？"

刚从地狱门口逃回来，蔡哀侯一脚碾碎息侯的心都有。没想到，机会说来就来。他也打算利用楚文王熊赀。于是，蔡哀侯极尽夸张之能事，盛赞息夫人之美貌。他说："曾经沧海难为水，除却巫山不是云。天下女子和息妫相比，简直都是狗尾巴草。息妫，那才是真女神呢！"楚王听傻了，直着一双醉眼说："你具体说说看……"蔡侯说："目如秋水，脸似桃花，长短适中，举动生态，目中未见其二！"

楚王瞬间害上相思病，悲恸欲绝，要死要活："寡人如果能看上息夫人一眼，就是死了也愿意！"蔡哀侯见时机已

（三）沐浴书香

到，正好煽风点火："以大王您的威仪，哪怕是齐国的夫人、宋国的公主，也可招之即来挥之即去，何况在您屋檐下苟延残喘的一个小国妇人呢？"楚王一听，茅塞顿开，十分高兴，当即和蔡哀侯尽欢而散。

蔡哀侯得意扬扬，从楚国全身而退。心量不宽、智商不高的息侯，此时还不知道，他一手导演的复仇剧，已经导致他的息国和夫人息妫处在楚文王熊赀的"虎视眈眈"之下，危在旦夕。

第三桩糗事，楚文王抢媳妇。

楚文王熊赀深中蔡哀侯之毒，对息国君夫人，朝也思，暮也想，辗转反侧，抓耳挠腮。何计抱得美人归？楚文王情到急处，计上心来：待在家里不是事儿，不如借出游之机，游到息国，也好趁机圆了这段相思梦。

于是，楚文王以"巡方"为名，来到息国。息侯远道相迎，亲自打扫馆舍，恭敬至极。为楚文王接风的盛筵上，楚文王对息侯说："从前寡人曾为君夫人稍效微劳，今天寡人来到你家里做客，难道君夫人还不肯为寡人斟杯酒吗？"息侯即便听出了这话是没安好心，可他惧怕楚文王，哪敢说半个"不"字？赶紧命人去请他的"寡小君"。只一会儿的工夫，只听环珮叮当，息妫扶摇而来。楚文王抬眼一瞧，但见那，眼前人比桃花秀，湘兰天女是前身。熊赀瞬间如遭电击，当时的场景有甚于波月洞的黄袍怪初见百花羞公主。第二天，楚文王设宴，回请息侯。楚文王熊赀龇牙咧嘴，原形毕露，回归了动物本性。丛林法则一旦横行，国将不国，家将不家，夫妻也不再是夫妻了。刀光剑影之间，息国已经花开花落。

我心婉约

拿下息侯，楚文王引兵直奔息侯的后宫，寻取息妫。息夫人奔入后花园，欲投井自杀，被楚将斗丹一把拽住衣裙，楚文王许以不杀息侯、不斩息祀。圣人曾说："可以死，可以无死，死伤勇。"息妫选择勇敢地活下来，楚文王在军中即立息妫为夫人，即文夫人。于是，息侯夫人美貌绝伦，又被抢到楚宫做夫人。因为息妫脸似桃花，又被称作"桃花夫人"。

"桃花夫人"在楚宫，楚文王宠幸无比。三年之内，生下两个儿子，长子熊囏即后来的堵敖，次子熊恽即楚成王。息妫在楚宫三年，从来不主动开口说话。楚王很奇怪。一天，他小心翼翼地问息妫："我发现你似乎不大爱讲话，这到底是怎么一回事呢？"只见那"桃花夫人"，"看花满眼泪，不共楚王言"，还是不说话。楚王这次不达目的不罢休，你不说话，孤就住下不走了。"桃花夫人"这才说道："我一个妇道人家，不幸侍奉两位丈夫，既然不能守大节而殉死，又有什么脸面和人说话呢？"

楚王一听，原来为的是这个呀！真是个美好的女子！他长舒一口气，对"桃花夫人"说："都是蔡献舞惹的祸！爱姬不要烦恼，孤马上为爱姬报仇雪恨。"楚王一心想讨好夫人，雷厉风行，当即兴兵伐蔡，一直入侵到郏这个地方。蔡哀侯听到消息，哪里敢带兵抵抗，打不过人家，就赶紧服软吧！曾害得息侯亡国败家的蔡哀侯，肉袒服罪，把国库里的宝藏搬取一空，送给楚军，楚王才算罢休。

第四桩糗事是子元害相思病。

楚文王的弟弟子元，在楚文王去世以后，被侄儿楚成王

（三）沐浴书香

立为令尹。楚成王熊恽才智过人，但年纪尚轻，还是个十几岁的孩子，所以文夫人息妫经常和子元等大臣商议政事。素称"桃花夫人"的息妫风姿不减当年，子元不知不觉做起了"篡位夺美梦"，只因畏惧大夫斗伯比正直多智，不敢造次。斗伯比一死，子元开始言语挑逗，肆无忌惮。文夫人发现子元心怀不轨，从此对他冷若冰霜。

为了蛊惑息妫，子元精心策划了一场隆重的表演。他兴师动众，紧挨楚宫建造了一座馆舍，并亲自执导专业歌舞团，每天对着楚国斑驳的宫墙，一边摇铎铃，一边"扑踏扑踏"跳《万舞》——

> 简兮简兮，方将万舞！
> 日之方中，在前上处！
> 硕人俣俣，公庭万舞！
> 有力如虎，执辔如组！

活像一队远方的骆驼在过街。

终于有一天，文夫人很纳闷地问："是谁在宫外制造噪声？"侍者说："夫人，是这么一回事……"息妫其人，美则维纳斯，智则雅典娜，若把她看成空心花瓶，大错特错。只是她的智慧，不强势不张扬，顺从而隐忍，颇有"黄老"味道。这一点，通观她备受男人冲击和裹挟的一生，即能有所领悟，或者分析一下她处理两个儿子的王位之争，也可见一斑。

息妫有两个儿子，长子熊囏、次子熊恽，哥俩的关系，颇像当年的郑庄公和共叔段。弟弟熊恽才智过人，深受息妫和国人的宠信,熊囏心里忌恨,总想找碴儿除掉弟弟,却一直没得手。楚文王去世,长子熊囏按惯例嗣位。但是,年轻的熊囏很贪玩,在位三年,专好游猎,毫无建树。熊恽私蓄武士,趁哥哥熊囏出猎的机会,袭而杀之,并以"病薨告于文夫人"。文夫人息妫虽然心中怀疑,却"成事不说",在决定历史走向和国家稳定的重大时刻,合乎时宜地装了把糊涂,并顺水推舟,让诸大夫拥立熊恽为国君,即楚成王。楚成王即位后,立叔叔子元为令尹。

子元不安分守己地辅佐成王,却如此放肆无礼。息妫一边落泪,一边绵里藏针地说:"先君让人跳这个舞,是用来演习准备的。以前中原国家朝贡者络绎不绝,如今已经十年没有进军中原了。现在令尹不图谋雪耻对付仇敌,反而把乐舞用于我一个未亡人的身旁,这不是很奇怪吗?"侍者将此话告诉了子元。子元碰了壁,只得一边抹鼻子上的灰,一边自我解嘲:"是啊是啊,连女人都没忘记攻击仇敌,我反倒把这么大的事给忘了。真是不好意思。"

爱到深处是卑微。细品,此话不够透彻。一旦患上相思综合征,这个人便"爱到深处是迷糊"了。为了继续自己和"桃花夫人"的爱情故事,鲁庄公二十八年秋,子元再次兴师动众,发兵车六百乘,亲率一班楚国战斗士——斗御疆、斗梧做前军,斗班、王孙游、王孙喜殿后,斗志昂扬,杀奔郑国。

楚兵压境,吓坏了郑文公,赶紧召集百官商议对策。大敌当前,朝廷上"哗——"地一下,形成了泾渭分明的两大派。一派主和,也叫"请成",实际就是投降,以堵叔为代

(三) 沐浴书香

表；另一派主战，以师叔和世子华为代表。正当主战派与主和派在朝堂上唇枪舌剑，吵得郑文公头晕眼花之时，又诞生了新的一派——"徒手退敌派"，以叔詹为代表。叔詹很有前瞻性地说："依我看，这次楚国袭郑，不过虚惊一场。"郑文公听后更晕了："楚国令尹亲率大军，岂有空手而回之理？"叔詹接着往下讲："君主有所不知，这个令尹子元不幸害上单相思，如今已病入膏肓，神志不清。楚国此次军事行动，哪里是想真刀真枪争霸中原？实际是子元取悦梦中情人的一种手段。子元欲媚息夫人，因此操必胜之心。凡求胜者必畏败。不必害怕这个纸老虎，臣不费一刀一枪，即可退敌。"

叔詹头头是道，郑文公和满朝文武将信将疑。就在此时，谍报传来：楚军已经攻破桔柣关，进入外郭，眼看就要攻入内城了。未等主战派开口，主和派已升级为"逃跑派"，抢先上奏："楚军说到就到，万一请降不成，赶紧收拾细软逃往桐邱避难吧！"叔詹镇定自若："不用怕，且看我一台好戏退楚军！"

楚将斗御疆、斗梧率军来到城下，眼见城门大开，城中百姓往来如常，毫无惧色，父子俩和千年以后的司马懿一样，犯了疑心病，不敢贸然进城。《左传·庄公二十八年》记载，一群楚国兵在城门下用中原人听不懂的楚国方言交流了一通后，就全体向后转，退出城去了。情况上报主帅子元，子元登高向城中一望，但见旌旗整肃，甲士林立，不禁吃了一惊："郑国多能人，谋略看不懂！万一失利了，哪还有脸回见文夫人？"正在此时，殿后的王孙游又派人来报：齐侯会同宋、鲁两国诸侯，亲率大军来救郑。子元一听，又吃了一惊："倘若诸侯截我去路，腹背受敌，必然损兵折将。如今我侵郑已至城门外，无论加减乘除怎么计算，结果都是全胜……"唯恐失败的子元，率领大军连夜开溜，帐篷军旗不许撤，送给郑国人压惊。第二天郑人发现楚军军营已被一大群乌鸦占领，才知道子元已连夜潜逃。历史名剧《空城计》在郑国首演大获成功。叔詹料事如神，一举成名。

子元没有忘记自己为了什么出发。楚军悄无声息地潜出郑国，一入楚境，立即满血复活，鸣钟击鼓，凯歌震天。他派人先给文夫人送去一张特大喜报："令尹大获全胜，现在班师回朝啦！"文夫人听后，冷冷地说："令尹如果能歼敌成功，应该首先宣示国人，以彰明罚，然后到太庙祭祀行礼，告知列祖列宗，以慰藉先王之灵。跟我这个未亡人有什么关系呢？"子元又碰了一鼻子灰。

伐郑无功，楚成王对子元很是不满。子元篡逆之心益急。鲁庄公三十年（公元前664年），文夫人偶染小恙，子元假托问安之名，来到王宫。对于文夫人，他就差点儿"呼啦"一下变杜鹃了——"子规夜半犹啼血，不信东风唤不回"。为了心中梦想，楚令尹子元第三次举动惊人：将自己的卧床搬到王宫之内，一住三天不出宫；又把自家保安数百人，安排在宫外。大夫斗射师又叫斗廉，人如其名，像一把战斗的镰刀，风风火火闯入宫门，指着子元的鼻子就开骂："这是你这个人臣待的地方吗？还不赶紧出去！"子元正对着镜子整理头发，心情很不错，他不温不火地说："楚宫是我们熊家的楚宫，与你这个外臣有什么关系？"斗射师一听，肺都气炸了。有无耻的，没有这么无耻的。无耻之耻，无耻也！

（三）沐浴书香

他义正词严地说："王侯之间，兄弟不得通属。你虽是先王的弟弟，论等级也不过是人臣。人臣路过城门要下马，路过太庙要加快脚步，哪怕是咳嗽一声、吐口唾沫，也是大不敬，况且你竟在宫里过夜？文夫人寡居在此，男女有别，你难道不知道吗？"子元恼羞成怒，命人把斗射师捆了双手，押在房檐下，看他低不低头。

文夫人此时已派内侍向斗伯比的儿子斗谷於菟告急，让他进宫靖难。斗谷於菟密报楚成王，率领斗梧、斗班、斗御疆等壮士，夜半时分，带兵包围了王宫，剿灭子元的私家军，子元在斗班的利剑之下身首异处。楚成王命人灭子元之家，并将其罪行张榜公布于大街小巷。至此，子元蛊惑文夫人之乱，落下了帷幕。倾国倾城的"桃花夫人"息妫，从此屏蔽世人，隐居深宫，不问政事。

唐代诗人胡曾作诗感叹"桃花夫人"云：

  息亡身入楚王家，回首春风一面花。
  感旧不言长掩泪，只应翻恨有容华。

一代佳人如何终老，天下人不得而知。

我心婉约

穆公亡马

秦穆公出猎于梁山,晚上丢失良马数匹,好不心疼,马上派随从去寻找。随从不敢怠慢,一路找寻至岐山之下,正撞见一群山野村夫聚会,闹哄哄的有三百多人,围在一起大快朵颐。丢失的骏马也在——胳膊是胳膊腿儿是腿儿,已全部变成香喷喷的马肉。

人赃俱在,怎么办?贼人众多,聪明的随从很知趣,选择了安静地走开。走到一定距离,马上变步一路狂奔,去向穆公汇报案情。随从建议:"马上派兵前去抓捕,可将贼人一网打尽。"穆公此时未成霸主之业,却已有霸主之德。见事已至此,他一声叹息,说:"还是算了吧!马既然已经死了,如果再因为这件事杀人,老百姓会说我重视牲畜却轻贱人命。"不仅如此,穆公德行和智商过人,还以德报怨。他命令在随行军队中取出美酒数十瓮,派人送到岐山之下,赐给盗马的山野村夫,让使者传话说:"吃骏马的肉,如果不饮美酒,会伤害身体的。"

穆公英明仁慈,魅力四射,三百多个盗马贼立刻变成穆

（三）沐浴书香

公的追随者，大家手捧琼浆玉液，齐刷刷叩头谢恩，说："偷了君主的马，不但不治罪，还担心我们被马肉伤身而赏赐美酒，君主对我们的恩德太大了。我们如何才能回报呢！"

数年以后，秦晋大战于韩原龙门山，晋军骁勇兵多，战斗十分激烈。秦穆公在激战中陷入晋军包围，护驾将军西乞术被晋将一戟刺于车下，穆公眼看被晋军生擒活捉，形势万分危急。说时迟，那时快，战场的西南角忽然杀来一群蓬头裸肩的"鬼兵"，这些"鬼兵"脚穿草鞋，步行如飞，个个手中执一把大砍刀，腰里挂着弓箭，口中高叫："不许伤害我们的恩公！"挥刀向着晋军乱砍。晋军抵挡不住，穆公得救，秦军大获全胜。

战斗结束，三百多名"鬼兵"到大营前叩头。经过寻问，穆公才知道他们就是当年那群盗马的山野村夫。

我心婉约

中国最早的集市

有心人将本地大集汇总成一览表，发到微信圈，表后附以"赶集是种文化"的小段文字说明，介绍集市形成的历史年代。一篇小文，集实用性和知识性于一体，作者也真用心了。不过，文中所讲的"原始贸易市场"是汉朝初年由陆贾和陈平两位著名的政治家通过政府明令规定而形成的，不够准确。中国的集市风俗起源悠久，要比汉代早得多，可以一直追溯到距今五六千年前的神农时期。《周易·系辞下》曰：

包牺氏没，神农氏作。……日中为市，致天下之民，聚天下之货，交易而退，各得其所，盖取诸噬嗑。

这段话的意思是，神农氏时期，在正午之时开辟交易市场，天下百姓此时携带着各种货物，从四面八方赶来，根据需要进行物物交换，各得所需之后又四散而去，这种集市交易的做法大概是受到"噬嗑"卦的启发。

"噬嗑"卦名与"市合"谐音，借"噬"为"市"，借"嗑"为"合"，让人不得不佩服祖先的智慧和中华语言文字的显

(三)沐浴书香

微阐幽。如果进一步观察卦象,"噬嗑"卦下震上离,离日在上,日中之象,上明而下动;中爻艮为径路,震为大涂,又为足,天下百姓从大路小径赶往集市的生动画面如在眼前。中爻坎水艮山,为群珍所出之所,"聚天下之货"意在其中。又震错巽,巽为"市利三倍",集市上讨价还价、有利可图之象明了清晰。震为动,交易之象,巽为进退之象,艮为止之象,人们各得所需之后,"交易而退",也就是说集市上的人群在交易之后便渐渐散去了。

一场人来人往的大集,从时间、地点、交易发生到交易结束,仅以阴阳两个符号组合而成的六爻卦画,便表现得淋漓尽致,真可谓未著一字,奥妙无穷。

当然,"噬嗑"卦中所包含的智慧,不仅限于市场交易一个方面,将其用于职场、法律、战争、养生、文化、医疗等各种不同场景,皆能给人带来不同启迪。

我心婉约

"老赖"国君晋惠公

春秋战国时期，天降英才于中华大地，流芳百世的牛人成群出现。圣人曰："一阴一阳之谓道。"因此，遗臭万年的人也层出不穷。晋惠公便是其中之一。

晋惠公在执政之前，时人称之"公子夷吾"。公子夷吾姓姬，名夷吾。注意，是姬夷吾，不是管夷吾。一字之差，千里之谬，故读书不可不慎。夷吾是晋献公之子，公子重耳即晋文公之弟，秦穆公之小舅子。狐突是重耳和夷吾共同的姥爷，重耳的母亲大戎子，夷吾的母亲小戎子，双双嫁给晋献公，是一对毫不掺假的姐妹花。晋惠公这辈子与姥爷狐突、哥哥重耳、姐夫秦穆公之间，缘分极深，差不多倾毕生精力和这几个人打交道。

晋惠公还是公子夷吾的时候，名声还是很不错的。司马迁的《史记》中说："献公子八人，而太子申生、重耳、夷吾皆有贤行。"晋惠公的历史形象，是从公子向国君的演变开始，一幕又一幕，鲜明地呈现于世人面前的。

《国语·晋语》记载，因为储位之争，群公子被骊姬挑

(三) 沐浴书香

拨离间、陷害，夷吾先是以镇守屈邑之名被调离京城，继而躲避追杀逃出晋国，寄居梁国。贵公子变丧家犬，想来也是一把辛酸泪。

公元前651年，在位26年的晋献公去世。旧君已没，新君当立。太子申生在4年前即被骊姬设计陷害，新旧交替之际，正是"太子党"伺机报复之时。太子申生的老师、重臣里克大闹献公葬礼，连杀奚齐、卓子两位初立幼君，曾经毒计千条的骊姬也难逃报应——被羞辱、被鞭打、被杀死。

太子党杀了奚齐，杀了卓子，杀了骊姬，杀了托孤大臣荀息，晋国的头等大事还是议立新君。重耳、夷吾两位公子，谁是龙、谁是虫？当时晋国人心所向，首选重耳。大臣里克、丕郑父派屠岸夷前往翟国奉迎，重耳认为国内形势未稳，回去吉凶难料，因此选择了稳健成长的路径，一本正经地对来使说："父生不得供备洒扫之臣，死又不敢莅丧以重其罪，且辱大夫，敢辞。"重耳不肯乘乱得国，主动退赛，夷吾有了上位的机会。夷吾喜形于色："天夺国于重耳，以授我也！"于是，在近臣郤芮的谋划下，贿赂使者，封官许愿：只要拥他为君，以汾阳之田百万赏里克，以负葵之田七十万赏丕郑父。

"一方有难，八方支援"。在晋国大臣的请求下，秦穆公出场平定晋乱——派一流外交家公子絷以吊问为名，行干部考察之实，以便在重耳和夷吾之间择优拥立。面对大国使臣，重耳再度弃权，夷吾则瞄准了机会，像抓住救命稻草一样，求助于姐夫秦穆公。《国语·晋语》记载，夷吾又狂许诺言："君苟辅我，蔑天命矣！亡人苟入扫宗庙，定社稷，亡人何国之与有？君实有郡县，且入河外列城五。岂谓君无有，亦为君之东游津梁之上，无有难急也。亡人之所怀挟缨纆，以望君之尘垢者……"夷吾一口一个"亡人"，言辞极尽哀恳乞求之能事，不但把河西五城拱手相送，连整个晋国都被贬为秦国的一个郡县了。

内有近臣营谋，外有秦国相助，主要竞争对手重耳又屡屡弃权，夷吾摇身一变，从"亡人"变成了晋惠公。坐上了国君的宝座，晋惠公才发现江山是他爹晋献公一刀一枪打下来的，割城比割肉还痛。于是，前来办理城池交割的秦国使者公孙枝，带回去的不是河西五城的地图，而是一封态度潦草的谢罪书。书信大意是这样的：我夷吾千恩万谢姐夫穆公您的大恩大德，我本来真心想把五城如数交割，可朝中大臣们都说，这些城池本来就不是我的，而是我爹的。我实在争不过他们，所以请您耐住性子稍缓几日，这事儿我是不会忘记的。

晋惠公失信于诸侯，跟秦穆公耍无赖，回过头又失信于国人，跟迎立他的大夫里克耍流氓。对于"汾阳之田百万"，他只字不提，反而派心腹郤芮去里克家"讨其弑逆之罪"，让郤芮对里克说："没有你，寡人登不上国君宝座，寡人真的不敢忘记你的大功劳。可是，即使如此，你连杀了两任国君，又杀了一位大夫，做你的君主实在是太难啦！寡人有幸继承先君遗志，不敢以你对我个人的那点儿功劳，而废弃了人间的忠孝大义，你还是自我了断吧！"

里克悲愤自杀。公子夷吾的诺言是魔咒，许给谁谁倒霉。时隔不久，丕郑父也难逃厄运，和另外七位大夫（合称七舆

(三)沐浴书香

大夫)被一起杀掉了。

要了秦穆公、杀了里克、杀了丕郑父、杀了七舆大夫,晋惠公治下的晋国总该太平几天了吧?错。人坏福薄,自晋惠公继位以来,收成一年也没好过。到了晋惠公五年,居然颗粒无收。百姓不是里克、丕郑父、七舆大夫,可以一杀了之;百姓也不是秦穆公,可以一赖了之;百姓流离失所,可以揭竿而起,掀翻他的国君宝座。因此,背信弃义的晋惠公,在可行性约等于零的情况下,居然又转过身弯下腰向秦国乞食。秦穆公真是位仁义之君。这位春秋五霸之一,是怎么说怎么做的呢?《国语》记载:"公曰:'寡人其君是恶,其民何罪?天殃流行,国家代有。补乏荐饥,道也,不可以废道于天下。'"意思是,我恨的是晋国国君,老百姓有什么错?天灾流行,会在不同国家交替。各国互相救济,是人间道义,不能因憎恶晋君而在天下诸侯面前废弃道义。紧接着,从秦国"运粟数万斛于渭水",发往晋国的运粮船络绎不绝,时人称之为"泛舟之役"。史官有诗称赞穆公之善:

晋君无道致天灾,雍绛纷纷送粟来。
谁肯将恩施怨者?穆公德量果奇哉!

如果晋惠公稍稍自尊自爱一些,总该知道相形见绌,悄悄地找个机会修补一下破碎不堪的国际形象了吧?"天道无亲,常与善人",上天永远给人行善的机会。晋惠公的机会转眼即到——第二年,晋国大丰收,秦国大饥荒。秦国信心满满地向晋国求援。晋惠公"旧病"复发,本来想让河西五城给秦国输送粮食,却没做得了朝中大夫的主,又写了一封谢罪信。信中说,我们晋国连年饥荒,今年才刚刚收获了一点点,自给自足尚且不够,实在没有余粮借给别人,请多原谅,请多包涵。于是,史官作诗讥讽晋惠公:

泛舟远道赈饥穷,偏遇秦饥意不同。
自古负恩人不少,无如晋惠负秦公。

晋惠公无赖无理不可怕,可怕的是无底线。朝中大夫虢射说,秦国遭灾,晋国应该趁机攻打秦国,抢他几座城池。去年晋国遭灾,秦国不来进攻反而借粮,是不识时务错失良机,活该今年轮到他们倒霉。此语一出,举朝哗然,瞬间形成仁义救灾派和强盗打劫派的针锋相对。大夫庆郑说:"幸人之灾,不仁。背人之施,不义。不仁不义,何以守国?"对于敬畏天理的仁义救灾派,晋惠公一票否决,欣然采纳虢射的建议,纠结军队,准备对秦国趁火打劫。消息传到秦国,秦国朝野一片激愤。秦穆公先发制人,亲自率领大军讨伐晋国,秦晋两军于韩原龙门山展开大战。晋军驰骋中原多年,来势凶猛。秦相百里奚登台望了望,吓出一身冷汗,赶紧劝穆公说:"看这阵势,晋侯是想置我们于死地,您还是退兵罢战别打了。"秦穆公怒发冲冠,指天发誓:"晋侯这个背信弃义的小人,欠我的多了!如果上天无知就算了,如果上天有知,我一定要战胜他!"于是乎,天遂穆公愿,于千军万马之中将晋惠公生擒活捉。

晋惠公恶有恶报,成了秦穆公的阶下囚。这次姐夫穆公真的怒了,想替天行道,结果了这无赖以免带坏了子孙后代。偏偏惠公还有个好姐姐:穆姬听说弟弟被俘,带上太子、公

（三）沐浴书香

主，穿上孝服，登上崇台，住进草屋，备好柴草，准备在晋君被杀之日，举火自焚。穆公意外被爱妻将了一军。贤德的穆姬劝丈夫说："圣明的大王啊，贱妾听说'仁者虽怨不忘亲，虽怨不弃礼'。如果晋侯死于秦，晋国又将陷入无君而大乱，百姓又要受苦，我也难逃罪责啊！"动之以情，晓之以理，大功告成——秦穆公再次仁义为重、亲情为先，以七牢之礼馈赠晋惠公以示修好，并以交割河西五城、晋太子来秦做人质为条件，放他回国。

晋惠公在诸侯和国人面前丢尽了面子。也许是自惭形秽使然，回国之后，他忽然变得非常敏感，总觉得背后有一股异样的眼神。思来想去，痛点落在了多年的心病上：国人一定在盼望着新的贤君——那个一出现就被人交口称赞，却让他相形见绌的重耳。除掉该死的重耳，成了晋惠公当务之急。于是，不惜重金，派寺人勃鞮网罗天下力士，一起去翟国刺杀重耳。孟子曰："得道者多助，失道者寡助。寡助之至，亲戚畔之。"晋国老臣、晋惠公姥爷狐突，在晋惠公执政期间，常年请病假不上朝，却一直在暗中观望，给公子重耳通风报信，致使晋惠公的谋杀计划一再受挫并最终搁浅。

晋惠公是个内心极其灰暗而且极不自信的人。《红楼梦》有句批语，挺适合他："子系中山狼，得志便猖狂。"他在位十四年，国家大事千头万绪，偏挑坏事去做——忘恩负义、趁火打劫、诛杀忠良，对于国家建设，却毫无建树。除了坑姐夫、坑大臣、坑哥哥，他还坑爹。他爹晋献公毕其一生之功树立起来的中原大国形象，让晋惠公一损再损，国际声誉和影响力严重衰退。他还向下坑儿子。晋惠公之子晋怀公继

我心婉约

位后,在乃父的影响之下,对重耳的追杀变本加厉,竟然杀了太姥爷狐突,导致众叛亲离,一头栽下国君宝座,为国人所杀。而晋国的元气,直到公子重耳当了国君以后,才有机会再度恢复。

(三)沐浴书香

"劳模皇帝"明成祖朱棣

明成祖朱棣的勤奋程度,在历史上可是数一数二的。据美国一位学者在其著作《永乐大帝》中描述:"明朝的永乐皇帝,驾崩于1424年8月12日,自从1402年7月17日登基以来——近乎8062天的在位时间——而且所有证据也显示,他从未浪费过一天。"

"从未浪费过一天"是个什么概念?史料记载,朱棣登基称帝后,每天四更起床,也就是说,凌晨4点还不到,皇帝便开始洗漱了。起床以后干什么?坐下来静心思考天下大事,分析政务的轻重缓急。别看早晨起得比鸡早,中午皇帝还加班。那些大臣经常额外地"谢主隆恩",因为午餐有惊喜:永乐皇帝和他们一起吃。君臣亲密无间,边议国事边吃饭,大概"工作餐"就是这么产生的。稍有空闲,朱棣便"取经史览阅,未尝敢自暇逸"。由此可见,午休不是他性格。史上多数皇帝只处理朝政,宫中之事由皇后、太后掌管。永乐皇帝是个例外,朝政处理完毕,宫中之事也亲自操刀,而且治后宫和治天下一样严酷,史载其曾经为了一个宠妃权氏虐杀三千宫人。

永乐年间，朝臣们大概没听说过"有事早奏，无事退朝"八个字，因为永乐皇帝上午有早朝，下午有晚朝。晚朝退后总该放松放松了吧？对不起，你答错了，离结束还早着呢——

晚饭过后，朱棣又把近臣们叫来，继续讨论天下大事。皇帝累了小睡一会儿，保重龙体。皇帝南柯梦游，可怜的大臣却不能休息，因为朱棣经常会在酣睡中醒来——众爱卿，咱——们——继——续——讨——论！深夜深深深几许？大臣们终于熬到回家睡觉了，龙床上倦卧的永乐皇帝还要让手下人给他念奏折。勤奋的皇帝几乎夜夜伴着宫人琅琅的念奏折声入眠。皇帝入睡了，依然有宫人在床边备好笔墨侍候着，万一皇帝于睡梦中忽然想起什么重要的事情，一觉醒来忘记了怎么办？得随时记录下来。于是乎，也许在半梦半醒之间，也许美梦正酣、更漏无情，转瞬又到了第二天的四更天——永乐皇帝的新一天又开始啦。

朱棣总共在皇帝宝座上坐了8062天。8062天，天天这样度过，劳动模范永不疲倦。大年正月初一至初十，皇帝也"俯首甘为孺子牛"，不是"在朝上"，就是"在上朝的路上"。永乐皇帝的度假时间，一年只有正月十一至二十一。理由可能是其间有个正月十五元宵节，普天同庆的日子里，皇帝再忙，也要抽时间"与民同乐"。关于仅有的十天"小长假"，永乐皇帝也不忘下一道特别诏令：任何急事、要事，皆可直接送呈给皇帝，而且随时、随地！

和永乐皇帝一起励精图治的，还有朝廷大大小小的官

（三）沐浴书香

员。他们在皇帝的率先垂范和严格要求下，据说是历朝历代将"在其位谋其政"落实得最到位的领导集体。

永乐皇帝用勤奋实现了他的大国崛起梦，经济、政治、军事、外交均为历史之巅。郑和下西洋、定都北京、畅通京杭大运河、编纂《永乐大典》、御驾亲征开疆拓土……骄人成绩不胜枚举。他在位期间，中华大地出现了万国来朝的鼎盛局面。《明史·成祖本纪》用四个字评价他的成就："远迈汉唐。"

我心婉约

孔孟根本不"忠君"

儒家的"忠君"思想,两千多年来,在中国人的心里根深蒂固。不过,只要读过孔孟的原著,必定颠覆三观——孔孟根本不"忠君"!那些束缚人思想的愚忠愚孝,根本就是历代统治者对两位圣人的严重曲解。本文仅以一个成语"勃然变色"为例。

《中华成语大词典》(第2版,商务印书馆出版)对成语"勃然变色"的释义为:"突然间变了脸色。"这一成语出自《孟子》。

话说这一天,齐宣王想让孟子讲一讲有关公卿的事情。孟子反问道:"请问大王问的是哪一类公卿啊?"

齐宣王一听很奇怪:"难道公卿和公卿还有不同吗?"

孟子说:"当然不同了。天下的公卿有两种:一种是和王室同宗族的贵戚之卿,一种是非王族的异姓之卿。"

齐宣王说:"那就先讲一讲和王室同宗族的贵戚之卿吧。"

孟子说:"贵戚之卿,君王如果有重大错误,他们会加以劝阻;如果反复规劝还是不听,就把他废掉,另立新君。"

（三）沐浴书香

孟子话音未落，齐宣王"勃然变色"——一张脸都没人色了。这就是成语"勃然变色"的来历。

孟子一看齐宣王脸色都变这样了，便不慌不忙地说："大王不要太吃惊，只不过是您问我什么，我就回答什么罢了。"

齐宣王毕竟是一国之君，而且是个自认为很有主见、有作为的国君，因此他故作镇定大度，定定神，缓口气，接着问道："嗯……那就再讲一讲异姓之卿吧。"

孟子说："如果是异姓之卿，君王犯了错误，他们会进行劝阻，如果反复规劝也不奏效……"

齐宣王的心此时都提到嗓子眼儿了，这家伙又会说出什么惊人之语呢？

只听孟子说道："那他们就会挥一挥衣袖，辞职走人。"

这就是两千多年前，儒家大宗师孟子和一位大国国君之间的一场对话。

知道了这个故事，君主在孟子眼中的定位，就可以一清二楚了吧？明朝开国君王朱元璋读到《孟子》一书时，还生气地命人把书中的这些言论全给删除了呢。其实，孔子也曾强调，真正的君子要"从道不从君，从义不从父"，这在《荀子》和《孔子家语》中都是有据可查的。孟子还有一句人人皆知的名言："民为贵，社稷次之，君为轻。"更加直白明确地表述了他的思想和主张：只有人民和正义，才是被儒家圣贤放在政治和伦理首位的。

我心婉约

附原文节选——

齐宣王问卿。孟子曰:"王何卿之问也?"
王曰:"卿不同乎?"
曰:"不同。有贵戚之卿,有异姓之卿。"
王问:"请问贵戚之卿。"
曰:"君有大过则谏;反覆之而不听,则易位。"
王勃然变乎色。

(《孟子·万章下》)

(三)沐浴书香

"出尔反尔",国君遭百姓报复

《中华成语大词典》(第2版,商务印书馆出版)中,对成语"出尔反尔"的释义为:"原指你怎样对待别人,别人就会怎样对待你。现在常用来指说话不算数或做事不认账,言行前后矛盾,反复无常。"

由此可知,随着岁月变迁,"出尔反尔"的含义发生了很大变化,在现代语境下,已经完全看不到这个成语的"本来面目"了。那么,"出尔反尔"的本义"你怎样对待别人,别人就怎样对待你",到底讲述了一个什么故事呢?

据《孟子·梁惠王下》记载,邹国与鲁国发生战争,其间发生了一件十分吊诡的事情,让战争中的一方邹穆公很懊丧又很无奈。

这天,他就心中的这个"结",很是迷茫地请教孟子:"亚圣先生,在这次邹与鲁的战争中,我的官吏整整牺牲了33个,可我国的百姓居然没有一个舍身相救。我如果因此大开杀戒,又因为人数实在太多,杀不过来;如果不杀,他们竟然眼睁睁看着长官被杀却不营救,真是太可恨了!先生,您说该怎么办才好呢？"

　　孟子一听，便发现了问题的要害。他对邹穆公说："请您回想一下，灾荒年岁中您的老百姓是怎么度过的？那些年老体弱的，弃尸于山沟荒野之中，状况惨不忍睹；那些年轻力壮的，背井离乡四处逃荒。处在这种境况的人，有近千人了吧？可您的谷仓中堆满了粮食，库房里装满了财宝。百姓的这种悲惨状况，您的那些官吏却谁也不来报告！这是当官的不但不关心老百姓，反而还要残害他们。曾子曾经说过：'提高警惕，提高警惕！你怎样对待别人，别人就将怎样回报你。'现在（您的官吏被杀，百姓不去相救），是您的百姓得着报复的机会了。请您不要去责备老百姓了！您如果施行仁政，百姓自然就会爱戴他们的长官，也自然情愿为他们的长官牺牲了。"

　　附原文节选——

　　邹与鲁哄，穆公问曰："吾有司死者三十三人，而民莫之死也。诛之，则不可胜诛；不诛，则疾视其长上之死而不救，如之何则可也？"

　　孟子对曰："凶年饥岁，君之民老弱转乎沟壑，壮者散而之四方者，几千人矣；而君子之仓廪实，府库充，有司莫以告，是上慢而残下也。曾子曰：'戒之戒之！出乎尔者，反乎尔者也。'夫民今而后得反之也。君无尤焉！君行仁政，斯民亲其上，死其长矣。"

（《孟子·梁惠王下》）

(三)沐浴书香

齐宣王"丢脸"记

成语"顾左右而言他"的意思是东张西望,故意避开主题,把话搪塞过去。这个成语背后还有一个有趣的小故事呢。

孟子周游列国,推广他的仁政思想,辗转来到了齐国。在孟子看来,齐国土地辽阔,人口众多,经济发达,是个有实力的大国。只要说服了齐国国君采纳他的仁政思想,那么,他的政治理想就很有可能实现。因此,他开动脑筋,千方百计地创造机会,向齐宣王传播他的治国理政方略。

这一天,孟子和齐宣王喝茶聊天。孟子说:"大王,假如您有一个臣子,把妻室儿女托付给朋友照顾,然后起身游历楚国去了。等他回来的时候,发现他的妻室儿女在挨饿受冻。对待这样的朋友,应该怎么办呢?"

这种不仁不义、不讲信用的人,难道也配做朋友?所以,齐宣王想都没想就回答说:"和他绝交。"

孟子接着说:"如果掌管刑罚的长官,不能管理他的下级,应该怎么办呢?"

齐宣王很懂得管理臣子的办法,对于孟子的问题,他又

我心婉约

是想都没想就答道:"撤掉他!"

孟子又接着说:"假若一个国家的政治搞得很不好,那又该怎么办呢?"

齐宣王:"……"

意外掉到孟子给他挖好的陷阱里,齐宣王只好"顾左右而言他",左瞧瞧,右看看,然后把话题扯到别处去了。

附原文节选——

孟子谓齐宣王曰:"王之臣有托其妻子于其友而之楚游者,比其反也,则冻馁其妻子,则如之何?"

王曰:"弃之。"

曰:"士师不能治士,则如之何?"

王曰:"已之。"

曰:"四境之内不治,则如之何?"

王顾左右而言他。

(《孟子·梁惠王下》)

(三)沐浴书香

"浩然之气"助文天祥"以一敌七"

1278年,南宋名臣、文学家文天祥被捕下狱,囚禁在元大都(今北京)的一个又脏又矮、又湿又暗的小土屋里。他在《正气歌》的序中记载,到了夏天,囚室中的味道可谓一言难尽——

雨天,是潮湿的水汽;平时,是蒸熏的土气;晴天,是暴热的日气;偏有人在屋檐下烧火做饭,又多了份助长炎热的火气;仓库里的粮食已腐烂变质,因此混杂着霉烂的米气;犯人拥挤,汗臭腥臊,是这里的人气;此外,还有粪便、腐尸、死老鼠散发的秽气。

$PM_{2.5}$严重超标,常年生活其间,染病是常态,不染病是非常态。文天祥在那里一住就是三年左右,健康状况居然一直保持着"非常态"。他将此归功于亚圣孟子:

"殆有养致然尔。然亦安知所养何哉?孟子曰:'吾善养吾浩然之气。'彼气有七,吾气有一,以一敌七,吾何患焉!"

也就是说，千年以前孟夫子传教世人的"浩然之气"，给身陷囹圄的文天祥输送了源源不断的正能量，他以一股充塞四体的"浩然之气"，抵抗囚室里的七种邪气、秽气，结果身清气正不染病。

那么，到底什么是"浩然之气"？《中华成语大词典》中的释义为："浩然：盛大的样子。形容浩大刚正的精神、气质。"它的出处是《孟子》。

据《孟子·公孙丑上》记载，一天，公孙丑问老师有什么特长，孟子回答说他有特长二：一是善于分析别人的言辞，二是善于培养浩然之气。

公孙丑紧接着问什么是"浩然之气"，孟子回答说："这很难用语言表达清楚。这么讲吧，这种浩然之气，在天地之间最为宏大、最为刚强。必须用正义去培养，不能稍加伤害，如此就会充盈天地之间，无所不在。这种浩然之气，必须与'义'和'道'相配合，缺乏了'义'与'道'，就颓然无力了。这种浩然之气，是由正义不断积累而生，不是一时偶然的正义行为所能突然获得的。哪怕只做了一件于心有愧的事，那种气就会疲软了。"

这股至大至刚的"浩然之气"，给予文天祥的远不止一个健康的身体。文天祥面对元朝统治者的威逼利诱，始终正气磅礴，坚贞不屈，最后连元世祖都很敬重他。1281年夏，在湿热、腐臭的囚室里，文天祥将"浩然之气"化为笔端的"天地正气"，慨然写下了和《过零丁洋》一样名垂青史的《正气歌》——

（三）沐浴书香

> 天地有正气，杂然赋流形。
> 下则为河岳，上则为日星。
> 于人曰浩然，沛乎塞苍冥。
> ……

纵观漫漫历史长河，像文天祥一样的仁人志士，前仆后继，灿若群星。而孟子所善养的"浩然之气"，已深深融入中华血脉，成为民族精神的绝对内核，每到国家危难之际，总会如潜龙腾渊，光被华夏。

附原文节选——

"敢问夫子恶乎长？"曰："我知言，我善养吾浩然之气。""敢问何谓浩然之气？"曰："难言也。其为气也，至大至刚，以直养而无害，则塞于天地之间。其为气也，配义与道；无是，馁也。是集义所生者，非义袭而取之也。行有不慊于心，则馁矣。"

（《孟子·公孙丑上》）

我心婉约

孟子讲"取友必端"

古时候有个叫逢蒙的小子,跟天下第一神射后羿学射箭,本事完全学到手,心里竟打破醋坛翻了天:环顾全天下,只有后羿比我强。屈居人下多痛苦啊!想当天下第一,后羿必须去死。于是,逢蒙果断决绝地杀师上位。后羿成了个历史悲剧人物。

关于这件事,孟子居然说:"这里也有后羿的罪过。"

他的学生公明仪想不明白也听不懂,反驳老师道:"好像没什么罪过吧!"

要知道,亚圣从不随便讲话,讲话必有理论依据,何况是评价历史人物和历史事件呢?听了公明仪之言,孟子就知道这个学生需要指导一番了。于是,他说:"只是罪过不大罢了,怎能说一点儿责任也没有呢?"接下来,亚圣就绘声绘色地给学生讲了个故事——

话说某年某月的某一天,郑国派一位名叫子濯孺子的将军侵伐卫国,卫国派一位名叫庾公之斯的将军追击他。看身后追兵勇猛,子濯孺子绝望了:"今天我病痛发作,拿不了弓,

(三) 沐浴书香

看来是活不成了。"他大概是想死个明白,至少死在谁手里应该心中有数吧?于是问驾车的随从:"知道追赶我的人是谁吗?"随从说:"是郑国名射庚公之斯。"谁料,子濯孺子当即释怀而笑:"哈哈,我死不了啦!"

这剧情反转得也太突然了吧?

随从不解地问:"庚公之斯是卫国的名射手,您反而说死不了啦,这是什么道理?"

子濯孺子回答说:"庚公之斯跟着尹公之他学习射箭,尹公之他是跟我学习的射箭。尹公之他是个正派人,他选择的朋友和学生一定也是正派人。"成语"取友必端"就这样在二人对话中诞生了。

说话之间,庚公之斯追上来了。这是位既有勇力又有眼力的将军,看到子濯孺子死到临头了,连还手之意都没有,便纳闷地问道:"先生您为什么不拿弓(射杀我进行抵抗)呢?"

对面将军的人品,子濯孺子已经心中有数了。他镇定地回答说:"今天我病痛发作,拿不了弓。"

庚公之斯说:"我跟尹公之他学习的射箭,尹公之他又跟您学习的射箭,我不忍心用您的技艺反过来伤害您。但是,今天的事是国家的公事,我又不敢完全废弃。"于是抽出箭,在车轮上敲掉箭头,"嗖!嗖!嗖!嗖!"朝着天空射了四箭,就转头回去了。

故事讲完,公明仪听呆。还有两千多年后的我,也呆了——两军交战,居然还能这样?!题归正传,都是靠射箭闯天下,看看人家子濯孺子这一门师傅徒弟,是多么行侠仗义、品行端方!

我心婉约

　　《中华成语大词典》(第2版，商务印书馆出版)中对成语"取友必端"的释义为："选择朋友一定选择品行端正的。"含义很简单，后果很重要。孔子在《论语》中也叮嘱过后人，交友要谨慎："益者三友，损者三友。友直，友谅，友多闻，益矣；友便辟，友善柔，友便佞，损矣。"人生在世，朋友之交不容忽视。千万要选择正直的人做朋友，这是圣人的告诫，你记住了吗？

　　附原文节选——

　　逢蒙学射于羿，尽羿之道，思天下惟羿为愈己，于是杀羿。

　　孟子曰："是亦羿有罪焉。"

　　公明仪曰："宜若无罪焉。"

　　曰："薄乎云尔，恶得无罪？郑人使子濯孺子侵卫，卫使庾公之斯追之。子濯孺子曰：'今日我疾作，不可以执弓，吾死矣夫！'问其仆曰：'追我者谁也？'其仆曰：'庾公之斯也。'曰：'吾生矣。'其仆曰：'庾公之斯，卫之善射者也；夫子曰吾生，何谓也？'曰：'庾公之斯学射于尹公之他，尹公之他学射于我。夫尹公之他，端人也，其取友必端矣。'庾公之斯至，曰：'夫子何为不执弓？'曰：'今日我疾作，不可以执弓。'曰：'小人学射于尹公之他，尹公之他学射于夫子。我不忍以夫子之道反害夫子。虽然，今日之事，君事也，我不敢废。'抽矢，扣轮，去其金，发乘矢而后反。"

(《孟子·离娄下》)

（三）沐浴书香

"心悦诚服"始于孔门

　　师生关系处得最好的，大概非孔子莫属。因为将近200年后，孟子还以此事为例，来佐证他毕生都在推广的王道精神——"以德服人者，中心悦而诚服也，如七十子之服孔子也"。

　　成语"心悦诚服"便出自这段话。《中华成语大词典》（第2版，商务印书馆出版）对"心悦诚服"的释义为："悦：高兴，快乐。诚：真心，诚心。心中喜悦，真诚佩服。"

　　面世之初的"心悦诚服"，实在太抽象了，远不如画面感十足的"倒悬之急""顾左右而言他"让人一目了然。也许怕人理解不到位，所以孟子举例说明——也就是孔门弟子崇拜、服膺孔子的样子。

　　孔门弟子是怎样心悦诚服地崇拜、服膺孔子的，亚圣却没说。儒家重要典籍《论语》中记载了近三十位孔门弟子，其中出镜率最高、个性最强的当属子路。也唯有这个子路，敢当面质疑、顶撞孔子，甚至还动不动跟孔子甩脸子，有一次竟然逼得孔子指着苍天赌咒发誓。这么叛逆的一个学生，孔子是怎么让他服膺的呢？

《孔子家语》中"子路初见"的故事,可供参考。

子路比孔子小九岁,个性忠直刚强且好斗,在拜孔子为师之前,喜欢腰里佩长剑、头插野鸡翎、身穿皮甲衣,一副不好惹的模样,几乎人见人怕。据《孔子家语》记载,子路第一次拜见孔子时,孔子文绉绉地问他有什么爱好,还指点他应该学习。子路显然很不服气,挑战似的回敬道:"南山有竹,不柔自直,斩而用之,达乎犀革,以此言之,何学之有?"

这段话的意思是,南山生长的竹子,无须揉烤加工,生来就很笔直,把它砍下来做成箭,能穿透犀牛皮做的铠甲,由此而论,还学习干什么呢?

听一听,子路的反驳有理有据,重点是还有深意——天生我才,难道还用得着学习吗?不过,他遇到的可不是一般的老师,而是"万世师表"、天下教师的祖师爷。孔子顺着子路的话,循循善诱:"如果劈开它,在一端束上羽毛,并给它加上金属箭头,它射得不就更远更深了吗?"

高智商的子路听后,瞬间有所领悟:学习是什么?学习是赋予天才以智慧,以达到更高境界,就像羽毛做箭尾、金属做箭头。桀骜不驯的子路折腰再拜,从此成为孔门弟子

子路自幼家贫,师从孔子让他华丽蜕变。他担任过卫国的大夫、鲁国权臣季氏的家宰等官职,而且政绩斐然;他是孔门十哲之一、七十二贤之一、二十四孝之一,终其一生追随孔子。

孔子祖述尧舜,宪章文武,设教以礼,循循善诱。他的智慧让人望尘莫及,德行令人高山仰止。"不迁怒,不贰过"、能够"闻一以知十"的颜渊,视孔子如父,赞誉老师"仰之

（三）沐浴书香

弥高，钻之弥坚"，和诸多同学一起，都追随孔子终生。

如果一个人活着，别人对他的态度或许会掺杂世俗的影响而不够纯粹，那么，如果一个人死了，这一态度应该归于真实。《史记·孔子世家》中，司马迁以极精简极深情的笔墨，描绘了一幅孔子去世后孔门弟子的人物群像——

孔子七十三岁去世，被葬在鲁国的泗水之滨。弟子们如丧考妣，无比悲痛，经商议决定在泗水之滨为老师守丧三年。时光穿梭，三年时间倏然而逝，弟子们不得不各奔东西了。临行之前，他们又聚在一起哭了一回，人人哭得很伤心。孔门弟子里的子贡，在同学们散去之后，又守三年，前后为老师守丧六年才离去。

后来，孔子的弟子和其他鲁国人，有一百多家自愿搬到孔子坟墓旁边居住，渐渐形成了一个居民小区——"孔里"。

傅佩荣在他的专著《人性向善——傅佩荣谈〈孟子〉》一书中写道："孔子并无钱财或者势力，他过世后，弟子们不但没有散去，还自愿在坟墓边筑室为庐，守丧三年，这就是心悦诚服的明证。"

附原文节选——

孟子曰："以力假仁者霸，霸必有大国。以德行仁者王，王不待大：汤以七十里，文王以百里。以力服人者，非心服也，力不赡也。以德服人者，中心悦而诚服也，如七十子之服孔子也。诗云：'自西自东，自南自北，无思不服。'此之谓也。"

（《孟子·公孙丑上》）